献给我的母亲

陈伊
作品

第一百个黎明

铸入西沙的生命时光

山东画报出版社

图书在版编目（CIP）数据

第一百个黎明：铸入西沙的生命时光／陈俨著. —济南：山东画报出版社，2019.6

ISBN 978-7-5474-3124-5

Ⅰ.①第… Ⅱ.①陈… Ⅲ.①纪实文学—中国—当代 Ⅳ.①I25

中国版本图书馆CIP数据核字（2019）第062636号

第一百个黎明：铸入西沙的生命时光

陈俨 著

策划编辑 秦 超
责任编辑 姜 辉
装帧设计 王 芳

出 版 人 李文波
主管单位 山东出版传媒股份有限公司
出版发行 山东画报出版社
社 址 济南市市中区英雄山路189号B座 邮编 250002
电 话 总编室（0531）82098472
市场部（0531）82098479 82098476（传真）
网 址 http：//www.hbcbs.com.cn
电子信箱 hbcb@sdpress.com.cn
印 刷 山东新华印务有限责任公司
规 格 160毫米×230毫米
9.5印张 12幅图 200千字
版 次 2019年6月第1版
印 次 2019年6月第1次印刷
书 号 ISBN 978-7-5474-3124-5
定 价 48.00元

序

从《大奔袭》到《第一百个黎明》，我都是第一读者。

十多年前我读到陈俨的短篇处女作，写西沙官兵的故事，语言极生动活泼、有强烈的时代感又接地气，文笔轻松洒脱，透着丰厚的文学底蕴，特别是那股带着海风味的鲜活与清新，许多吃专业饭的作家未必拼得过。印象很深的是那篇《紫色海风》，守岛十余年的三级士官海波和富家女代爽的爱情故事。我几十年里走遍全军，太懂得青年军人婚恋的不易，但还是被海波与代爽彼此读不懂的爱、因爱最终分手的凄美故事感动得看一遍掉一遍泪。后来的作品，题材扩展到40多年前陈俨从军伊始的生活，还是写基层，还是写士兵，素材全部来自他独特的军旅体验。关键是，不论哪个年代的故事，生活都是他自己的，每个人物都个性鲜明得活蹦乱跳，呼之欲出，情节细节随心驾驭，小故事大背景，能以今天的感受反观历史，把几十年历史长河中我军基层的文化演变表现得真实透彻。

料想陌生人只读其书，很难想象这文字出自一位退休将军、花甲老翁之笔。将军，当下可以有两种解读，一是成就斐然的优秀军人，指挥千军万马威风八面，令人敬佩；再一种解读，是高级领导干部。很多人文风容易变得官话、套话、材料话，自知不妥，但多年的官场语言环境将思维固化，想改都难。老翁，基本就是保守、僵化、衰退的代名词了。两者相加，这文字该是什么风?

陈俨属于非常幸运者，岁月与官场生态都绕着他走。一直到站好最后一班岗，他从思维到行为，从心态到语言，好像还停留在青葱岁月，一路百毒不侵。这种岁月无痕便从文风体现出来。读他的小说，就像听年轻人聊天，视角切入、语言风格、讲故事方式、节奏感、精气神……都与上述官员加老翁形态相去甚远。

读《第一百个黎明》我最有“亲切感”。

16年前，陈俨任海军西沙水警区政委，其间，我奉报社领导之命，赴西沙采访，宣传他这个创新型政工干部典型。采访起来才发现，陈俨工作创新之新，内含信息量太大，我把采访的素材压缩了再压缩，拧得干干的，写了长篇通讯《一个博士政委的创新实践》。同一天《解放军报》发了一个整版，《人民海军报》发了两个整版，实在还是言犹未尽。

和陈俨打交道，感受最强烈的还不是工作如何，而是他这个人，他特有的热情，准确说是激情。所有去过西沙的人都忘不了陈俨招牌式的笑声、欢乐的歌声，和他对事业、对生活、对战友、对朋友火一般的情怀。当然，也忘不了他在西沙带领官兵走开了“文学之旅”。

陈俨要用文学来带兵。他说不能让官兵带着黝黑的皮肤和满口袋钱（西沙的补助很高）下岛，要让他们成长——文学便是他们的“助长剂”（还有摄影、音乐、绘画、英语和其他种种）。于是，他亲自写了第一篇小说，然后在“西沙笔会”上念给官兵们听，告诉他们，你们也可以这样写。于是，官兵们就有样学样地开始写，每年一本《我是西沙人》便是官兵们集体写作的结晶。陈俨有一肚子海岛官兵的真实故事，他任西沙政委5年，全部队数百干部、所有士官和绝大多数义务兵，他们的年龄、兵龄、籍贯、家庭、婚姻、性格、爱好，甚至哪个战士有关节炎、胆囊结石……陈俨都了如指掌。当年我在西沙采访时，读过陈俨一部10万字的工作日记，写在他的电脑里，起名叫《兵事兵情兵心》，是他日积月累为官兵做的“素描”，里面有官兵们的音容笑貌，更多是家庭困难、工作中遇到的问题和要求。这不是材料，是一个政委对自己部队的官兵情况最真实透彻的调研记录，是有血有肉有体温的工作文本。有了如此对官兵的至深至细的了解，才有了陈俨政委工作的扎实与创新，才有了官兵们对他的厚爱，才有了他离开西沙时与官兵们的相拥而泣，也自然的，就有了他笔下那些栩栩如生的文学人物。相信离开西沙不论多么久远，这些“兵事兵情兵心”都是他最富足的拥有。

与厚重的情感相比，陈俨的思维方式其实很简单，是直线的、率真的、科学的、尊重规律的。因为真诚，所以简单。因为简单，所以快乐。

简单，并不容易。有人打起交道着实深不可测，九曲十八弯，或者举止之谨慎，如隔一堵厚墙，这不失为一种自我保护。你简单，你就另类。陈俨交往起来全说大实话，工作走心走情，敢于依照科学规律独辟蹊径，只要效果好，就把创新进行到底。不问有无先例，也不把“领导怎么看”顶在头上。如果预设这么多前提，那还干什么呢？服从命令听指挥，这是军人天职，但不会对上级曲意逢迎。也的确就有过他的思路与某上级的爱好不一致的时候，领导自然不高兴。陈俨也不在乎，该怎么干还怎么干。

西沙5年中，他把自己所懂所会的，倾囊相授教给年轻官兵，恨不能让他们一夜长出翅膀。除了独到的思想政治教育，陈俨还用他多才多艺的才华，丰富着官兵们的精神世界。文学、摄影、读书、音乐、英语、打球……加上阳光型的人格魅力，使士兵们的心都充满了进取的能量，果然一大批士兵陆续考上大学，飞出海岛，最强的考上了北大。在西沙采访，特别羡慕这些年轻人实在是真幸运、真奢侈，他们一边呼吸着全中国最新鲜的空气，一边享有如此全方位的文化教育，何尝又不在上最好的大学?

陈伢的文学创作与他的现实足迹是互相印证的。小说的人物和故事有虚构，但情感绝无虚构。这些小说读来好看又轻松，那是因为内容都是作者的身边人身边事，甚至是正在进行时。比起专业作家要特意下部队"体验生活"，陈伢对生活的拥有真是上天恩赐。他笔下的仇求、阿宏、海波、叶根子、方菲菲、江上眠，还有老椰树、鲣鸟、鹦鹉鱼、虎斑贝、砗磲……信手拈来，无不盛满故事，不是在海岛军营生活5年以上的人绝对不可能想得出来。

现实中的陈伢政委，照样有一大群基层官兵朋友，可以无话不谈的忘年朋友，他们多是士兵，这些兵退伍离开西沙多年还联系他。我上岛采访之前，就看到他手机里存的许多短信息——那时还没有微信，"心中珍藏您的笑容，伴我走过每一个春夏秋冬！再见，我心中永远的政委！"这是退伍兵蒋青春告别部队时写给陈伢的。"想你，就像想念远方温情的爱人，见你，就是见到家中严慈的父亲。"大学生干部姚超在外学习时给陈伢的短信。退伍兵陆文峰干脆把陈伢的一段话做成手机铃声，就为经常能听到政委的声音。陈伢不无骄傲地介绍，这些退伍兵在地方都发展得很好。

从小说到现实，便能看到一个完整版的真实陈伢。

任职西沙5年后，陈伢这个"另类"还是被提升起来，除了海军领导算有魄力，上下各级都实在不能忽视陈伢出众的能力与才华，不能忽视他以创新的工作把这能力与才华转换为部队的战斗力，特别是，不能忽视基层官兵的口碑。

后来晋升将军的陈俨又换过两个岗位，笑声依旧，但更高的舞台与他的系统越发不兼容，最终还是在他干得激情四射时被画了句号。如果换了别人，这个切换过程可能有点费劲，或许还有人系统死机。陈俨就简单多了，从将军到老百姓，他的程序里有强大的自动识别功能，一个回车键，角色瞬间切换完毕，解甲归田，挥挥手不带走一片云彩。年届六旬，一段新的人生里程起步。读书、摄影、写小说、讲课、旅游、健身……一如既往的快乐与激情，一如既往的三头六臂干着许多事。不错，这众多爱好早就是他生命的一部分，在岗位上时，是业余的时间，专业的水平。如今，时间完全还他以自由，大有顿顿饕餮、享用不尽之快感。

必须提一下，陈俨的摄影作品（本书中的所有摄影作品均为陈俨在西沙拍摄）与他的文学创作是不可分割的，并且相映成辉。摄影作品中，他用另一种方式展现了对士兵的爱。也许在今天这个全媒体时代，陈俨的小说，必须配着他的摄影作品，图文并茂地读，才读得更透。早在千军万马的摄影发烧友拍花打鸟晒糖水之前，陈俨起步就是用光影记录基层官兵生活。当年西沙群岛的美丽风光赐予他得天独厚的摄影情怀，部队基层的青春朝气，又给了他艺术影像表现发挥的独特空间。他既懂摄影又懂士兵，兼具技术、理念、美学、天赋与热情于一体。从《西沙人》《海魂衫》《士兵为王》《海军陆战队训练记实》《军·人》……开始，我就不断欣赏到他镜头下，一批批有深刻内涵、独到视角和高水平审美价值的摄影作品。他在任职南海舰队政治部副主任时，作为编队政委赴亚丁湾执行护航任务192天，回来后便是一整套珍贵的影像记录《我护航的弟兄》（获第十一届《影像中国》摄影大赛金奖；第二十四届全国摄影艺术展银奖；全军将军摄影展金奖）。退休几年了，陈俨还在用镜头记录着一组将持续10年、20年的漫长故事，故事的主角是一群士兵，他曾经的部属，这些士兵早已退伍，星散祖国各地，各行各业，有了各自的家庭和下一代。他与他的士兵们有一个共同的微信群——“俨叔来了”。每到一个城市，他就会找他的兵们拍摄、访谈、聚餐、海聊。逢年过节，兵们会在群里嚷着“俨叔发红包啦……”我们期盼着欣赏到这组追踪佳作。曾经的业余爱好让陈俨的退休生活有声有色，不仅有快乐的创作以飨自己的心灵，还拥有一众摄影界的好友。

每每能感受到陈俨真正的轻松，心归自由。小说《列兵江上眠》是陈俨去南极时产生的灵感，那里就有他自己的镜像：“沙漏倒过来再漏一遍，这一遍既不是3.0，也不是4.0，是0.0，回到本来的我，过一种最为简单最为纯朴的生活。”“幸福的真谛，不是想干什么就干什么，而是不想干什么就不干什么。”离开西沙十多年了，物换星移，曾经共事、同窗的一些人各生变故，甚至饱尝“早知今日何必当初”的苦涩。陈俨人生无悔地快乐着，还是一身西沙灿烂的阳光，并把这阳光洒在他足迹所到之处。

我愿与读者们，借《第一百个黎明》，共同观读西沙、观读守岛军人，也观读陈俨。

江宛柳

《解放军报》高级记者

目　录

鸟　兵

1

“龙妈是典型的自嗨党，瞧……”仇求把手中那只色彩斑斓的鸟儿介绍给兵舱的弟兄们，“叽叽喳喳像个碎嘴婆子不说，还会来这个……喏，你先别动……”仇求指了指对面正在掏烟的兵，一扬手，龙妈就翻飞着落到那人的左手上，麻溜地从烟盒中叼出一支过滤嘴香烟。仇求打了个口哨，它忽地又返回，顿然若直升机样，急速扇动着翅膀悬停在仇求脸前，又稳又准地将烟塞到仇求唇间。仇求取下烟朝对面弟兄得意一笑，算是示意了，顺手喂了龙妈两粒小米。

十几个看西洋景的兵从未见过这么屌的鸟，鬼喊鬼叫起来，我靠，神鸟啊！在哪儿淘弄到这么个小家伙的呢？叫个啥？龙妈？我靠，为啥叫个妈……这帮当兵的不知道《权力的游戏》，美剧，仇求喜欢戏里的龙妈——一个娇小、性感而又内心强大的女人。

“叫爷爷，爷——爷——”仇求不理会其他人的喧嚣，对着伫立在手中的龙妈认真地教导着。龙妈并不搭理，它左顾右盼地打量周遭的兵们，只从喉咙里滚出几声含混不清的响动。“吱、咿、呀呀……”“是爷——，不是咿也不是呀。爷——爷——，叫，给你吃这个。爷爷——”仇求用一小撮火麻子诱惑着。龙妈眨了眨眼，又发出“咿——”，这使仇求失望。

“这小东西能说话吗？”

“当然，玄凤鹦鹉，一岁小孩的智商……”仇求并不看问话的人。

补给舰底层的兵舱就是个江湖。如一缸沤之已久的杂瓣酱，充满无法理喻的气味。这不仅意味着那里有臭脚丫、烂胶鞋、仨月不洗的尼龙袜、两年不曾打理的野战靴、被汗水浸透八百遍的背心裤衩、让人无法睁眼的各款香烟制造的熏染物，还会在航行的十几小时里，铺陈演绎着浅显而又经久不衰的一些个社会学层面的人际互动——上岛下岛的探亲休假的上学培训的分配报到的看病归队的申领物资的押送器材的，还有一连二连大岛小岛老兵油子新兵蛋子，凡是个兵，都会被安排在这些个水线之下昏暗而闷热的大舱室里。在这临时构组的江湖里，规矩如同空气一样来临——那些大岛的兵、肩头杠杠多的兵、机关的兵、首长身边的兵，甚或曾拿过比武冠军的兵，不仅可以享受到众人的目光景仰或各式物品的贡奉，还握有最实惠的优先权——任意挑选铺位。这些大咖们一般都会找一个相对安静、少受干扰且卧具整洁点儿的下铺，把自己的行李物品堆放到铺位下面，再把拖鞋和牙具取出，仔细安顿好这一趟海上旅程。识趣的菜鸟们则把行李挑放在上铺或紧挨着舱门的位置。聊天的话题、打升级还是打够级、食品的共享、何时熄灯、几时起床，也都由大咖们主导。尽管补给舰作为军队的一个营级单位，是有严格的作息规定并通过舱内广播来实施航行管理的，但，江湖就是江湖，它有自己的一套。

今天的江湖显然被这个带鸟的兵或者干脆说被那鸟占去了风头。

往常总是被众星捧月并绝对握有话语权的邱兴彩感到了极大不爽。虽说他的权威并未受到直接挑战，却被严重漠视了。他因此刻意不参与对那只鸟的围观、起哄和赞许，如果那样，就会平白给那个不知深浅的新兵长脸。他只把眼角扫视了仇求半秒种，便掂出了他的斤两——肩上的杠杠只有两道拐，是那种列兵才有的最细的杠杠，脸皮白皙，未经过海岛的日月风霜打磨。这个不知从哪调来也不知去往哪个单位的新兵不可能知道他邱兴彩是整个海岛部队举足轻重的人物，时间长了这鸟兵肯定会知道他的分量的。如果到了他的手下，就更不用说了，他会告诉鸟兵，谁才是王。当下，权且让他要大刀好了，要一会儿吧……邱兴彩用降噪耳塞和谭维维的海豚音把自己的听觉与外界屏蔽开来，扭头给了大家一个背，面壁而睡。

偏是那叫龙妈的鸟儿不省心。在使足了十八般武艺之后，它得意忘形地落在了邱兴彩侧躺的肩膀上。见这人并未反应，它利索地叼住了那只塞在右耳的白色耳机，吱吱叫着振翅而起。就在邱兴彩一巴掌扇过来的时候，它已经灵快地脱飞而去，继而是邱兴彩用自己的脑袋与上铺板制造了一声巨响，“咚——”，痛苦的表情扭曲了他整个面部，在观者们哄然大笑中，一股从上船开始就聚集起来的火气如核裂变一般炸开了。他并不冲那兵去，而是光着脚去捉拿那只凶犯鸟。“你知道我会让它怎么死吗？会很惨，非常惨！”他边说，边紧握右拳，做出一个掐死对手的动作，眼睛盯住那只该死的鸟儿扑了上去。但，拳头打跳蚤的结果往往是徒劳的。邱兴彩当着众人三番五次被那小鸟儿的腾挪闪躲戏弄着，大汗淋漓不说，还把膝盖磕出了血。而那鸟儿终能利用自己的灵巧一次次化险为夷。它那瞻之在前忽焉在后，瞻之在左忽焉在右的风格让兵们又一次领略到了它的本领，一阵阵掌声显然为它而起。

门后的拖把被愤怒的邱兴彩握在了手里，他需要一件武器来完成对这只鸟儿的绞杀。他照着若无其事、左顾右盼且叽哩咕噜怪叫着的蹲居在舱内小喇叭上的鸟儿抡圆了手中的家伙。可又扑了空，小喇叭则成了牺牲品——囫囵个儿地落在地上。邱兴彩意识到这个尴尬需要一次决绝的杀无赦才能找补回来，于是高高地举起拖把，紧追着鸟儿飞行的轨迹扑打过去。没想到的是，那鸟儿落在了自己主人的头上，当拖把无情砸下来时，它脱身了，仇求则发出一声惨叫。

舱内立时安静。

这突如其来的、迥异于之前气氛的安静使龙妈略显讶异。它蹲居在通气口的格栅上，俯瞰全场。自知不妥的邱兴彩并未急急地上前照看仇求，却也停住了手脚。依然不肯让步的眼神中夹杂了些许不安和半点歉疚——老兵往往是这样的，即使做错了什么，也不愿跌份子，不再做进一步的动作已经表明了态度。一绺殷红顺着仇求眉骨洇开去、淌下来。有那么几分钟，他的意识因受到外力打击而出现乱码，他啥也不做，啥也做不了，只是瘫坐在地上嗫嚅着说："你还真打啊？"

一个巨浪狠狠拍在了舰艏，补给舰被高高托起，在波峰之上挣扎着停留了那么几秒钟，猛然被重重摔下。舱内立刻有人喊："坏了！这是过黑石嘴。"老南海都知道，过黑石嘴时如果舰艇依然四平八稳，那你今晚就来个婴儿睡吧。倘若舰艏微微那么一个上扬，深海区海况一定在四五级以上。刚刚这碰头彩可够邪乎，就等着世界末日吧，不让你吐个花红柳绿不算完。众人识相，急速回到自己的铺位，准备迎接大海的刑讯逼供。仇求也挣扎着站起来，取过鸟笼，要把龙妈收回来。

"为啥不到后甲板集合？"一个高八度的嗓音破门而入。这嗓音有电击的力量。两秒钟不到，所有战士又都下地立正，脸上布满惶恐，目光畏惧地注视来人——军务科长高鹏飞。只有仇求慢了半拍，在做出立正动作的同时，一只手捂着受伤的额头，另一只手还拎着个鸟笼子。

仇求被高科长的怒眼锁定。

整个部队，最让战士们心惊胆战的就是这位副团职军爷。军务科长，是那种上管天下管地中间管空气的主儿。尤其是这个高鹏飞，黑包公的脸庞，关公的身形，武松的嗓音，还有豹子头的功夫。他的拿手好戏是与犯错的兵握手。只稍稍一握，兵们就会火烫般蹲下，接着就大汗淋漓地告饶。“知道错了？”“知道知道。”“下回……”“下回绝对不敢。”被他握过之后，十之八九要去卫生队。曾有那么几个被他握下岛住院去了，病历上写着：指骨骨折。

“谁干的？”高鹏飞指着地上的喇叭发问，“怪不得广播那么多遍，独独少了你们一屋。咦，脑袋咋地了？”高鹏飞发现了仇求的额头。

空气凝结，众人哑然。所有目光，聚集到了邱兴彩身上。幸亏一个涌浪来袭，不失时机地晃动了所有人，高鹏飞与各自寻找平衡点的兵们一样赶紧抓住床铺边角。

“第一个浪，磕那儿了。”仇求手指了指床帮。

“手里咋拎个那？”

仇求无言以对，只与邱兴彩对接了目光。

“带它上岛？有病吧你。鸟呢？”

话音未落，这倒霉催的龙妈竟然扑哧哧飞了下来。未等高鹏飞反应过来，一泡白中带黄半稀不干的鸟屎不偏不倚屙在了军务科长的印堂之上，继而又箭回到仇求手里，仇求慌乱中将它收进了笼子。

要命了，太岁头上动土。军务科长如果连这个小东西都管不住，何以能镇住千军万马！他推开上前帮他揩拭鸟屎的人，语气恶狠地问仇求：“你认为我会怎样处置它，还有你？”

仇求无法回答。

“二选一。第一，明早杀了炖汤喝。第二，让你城墙上拉屎露个大脸，在全体部队面前，你，提遛这笼子走一趟……”一个浪来，高鹏飞的话语打了个趔趄，“让上上下下几百号人都看看，提笼架鸟，这可是当代军人的标准配置？你叫啥名？”

“仇求。”

“哦，你就是仇求？第二年兵，雷达专业，训练基地刚刚毕业，没错吧？告诉你仇求，你犯在我的手上你就是个毬，二毬的毬！”高科长看了看手里的表格，说，“听好喽，原方案你是分到主岛观通站，鉴于你今天的表现……”海浪又咣的一声打断他的话语，他用下巴点了点邱兴彩，“……喏，跟他去……燕鸣岛。”

走到门口，高鹏飞又补了一句：“舱内不许挂鸟笼，先搁到通道去，斩监候。”

仇求懵在那里。

2

海天尽墨，恶风肆虐，恐怖随之降临。当补给舰驶入深不可测的狂浪区后，一切只能交给上天。夜，抹黑了大海，更肆无忌惮地挤进这艘不识时务的船。灯火管制之下，它的内脏也充满惊悚的乌黑一团，只有一只 20 瓦的夜灯半明半暗亮着，惨淡而阴森的色彩牢牢抓住悬挂在金属管道上的龙妈。桅杆上，舰桥旁，红绿互见的航行灯忽闪忽闪，如鬼火一般挣扎着跳上浪峰又陡然跌入谷底，再无光亮。变了脸的南海恣意把玩和蹂躏着这艘不足 3000 吨的小东西，面色狰狞。

所有的兵都躺在铺位上，死猪样，却没有一个能睡着——都在忍受着大海的吊打。稍强点儿的，或能硬撑着到厕所去吐，那些根本无力抵抗的干脆就服了软，歪在铺边上交出“公粮”——满屋不堪。也有那船底朝天都不带吐的主儿，可根本无法站立，这会儿的补给舰比过山车还要过山车。侧涌来袭，整个船就向一边倾斜过去，一秒两秒，甚至十秒八秒，那船就是回不来，像个无法自理的瘫子，不可救药地歪着，斜着，正在狂吐的兵也猛然止住，鼻孔上挂着半截面条，心里一个劲儿祈祷——海神奶奶海神奶奶，千万千万别让船翻了啊……好容易摆脱了，回了正，人人都释然一小会儿，就像患有呼吸综合征的人被魇着了，憋了足足半个世纪才缓过一口气一样，抓牢床帮的手松开了，蹬墙面的腿拿掉了，没吐完的又接着呕声四起……猛然，又一轮巨浪袭来，这回它不玩侧倾，而是失重，一个急坠，让所有人惊叫不止，又突地锁住喉咙，生怕小心脏跳出来。

仇求却怪，不吐，也不恶心，只是睡不稳。这种抗晕级别在全海军也属于极品中的极品。他觉得这船像个力道十足的庄稼汉在用簸箕扬稻粒，把人放在里面上下颠簸，快意恩仇且乐不可支。别人颠掉的是肚里的食物、胃液和胆汁，他却在脑子里颠出了一杯抹茶拿铁……

午后的星巴克慵懒而随性。一两个上班族正喝下午茶，小作放松，靠窗的一位则使用膝上电脑整理文案。弥漫其间的咖啡香让仇求闻到了与军营生活的距离。当拿铁推到面前的时候，他并不急于品尝这久违的最爱，而是径直握住仇沁的手。仇沁并不推拒，反是再加上她的另一只手将仇求的手柔柔包住。“你为啥不喝？”他问。“我不喜欢。”“瞎说，”仇求把杯子推到她面前，“省钱？哥供得起你了。”“我知道。来，哥，让我看看你的手。”她把杯子推还过去。

仇沁掰开仇求的十个手指头细数起来：“哥，仨箩。知道仨箩是啥不？一箩巧，二箩好，三箩四箩背稻草，五箩穷，六箩富，七箩八箩开当铺，九箩是秀才，十箩中状元……”她笑得咯咯咯的。

“仨箩背稻草，好还是不好？”

“好着呢。”仇沁认真地说，“你想，背稻草的人家准得种地，不愁吃啊。稻草苫房子有用吧，草木灰有用吧，沤肥有用吧，编绳子有用吧，做饭有用吧，至少，下雨天可以当蓑衣吧，咱俩，不就是背着稻草来的吗？再说……”仇沁顽皮一笑，“加上我的……猜猜，我几个？”她并不让他猜，摊开了手，让他数。“一个、二个、三个……六个，咱俩共有九个呢。九箩是啥？是秀才？”“哥原本可以当秀才。”仇求亲昵地伸手摸摸仇沁细嫩而光洁的脸蛋，“知道有个词儿不？吹弹可破。”他并不把关于箩的问题当真，只是喜欢仇沁这会儿萌萌的单纯样儿。仇沁用脸把仇求的手歪住，不让抽走，“哥，还有咱爷爷的……”“爷爷几个？”“也三个，统共十二个。十二个是啥？”小姑娘在想。“十二个是开心。”“对，是开心。”仇沁拿杯要喂仇求。仇求说：“咱拿两个管，一块吸吧。”

说到开心，两人的心都被撞着了。他俩都知道对方想的啥——咋让爷爷开心？

仇求和仇沁不是亲兄妹，俩人也的确是背着稻草来到这个世界上的。

二十年前，六十多岁的鳏寡老人仇付山在自家的稻草堆里抱回了一个不足月的男婴，他就是仇求。为他起名“求”，是想求上天给这个苦命的孩子带来好运。两年后的一个早上，独自玩耍的小仇求发现自家的稻草垛里有个小花袄。他就使劲拽，不曾想拽出个小妹妹。时逢细雨，就有了仇沁这个名。

仇付山老人是在这个城市边缘租种稻田和菜地的。他一辈子独身，把这俩孩子看作老天给他的礼物，视如己出。拉扯他俩的辛劳自不待说，难得的是，仇付山老人一辈子嗜书如命，在给孩子基本温饱的日子里，又传给他们良好的读书习惯。在兄妹俩的印象中，爷爷除了劳动就是看书，读的都是拾来的报纸和废旧书刊，兄妹俩也常常在爷爷的故事声中睡去。待他俩上了小学能识几个字了，爷爷就每周带他们到市里书店去“蹭”书看，每每看到店里打烊，爷儿仨才高高兴兴牵手回家。这个完全没有血缘关系的贫苦家庭，营造了世界上最温馨最有文化的氛围。从小学到高中，仇求是学校无可争议的学霸，老师说他考上省重点不在话下，如若发挥得好，清华北大也有可能。可万万没想到，就在高考之前三个月，仇求决定放弃了，他要当兵去，原因是爷爷得了痴呆症——他要用当兵的津贴来养爷爷和妹妹。那天仇沁大哭，哭到几乎晕倒。仇求不动声色，他把妹妹带到这个星巴克，第一次为妹妹买了杯抹茶拿铁，故作轻松地说："沁儿，我答应你两件事儿。一是我到了部队还要考军校上大学，成为一名军官。二是从今天起，你就是我的未婚妻，等个三五年，哥回来娶你。"听到这，仇沁更加放肆地大哭，哭得稀里哗啦、不管不顾。周围的人们惊奇地张望他俩。仇求把奶茶送到妹妹嘴边，只一口，哭声停了，一张笑脸挂满泪水。"听好，爷爷交给你，让他开心。"

如今爷爷已经不认人了，总对着仇沁叫二姨。这次仇求是集训结束回来休假，两年不见，进家门就听爷爷跟仇沁说："二姨啊，这男的像你家大小子。"仇求的心立时被酸住了，眼泪叭叭地落。"往后爷爷叫你啥你都应着，知道吗？哪怕叫你姑奶奶呢，只要他开心。"仇求说。"说的是呢，可他就是开心不起来呢，每天总是愁着个脸，你想一百个点子逗他也不见他笑一笑。"仇沁说着，仇求示意妹妹把奶茶喝完。"只有一次，我推他去花鸟市场，那么一大堆遛鸟的老头儿在一块逗鸟，他说啥也不肯走了，盯着看了半天，这两年，我还是头一回看他笑得那么开心。我就给他买了一只鹦鹉回来。只乐了半天，再就不喜欢了。""就是家里那只？""嗯。""我明白为啥，你得让那鸟说话。""可不是，那天他听鸟说一句他笑一声，说一句他笑一声。你知道不，有只鸟会叫爷爷，把咱爷乐的啊，上去就要拿人家的鸟，被我拦住了。他就一天都跟我赌气。"

仇求不急不慢地说："把鸟交给我，训练它，说不定会叫爷爷，你说呢？""真能训出来？""我带回去试试，我看行。"仇沁高兴地与哥哥击掌，“给它起个名吧，咱俩一人起一个，看谁的好。”结果，亮开手掌，各自都写了一个“龙妈”。仇求刮着仇沁的鼻子说：“鬼东西，投我所好。走，去花鸟市场看看。”仇求结完账往外走，妹妹一蹿就猴在了哥的背上，趴在他的肩头拽他耳朵，泪花挂了一脸。

凌晨5点，补给舰在沙礁转向，风浪稍缓。

3

一夜梦魇，身高马大的高鹏飞也被霜打成蔫茄子，但他仍强打精神挺立在郭副司令面前。

这是位于驾驶室下方的首长住舱。套间，有盥洗室，配有电脑和电视。首长住舱其实是摇晃最为凶猛的地方。它位居首层，重心高，摆幅大。正因为此，干了半辈子海军的郭副司令一晚上也被海浪折腾得不轻，脸色有些灰白，头发蓬乱，甚至眼袋也明显了些。他一边用湿毛巾擦着脸一边对军务科长说：“半夜3点多，这个兵来了。”他把一只金属鸟笼递到高鹏飞眼前，“他管我要鸟，说鸟没了，是你给弄死的。”

“首长，我……”

“一个兵，半夜三更闯到我这儿，管我要鸟，你说，你个军务科长是怎么当的？这样的鸟兵，竟然找到这儿管我要鸟，你说，成何鸟体统？”副司令把毛巾摊在手上作责问状。

“是，首长，我去……”

“他还说，”副司令继续他的话，“条令条例没有禁止养鸟这一条。是吗？你是军务科长，内务条令有没有这一条？”

还真没有。

“他说岛上部队可以养猪可以养羊可以养鸡可以养兔，那供应站还养鸽子养鸵鸟呢，带狗带猫上岛也有的是，这些都是上了报纸的，怎么不能养鸟？这还真把我给问懵了……”郭副司令忍不住扑哧笑了一声。

高鹏飞一时语塞。他清了清嗓子，又定了定神，把胸脯向外鼓了鼓，他还是能找出一千条理由的：“是这样，养猪养羊啥的，都属于副业生产，说白了，是保障战斗力的需要。养狗就更甭说了，警戒自卫呀，猫……猫不是能抓耗子吗？就连肉鸽和鸵鸟蛋都是蛋白质，岛上那么苦……”突然觉得话有点多，高鹏飞顿了顿，可副司令示意他接着说。“那土豆大的小鸟当啥用？当吃还是当喝？再说，一个当兵的，拎着个鸟笼子像啥？二流子。这是关键，有伤军营风化。”

“对，有伤风化。但你处理这些小事也别太简单粗暴，动之以情晓之以理，不是吗？讲点方法。你现在把人家鸟弄死了，直接怼我这儿来了。去吧，把事情处理好。”副司令显出了军事干部少有的讲究方法。

仇求第一眼看到那只空鸟笼孤零零地在那晃悠着，就血冲脑门了。他百分百认为是高科长所为，完全不顾自己是一只菜鸟，便开始了波峰浪尖上的寻找。他不懂得军舰或海岛部队的规矩，因而不会知道高鹏飞的住舱应该在第几层、哪一间，只是像醉汉一样东倒西歪地乱撞。最终推开了一扇写着“首长”名牌的舱门，惊愕地见到一位上了点岁数的人正冲着厕所干吐——脸憋成猪肝色，伴随着腹部一阵阵抽搐，对着马桶的口腔却没有半点内容可以倾泻。在无数次翻江倒海后，这位副司令员连胆汁都吐没了。仇求赶忙取来一瓶矿泉水给他漱口，然后将他扶回铺位。“你是谁，有什么事？”在稍稍缓了口气后，这位首长问。于是仇求向他倾诉了一只鸟儿的悲惨故事。“呶，就剩这笼子了。”“你先回去吧，等我……”话未说完，这位首长又开始了下一个波次的干呕……

补给舰靠稳码头已经是上午九点。

当所有人开始离舰登岛的时候，仇求把手拎鸟笼的高鹏飞堵在了舷梯口："还鸟！"

岂有此理？！这个举动把高鹏飞彻底惹毛了。原本就一破鸟的事儿，对他一个大军务科长来说，转身放个屁就忘毬了，没想到他倒不依不饶了，到副司令那儿告刁状不说，还把屎盆子扣他头上。更可气的是，这个没鸟数的二毬竟会堵在舷梯口管他要鸟。"纠察队，来俩人，快点，把他给我关起来。""凭什么？"仇求高声抗辩。"凭什么？就凭这个——"高鹏飞一把握住仇求的右手，决定用他最擅长的方式给这不懂事的瓜蛋子上一堂军规军纪教育课——我捏不死你！但，意外了，和之前被他握过的所有手都不同，今天这只手像一块生铁，坚硬到硌着了他。高鹏飞是丢不起这个面子的，尤其当着这么多人的面。眼前这个身形不高也不壮的人，怎么看也不可能成为他的对手。于是加力，坏了，他的手反被对方钳住，想抽出来已经不可能了，继而是麻、酥，他思忖着如何摆脱和下这个台阶，可对方一个用力，将他整个右臂反关节锁住。头一回，他在大庭广众之下被一个新兵牢牢制服。两个纠察队的猛男一时愣住，不知所措。"你俩……还不动手，把他……"高鹏飞疼得喊不成句子。仇求趁势拿回了鸟笼。

解围的还是郭副司令。他语气还算平和地说："你是个新兵，不能对科长这么无礼。他搞丢了你的鸟是不对，可动手动脚就是你的错。""是他先动的手。"仇求说。"可你说我弄死了你的鸟，纯属放屁。""不是你是谁？"仇求把空荡荡的鸟笼举得高高。

"是我，"在一旁看热闹的邱兴彩边发声边拉仇求的手，"是我干的，但我没弄死它，只是把它放了。"

仇求不解地望着邱兴彩，脸上已有哭相：“为什么？茫茫大海，它还有活路吗？”

邱兴彩并不搭话，拉起仇求就下舰，直奔纠察队宿舍。

高鹏飞怒气未消：“这兵，欠收拾。”边说边甩那只依然疼痛的手，一双怒眼盯着仇求的背影。

“铁砂掌今儿个遇到金刚手了吧？”郭副司令调侃着高鹏飞，背手迈下舷梯。

4

邱兴彩与仇求面对面坐着，四目互盯。中间地面上，放着那只鸟笼，空得慌。

邱兴彩是纠察队中转楼的老主顾了，海岛服役十多年，也记不清在这陈旧的二层小楼里住了多少回。像北方的大车店，从小岛上来或下小岛去的官兵常常在这里暂住，他们要在这个中心岛等待交通。各路兵马汇聚在这儿，飞短流长地交流着平时听不到的信息，认一认八竿子打不着的老乡，恨不得摸烂十副扑克，再把行囊中的吃食和香烟消耗得八九不离十，便随着交通船星散开去。这间房，是邱兴彩的固定住房。头两年参加比武，他在这住了两个多月，熟悉了，管理班长就总把东头这间最大的带空调屋子给他留着，虽说有四张双人床，也轻易不安排别人。

今天却例外了，邱兴彩把仇求带到自己的房间共住。邱兴彩掏出烟，让了让仇求，便自己点上一支，一缕青烟漫过眼帘，眯起来，慢条斯理地说开：“我为啥要放了你的鸟？嗯？不知道？你别拿这眼神剜我，这事本来我管不着，也懒得管。可从昨晚你那什么龙妈把屎拉在高科长的脑门上开始，我就不能不管了，知道为啥吗？不知道？我告诉你——你是我的兵了。你别瞪眼，也别不信，没听见他说要你跟我去燕鸣岛吗？对，我就是燕鸣岛的雷达班长，你不是学雷达的吗？这不妥了，是不是我的兵？知道就好。接下来的问题是，你知不知道高科长是什么人？你当然不可能知道。他是活阎王。连南海的海鸥和海龟都知道这人不能惹，惹不起。特别咱当兵的，小命攥在他的手里。转士官、批假期、选送士官学校、推荐考军校、评优秀士兵，立功受奖甚至提干什么的，他都说了算。有些事，他未必能帮上你，可却能坏你的事儿。记得他说了要吃你的鸟，还要让你当着部队出丑吗？他既然说出了口，就一准能做得出来，这人说一不二。真要那样儿，你不臭遍南海了？我是为了你好，先把鸟放了。鸟没了，他就不能把你怎么样，明白吗？”

听罢，仇求平静了些。他起身将笼子拎起，开开后窗户，打算抛弃了它。“先别，带上，咱燕鸣岛有的是海鸥，我给你弄两只玩几天，怎样？”

“海鸥能说话？”

“好像不能。你一定要能说话的鸟？”

“嗯。”

“为啥？”

“……”

仇求并不想讲出自己的身世。他与昨晚船舱中的仇求判若两人——表情淡然而少言寡语。是的，仇求并不想在别人面前当祥林嫂。在仇求的性格构成中，内敛与卑谦占据着主导地位。这当然与身世有关。但，正像他昨晚闯入首长房间一样，他也有着极其坚硬的精神内核。譬如说，他的一身力气哪里来？那是在小学六年级时，因为一个同学嘲笑他和他爷爷之后，他苦练了多年，最终在高一时，让那个同学吃到了苦头，彻底臣服在他的脚下……

5

高鹏飞一夜难眠。那只石头般坚硬的手总在击打他的睡意。难道是叶问是李小龙是泰森？是少林寺修炼来的铁手？他的权威第一次受到一只手甚或一只鸟的挑战。一个军务科长毫无疑问有能力降服他和它，但，高鹏飞辗转反侧一夜，却总觉得无从下手。没错，内务条令中并未有禁止养鸟一说，荒漠小岛上养这养那的也不在少数，本不该为这事闹到这一步。可令出即行，这是军人本分，错了也得执行，容不得半点含糊。你个当兵的，玩个鹰啊隼的也比玩这媚艳娇小的鹦鹉强吧？这念头一经诞生，他立刻又十分确切地肯定了自己管鸟和管鸟兵的行为。况且，那鸟儿已然不在，鸟兵的命运也被他拿捏得透彻——他很满意自己的果绝，干军务的嘛！

带着一夜熬出来的坚信与释然，他站在去往小岛的交通艇的舷梯口。用军务科长惯常的严格与严厉，清点每一个登艇的人员。当仇求拎着空鸟笼将要踏上舷梯时，他伸出了右手："一切顺利！"

仇求稍稍犹豫了两秒钟，把右手交了出去。

两只相握的手并无用力，柔软轻飘、若即若离得几近意思意思，旋即松开。

高鹏飞的目光是锁住仇求的。仇求不傻，除了恋人之间，这种超出数秒的目光锁定深具意涵——你就是去到天边也逃不出我的手掌心，咱慢慢计较好了。

知道去往燕鸣岛的始作俑者是高鹏飞，知道再硬的拳头斗不过了无行迹的权力，仇求在与高鹏飞对视的同时，眼神中撤去了情绪，撤去了色彩，这让对方无从知晓他的态度和心境。

"瞧，鸟类大战。"邱兴彩从旁转移仇求的视线。

大风大浪之后的气象往往出人意料的好。天上只有一片云彩，棉白一团，贴在无涯的湛蓝上，不移不动，漫不经心。云的周围，两只军舰鸟正大肆围剿一只白腹鲣鸟。它俩看中的是鲣鸟嘴里费尽周折捕获的一条飞鱼。鲣鸟不甘如此被虐，拼力向那团云朵冲去，试图利用云朵摆脱险境。可军舰鸟穷追不舍，迅速地逼近目标。鲣鸟又无奈地向海面急速下降，还是无济于事。一只军舰鸟已经叼到了它的白色羽毛，鲣鸟再次垂直爬升，顿然闪出一双红色脚蹼，毫无章法地参与搏斗，却还是无法摆脱，只几秒钟，那鲣鸟被逼抢得一声嘶鸣，衔着的鱼儿脱口而出了。于是，那鱼儿当空被两个强盗虏了去，接下来，是它们之间的一场内讧血拼。明抢明夺的行径惹得众人仰望，兵们被这精彩的戏码点燃了情绪，在一片吼叫声中，交通艇撤去舷梯，缓慢地离开码头。

“知道军舰鸟的另外一个名字吗？强盗鸟。呶，就是这样蛮不讲理。”邱兴彩转眼对着仇求，“记住，惹不起咱躲得起，到燕鸣岛不是坏事啊。”

仇求并未回应。可是，当交通艇从补给舰侧翼滑过时，仇求散淡的目光突然聚集起来。他紧紧盯住补给舰的主桅杆——那儿有一个熟悉的影子。一声鸣叫划过水面，是啦，那就是龙妈！仇求迅速登上指挥平台，他将两根手指放进口中，一个响亮的呼哨，龙妈抖擞了一下，又抖擞了一下。显然它对这呼哨是熟悉的。当仇求再一次发出指令时，龙妈毫不犹豫地弹飞起来，先是在高鹏飞及送行人群的头上盘旋了两圈，继而用它漂亮的飞行划出了一道曲线，稳稳当当地降落在仇求肩头。

仇求甚至要落泪了。龙妈竟然在狂风恶浪中抓住了补给舰的桅杆，逃出生天。仇求将口袋中的火麻子悉数掏出，龙妈大快朵颐。

远远的，伫立于码头的高鹏飞看到了这一幕。他嘴里轻声而狠狠地挤出了两个字——鸟兵！

6

邱兴彩是燕鸣岛的王。

在简单安顿之后，邱兴彩领着仇求把这个只有0.4平方公里的小岛转了一圈。他告诉仇求本站的基本坐标和海区主要情况。他是个尽责的班长。“一切都等上机再说，关键是专业技术要过硬。”他突然对仇求说，“一旦漏情，你就完了，咱们队也就完了。”邱兴彩严肃起来，“现在的纪录是十年无错情漏情，上百万批次无差错，其中，八年的成绩是在我手里创造的，所以……”他立定，把脸凑到与仇求很近的位置，“从这一点上说，我不喜欢你的龙妈。你要把心思放到专业上。”见仇求没有回答，他捡起一块珊瑚石，大力向远处的几只海鸥撇去，“我能指望的只有你了。不懂？呐，听我讲，我第十五年了，明年该走了。小迷糊顶不上，就是刚刚帮你打水的胡知然，从来不敢让他单独值班。有点样子的就是郭山，专业没有问题，可也靠不上，他一门心思要考军校。能不能考上不知道，可他一定会去参考，为啥知道吗？呐，郭副司令是他亲叔，就是昨晚船上的那个首长。考上了他就飞了，考不上，也不会在这儿呆了。所以，担子已经历史性地落在你的肩头，所以，你那只鸟……”

仇求并不回应。

“还有两个月就考核和比武，你不拿出全部精力怎么行？老话说玩物丧志，玩鸟……”

“如果我考核比武成绩优秀呢？”仇求的发问让邱兴彩没有想到，“是不是可以留龙妈一条活路？”

“你有把握能拿到好名次？”

“前三名。”

"咱队前三？那不算……"

"全师前三。"

邱兴彩露出惊讶表情。他不知道该不该相信这个兵的信誓旦旦。全师的水准他是知道的，哪个岛上都有这个行当的顶级人物。如果他真能拿下前三名，他邱兴彩就后继有人了，燕鸣岛也后继有人了。可他对这个拎鸟笼子的并不知底。

"这牛皮可不能胡口乱吹，全师几十名高手……"

"你就说考好了能不能留下龙妈吧。"

"如果那样，就是说你考了全师前三名，别说养只小鸟儿，你就是牵头大象上来，我都亲自替你养着。一言为定！"

"一言为定。但，空口无凭，咱得立字据。"

"仇求，你有完没完，信不过我是怎么着？"

"一码是一码，这叫契约精神。"

"……走吧，咱先去雷达值班室去看看，晚上开个班务会。"

班务会是新兵上岛的例行公事。

"喝什么？"胡知然边张罗茶具边问，"鸭屎香？"见邱兴彩点头，他熟练地从抽屉里拿出一包凤凰单枞。这个叫胡知然的显然是功夫茶老手，他先用滚水洗过杯洗过茶，把烫手的小茶盅递给班长嗅香。待邱兴彩闭目细闻，露出享受万分的神情后，再把汤色清透、香气扑鼻的第一杯茶摆到茶托上，双手送到班长面前，同时伸出右手掌做了一个"请"的动作。邱兴彩并不说话，端杯慢呷，在口中百转千抿地品过了，胡知然才忙不迭地又为其他人送上杯盏。

邱兴彩主持下的班务会常常是品茗会。

"仇求，咱班新来的……"

"啥，球球？"胡知然"扑哧"地笑出了声，顺手又给大家续了一遍茶。

“小迷糊你严肃点……今后都在一个岛上过日子一口锅里吃饭，大家相互多照应……”邱兴彩是在品过每一小盏单枞的空隙发话的。

“那鸟儿咋回事儿？”从一开始就只顾自己看书的郭山突然发问。

“仇求从家带来的，一个小玩意儿。”

“聒噪得很，来了这小半天就吵得我头痛，我先说清楚啊，影响咱休息可不成。”

“放心，不会吵到你。”

“咋不影响，中午就没睡好，下午根本看不进书去……”郭山边说，边把一本数学题集伸出来，“不行，有它没我，有我没它。”

“先别急，待考核之后再处理也不晚。我和仇求有个约定，看他雷达成绩如何……”邱兴彩在享受着品牌为“鸭屎香”的单枞，“仇求，你把鸟笼放到楼顶信号台上去。那上头正好有一个遮阳地方，刮风下雨再拿屋里来。”

郭山白了一眼仇求，又埋头看书去。在这个岛上，郭山还是敬重邱兴彩的。不仅因为他兵老，还因为他的军事技术实在过硬，过硬到郭山这个牛气冲天的人都佩服的程度。

满室的单枞飘香，邱兴彩喝得微汗，“仇求，去，让龙妈给大伙表演几个绝活。”

“班长，这是班务会，不太好吧……”仇求不太情愿。

“会开得很成功啊，调节一下气氛，让他们开开眼。”

“就是就是，让咱开开眼。”胡知然跟着嚷，又忙着给邱兴彩续茶。

仇求看了一眼郭山。郭山并不搭理他，自顾自地看书，眼前的茶杯已经凉透。

仇求在这个海岛上的第一个夜晚久久难眠。海浪轰鸣着去了又来，同室咬牙打呼噜说梦话，换班人员把门撞得山响，信号班也会传来不规则的音频，时不时还夹杂着龙妈叽里咕噜的呢喃，那个叫黑豹的军犬突然狂吠几声，加之月光穿过窗户，当当正正地照在他的脸上，一切都显得那么嘈杂和无序。他努力梳理思绪——爷爷、沁儿、比武、考军校，还有这个龙妈以及对龙妈构成极大威胁的高科长……仇求干脆把往后的生活内容简约成两件事：一是训练和值班，二是调教龙妈。在他看来，这两件事殊途同归：比武成绩优异，就能一举奠定在队里的地位，那么，至少士官转级就有了保证，甚至还有考学提干的可能。海岛军人的补助本来就高，爷爷和沁儿的生活应该没有问题。而调教龙妈则关乎爷爷的精神生活，也关乎他自己的心底安然，可谓物质精神两手抓吧……一阵海鸥鸣叫将他唤醒，见天已麻亮，干脆翻身下床，带着龙妈来到海滩上。他手托鸟笼，把龙妈搁在眼前平视自己，开始训练它说“爷爷”。龙妈并不回应，自顾自地乱说乱唱着，偶尔发出稍稍接近爷爷的声音，仇求就喂它火麻子。

“真乖，不是咿——，是爷——”

“呀——”

“不是呀——，是爷——”

“咪咪——咪”龙妈突然就开唱，它甚至能唱出一句简单的旋律，最拿手的是邓丽君的“你问我爱你有多深……”又可气又好笑。

直到哨音传来，仇求才回到驻地参加早操。

邱兴彩布置当天的工作：“早餐后，仇求和我第一班，第二班郭山带胡知然值……”

仇求明白第一天带他上机值班的意图。也好，机会难得。其实对于仇求来说，雷达专业本身没有问题，缺少的只是经验。舰队训练基地的专业成绩排名榜上，他永远占据着头名。这当然得益于他扎实的文化基础和超过常人的领悟能力。这也是分配他来海岛的重要原因——

海空情况复杂，配备最强的雷达业务骨干。

雷达显示屏上的绿色回波幽然闪现又淡淡隐去。邱兴彩先把海区情况作了简要介绍，仇求上机熟悉海区后很快就进入状态，迅速、准确地持续测报、标绘，没放过任何目标。整整一个上午，邱兴彩就盯牢了仇求，除了稍稍提示一下之外，并无对仇求的操作进行任何干预，更没有半点指责。在他的印象中，还没有哪个初上海岛的新兵能做得如此完美。

他是一个难得的好料子。

7

“说吧，怎么办？”郭山对下班回来的仇求发问。

“对不起，是胡知然干的，谁知道他动了哪根筋，把龙妈放出来了……”

早上下雨，胡知然把龙妈带回了宿舍。他打开笼门放出了龙妈，让它在这个 8 人宿舍里尽情飞舞。

“瞧，你那龙妈干的好事。被子、枕头、帽子……还有这里，哪儿哪儿都是鸟屎。喏，这碎灯泡，它拿灯绳当秋千耍了。”

“对不起，我来收拾……”

“那这个呢？”郭山举着一截鼠标线说，“被你的龙妈毁了，你说它那嘴咋这么欠呢，啃什么不好？我这笔记本咋使？”

“它不是故意的，我来想办法……”

“怎么不是故意的？我所有的复习题库和解题辅导软件都在这里，这么关键的时刻，它给我添乱，不杀了它不足以平民愤，知道吗？”

“一只鸟儿，它不懂事……”

“你是说我跟鸟儿一样不懂事喽？”

"不是……我是说，别跟鸟儿一般见识……"

"复习时间剩下不多了，这关键时刻耽误不起的，知道吗？"郭山一脸杀气地说，"它必须死。"

"你当真要它死？"

"当真。"

"讲个条件好吗？"

"没得条件可讲。"

"如果我能帮到你复习呢？"

"……"郭山睁大了一双根本不相信的眼睛。

"不相信？我就是你的万能解题老师……"

"拜托了仇求，吹牛打个草稿好吗？"

"你别不信，咱现在就试试，你把你所有不会的题列出来，我，一题题做给你看。"

"数理化都行？"

"都行，统统打包，还捎带着英语和语文什么的。"

仇求一旦进入解题状态，便显现出扎实的知识功底。郭山看得着了迷，他发现一道道难题在仇求手下怎么就那么轻而易举地被化解，不费吹灰之力。他从自己床下的小柜里拿出一瓶豆奶，"来，喝一口豆奶……"见仇求并不理会，他强行打断了他，"我说仇求，你真是个毬，有这本事，来当什么兵啊？一本、二本随你挑啊！"

仇求答非所问："郭山，这样，每天把所有不会做的题目整理出来，我俩抽时间一块做。有啥不会的我给你讲。"

郭山大喜。"哥们儿，够意思。你为啥要帮我？我寻思着你是不是也想考军校啊？你要考个第二，没人能拿第一了。你当真想帮我？"

"一言为定！"仇求伸出右手。

"啥条件？留龙妈不死呗？"

“聪明。”仇求笑说，手上稍加了点力。

郭山蹲在地上，拼命地甩手。

如果说刚开始郭山对仇求是出于佩服，那么半个月之后，他对仇求就开始感恩戴德了。那天仇求为他出了一套试卷，让他晚上试着做做，看看近期的复习有没有收获。郭山一直对自己的成绩不自信。他属于那种一瓶子不满半瓶子晃荡的人，高考成绩上不了一本，二本又有富余。他心高气傲，说上二本丢不起人，这才想到了叔叔，来海岛当兵其实是奔军校来的。他多次试做前几年的考卷，总在五六十分晃悠。这成绩真还不够丢人的。叔叔电话里只有一句话——考不好别来见我！

而那天的自我测验成绩竟有了大幅度提升。各科都长了 20 多分，特别是他最为头痛的数学终于有了突破，破天荒地冲到了 89 分。这才半个月啊，效果如此明显，头功当然是仇求的。郭山少有地放下矜持，给了仇求一个大大的熊抱：“兄弟，兄弟……”

“其实，你的成绩比你预料的要好。瞧，和往年的考卷比，今天的卷子我加大了难度。郭山，加油！”

“天助我郭山，派你仇求来燕鸣岛……”

海岛生活如海浪般固执而坚定地按部就班。一日三餐、训练值班，一旦规律起来，就觉得节奏在变，变得飞快。转眼一个多月，龙妈学会了许多其他玩意儿，时不时胡说胡唱着乱七八糟的东西，就是不肯说“爷爷”。雷达班的几个兵空闲了也常常逗龙妈，这对养鸟人来说是个忌讳。好在仇求有耐心，依旧每日早起，带上龙妈，在清晨的海滩上听涛声听海鸥嘶鸣看日出呼吸湿润且带着咸腥味儿的海风，权当晨练了。

那天全队去了海滩搞战术，走道里只有队值日胡知然，他百无聊赖地盯住龙妈看了好一阵子了。一个多月了，他第一次对龙妈那一身羽毛发生了兴趣。这鸟儿为啥会长成这样的诗情画意？像是谁特意用五彩颜料画出来似的——从肚皮那儿开始一路青灰上来，到脖颈又淡成了雪白，脸上有了黄，却一边抹了一块红色的圆，跟舞台上丑角的腮帮子一样滑稽。顶冠子则黄透了，向后倒背着像贝克汉姆的发型，很是牛掰。嘴角黑灰，鹰嘴样倒钩。忽地闪动双翼，又是黑白互见。拖着条长长的尾羽，似新娘子拖着的及地长裙。一双黑爪，牢牢抓住笼中横木，抖动着脑袋，盯着笼外的这个人不放。胡知然用嘴嘟嘟着逗它，“啧啧啧，我靠，龙妈，龙妈，唱个歌呗？唱了就给你这个。”胡知然把馒头屑子捏成个小球，托在手心伸到笼边。龙妈在木杠上横移了两步，并不搭理他。“我靠，不识抬举的东西。”胡知然猛地打了笼子一把，龙妈随笼子剧烈摆动起来。它顶冠骤然立起，发出阵阵怪异的叫声。“好了好了，我靠，又没把你怎么样，喂你不吃，怪不得我。”他不喜欢龙妈是真的。这不喜欢来自恨屋及乌——仇求的到来，使他的前途岌岌可危。他本指望明年能转进下一期士官的，但业务上实在拿不出手。许多次要不是邱兴彩和郭山替他擦屁股，恐怕背上七八个处分也不止了。如果说仇求不来，他或会因人手短缺而得以转级，可这个仇求实在太过分，来得不是时候不说，刚上岛就在专业上直逼技术大拿邱兴彩。如果在全师比武中再显一下身手，那么他的未来就终结在这个人手中了。想到这，本来要离开的胡知然又嗫嚅着返身把笼子摘下，顺着走道尽头的台阶甩了出去，龙妈在笼中一路滚动一路尖叫着，惨声阵阵。这惨叫声反而激怒了胡知然，他快步上前，决心连笼带鸟一脚给踹烂掉，可突然间被人一把推开了——是刚刚下班的郭山。

“为啥？”

“烦人，整天叫唤。”

“人家仇求的鸟，要收拾也轮不着你啊？”

“我靠，管着吗你？”

“你动它试试？”

“我靠，就动了咋的？”

于是，两个人形扭作一团，互相抓牢对方的衣领，僵持了数分钟都动弹不得也掰扯不开，分不出胜负，如果再没有人来拉架，这角力还得没完没了地持续下去。

就在难分难解的时刻，一旁的龙妈突然尖声尖气地大叫一声：“我靠——”

俩人立刻怔住，一同回头，诧异地盯住笼中龙妈。龙妈两只黑亮亮的小眼睛忽闪闪地瞧着他俩。

“我靠，它也会说‘我靠’。”

“我靠——”龙妈又叫了一声，抖擞着羽毛，若无其事。

“龙妈，不许说脏话。”他转身对胡知然说，“都是你这臭嘴教坏了龙妈。你对人有气别往鸟身上撒。再说，仇求没有哪点对不起你？”

郭山知道胡知然气从哪来。还是仇求上岛不久的一个晚上，胡知然对郭山说：“千万拜托，你郭老先生一定得考上军校，你走了，我还有点希望，要是你不走，我死定了。”

“我考上考不上，干你何事？”郭山一门心思在复习上，数理化搞得他一个头有九个大。

“不是想转一期吗？好好的，来了个仇求，你懂得……”胡知然与郭山使鬼脸。

“唉，我说小迷糊，你可别指望我哈，这一堆复习资料在考试前能看一遍就不错了，指望我？你等着死翘翘吧。”

郭山真的很担心考试成绩，可对前程毫不担心。因为叔叔的关系，考上考不上，他都要离开这个岛。在这个意义上说，仇求的到来，恰是时候。人手不足一直是这个小小守备队的难题，连一个萝卜一个坑都做不到，有时一个萝卜得顶几个坑。雷达班这几个人，一天 24 小时轮流上机值班不说，下了岗还得参加守岛技能训练，得去任队值日、帮厨、弄菜地、扫猪圈、打理椰树苗，人手最紧的时候，竟还得去守发电机。那么，仇求的到来无疑为他的离开创造了一点点有利条件。可话说回来，能考个好成绩，不仅可直接进入军官行列，还可以体面地离开这里，就像叔叔说的那样，“别让我坐蜡，用分数堵住别人的嘴巴”。为此，他在一段时间内是下了苦功夫的。而当仇求担任辅导老师后，郭山把仇求尊崇为神级人物，捎带着，那龙妈也成了他愈加珍爱的鸟儿。

“我靠，干我屁事。仇求天天教它说爷爷，就是学不会，我这随便说说就上嘴了，压根它就流氓成性，典型的流氓鸟。”

“往后你不许在它面前说脏话。别靠近它，否则我可对你不客气。”

“我靠，你把我咋的？它是你亲妈啊？”

本来已经被龙妈那句“我靠”转移了斗志的俩人，话赶话地又接茬撕巴起来。俩人缠抱着在篮球场上较劲，互使绊子，一同倒下，在热烫的水泥地面滚来滚去。恰好全队训练返回，队长一声断喝，这才住了手。两张带彩的脸展露在众人面前。郭山像个受了伤的拳击手，眉骨上一道口子滴答着血珠子，而胡知然的嘴角肿了起来，右眼乌青。

“好，好，长本事了是吧，手痒了是吧，正愁这日子过得寡淡无味，那好，当着全队的面，你俩来个慰问演出，放开来打，全队弟兄给你俩助助兴。”队长是真的来火，在这个以战友关系极为融洽著称的守备队，多年没有发生这种堪称“恶性”的事件，“通信员，你给我搬张椅子来。军医，去，把担架和急救包准备好，让他俩往死里打，看谁有能耐。打啊！接着来，谁不下狠手不是男人……”

俩人五花带彩地立正着，再也无法打下去。

“为啥？当着大家的面说说吧。”见俩人不说也不打，队长问。

“我靠……”

“嘴巴干净点！”队长大吼。

胡知然赶紧收住，降低了声调：“都是那只流氓鸟。”

“小人，背后要对龙妈下毒手。”郭山反击。

……

“说来说去，为了一只鸟，值得吗？”队长打住了他俩的话，“邱兴彩！”

“到！”

“你们班的鸟兵你们班的鸟事儿，你说怎么处理？”

邱兴彩正为这俩兵气恼。“队长，交给我吧。今天晚上十点以前，他们会把检讨送到你桌子上。”

“那鸟儿呢？”

“仇求在值班，待我与他商量后向队里报。”

“好吧，一个原则，不要再为一只破鸟给我惹事儿。解散——”

累了一上午的兵们四下散开。

这时，滚在一边的笼子里传来一句鸟话：“我—靠——”

8

邱兴彩在班务会上展示了他的无可撼动的权威。足足十分钟，他坐着喝他的“鸭屎香”，其他人贴墙站军姿——大檐帽反扣在头顶，双手贴于裤缝，全身紧绷得像电杆。胡知然和郭山心里七上八下地打鼓，估计今晚在劫难逃。邱兴彩稳健而悠然地泡茶、喝茶，并不观望这群兵。待他茶过三巡，便抛出了一个关于打架及龙妈事件的谁也没想到的最终解决方案——掰腕子。你胡知然不是恨龙妈吗？好，你先过了仇求这一关。如果你能赢了仇求，那么，我邱兴彩当场将龙妈处以极刑，你拿着龙妈尸体到队里销账。如果赢不了呢？那么好，你先到队里去认错交检查，并且从今天起，要负责全班的卫生区外加给菜地浇水，并保证不再算计龙妈，把龙妈当亲妈供着，再也不准打它的主意。邱兴彩内心是偏袒仇求的。一方面是因为他与仇求有言在先，不好食言，更重要的是他的确欣赏仇求的专业技术和他身上的那股子机灵劲儿。仇求简直就是为雷达兵而生的，不，他生下来就是一部人肉雷达，时时处处的感觉就是那么对路子。都说雷达兵判情“只可意会不可言传”，可仇求每每都是那么果断准确，不带半点含糊，我邱兴彩参加的比武见到的高手多了去了，还真少见这样一款的尖子。是，一只鸟儿引得俩战士兵戎相见，可也不能因为一只鸟儿伤了一个天才雷达兵的感情啊？再说，小小荒岛，人人寂寞得心里长草骨头缝里长霉，有这么个鸟儿做伴，调节一下气氛不是什么坏事。他知道，队里其他班的兵也都开始喜欢龙妈了。

胡知然并不想与仇求直接对抗，但邱班长的决定不能违逆。在他眼里，仇求并不魁伟，也许他能对付对付。但，他的手刚和仇求握到一起，就知道对手的分量，晚了半秒钟不到，仇求已经压倒性胜利了。邱兴彩很享受小迷糊被虐的感觉，说一把不算，三局两胜。可仇求说：“班长，不用比了，我已经把龙妈放掉了。”

“别啊，我到队里说情去，没问题的。”邱兴彩不解。

胡知然跑出去拎回了那只空鸟笼。

“班长，不要为难了，一只鸟儿，放就放了吧，让它回归大自然也好。还有知然和郭山，对不起你们，别为了龙妈再生枝节。我说说为啥要养龙妈吧，说完了听完了，咱该干吗干吗，好吗？”

全班人面面相觑。

“我有一个爷爷……”

……

说来也怪，放走龙妈后，全班人倒想得慌了。尤其得知仇求养鸟的初衷，大家更是与仇求一样心有戚戚。一天，仇求带着胡知然值班，胡知然突然说："仇求，要是不放走龙妈，它是不是会说爷爷了？我靠，那天你不该放的，咱班长能搞得定的。"

"就你这臭嘴，龙妈守着你更没个好。"

"好了，往后不说了行不？我……"

仇求不再搭理他，专心盯住雷达显示器。当面海区回波复杂，斑斑点点星样闪烁，一个针尖大的亮点在快速移动、迂回往复，会不会是龙妈？不可能，雷达要能发现这么小的目标就不叫雷达了，再说那鸟儿怎么会有回波呢？他心里猛地被揪了一下——龙妈是死是活呢？

他的头顶被抓了一下。他轻声说知然你别闹。又被抓了一下，他有点恼："知然你怎么回事儿？"猛回头，见一个影子闪飞到窗口，立在窗框子上叽叽叽喳喳地鸣叫起来。

胡知然大叫："龙妈回来了！"

仇求落泪了。他打了个口哨，龙妈飞到了他的手上。"快，知然，去拿火麻子来，在我的衣柜里……"

一只失而复得的鸟，把大家的兴趣又拎了起来。不仅人人宠着它，就连队长和指导员也时不时过来看看龙妈。大家心里都清楚这龙妈肩负着怎样的使命，所有人都希望它早一天叫出"爷爷"来。龙妈偶尔又被允许在雷达班的宿舍里自由飞翔，那是它最为开心也是最为得瑟的时候。龙妈简直就是个捣蛋的高手，一次它立在胡知然的茶杯口上，在唱够了嚷够了之后，顺带把一泡稀屎拉在满室飘香的铁观音里。有天早上起来，邱兴彩发现少了一只袜子，找遍全世界无果，最终是龙妈叼到笼子里当褥子用了。龙妈的最爱还是郭山的笔记本电脑。郭山并不阻止，任由着它折腾。那天龙妈恣意践踏键盘，屏幕里竟跳出了个英语单词——bird，把全班人喜欢得什么似的，胡知然就嚷：“再蒙，龙妈，来蒙个 hello，来啊，我靠！”龙妈在制造出一堆乱码之后，赫然嚷出：“我靠——”。这下全班的怒火再一次撒到了胡知然身上：“你这臭嘴，滚出去！”

那晚上的队务会上，队长又一次批评了胡知然。他说往后任何人不准随便去逗龙妈，特别是胡知然，不管靠不靠近龙妈，都不许“我靠、我靠”的，得让仇求把龙妈这说脏话的习惯扳过来。第二天，胡知然用墨汁染黑了自己的一件旧衬衣，交给仇求：“真想让龙妈叫爷爷？就按我的办法来。”

“你除了说脏话，还会点啥？”

“听着，训练鸟儿可有讲究。队长说得对，只能你一个人训练龙妈，别老放出来让它乱飞。一天教它两遍到三遍，一次十分钟八分钟就可以，只说“爷爷”这俩字儿。再有，喏，用这块黑布把笼子裹起来，只开个巴掌大的小口。瞧，这样，让这小窗口正对着你的脸，龙妈通过这小口子能平视你，可以集中精力听你说话。别带它上沙滩，那儿海鸥太多，一叫唤，龙妈就分心了。还有海浪也闹得慌，带它去碉堡，那儿安静。”

“你咋知道这些？”

“嗨，别看咱专业比不上你，斗蛐蛐玩儿鸟咱在行。”

“真是谢谢你了。”

“真要谢我，你就帮我一个忙。你去参加军校考试呗，你考上军校一定是没有问题的，那就等于答谢我了不是？”

“军校考试不是郭山去吗？”

“去了也白去，考不上的，还白瞎个名额。”

“这可不好改。”

“你不明白，军校考试之前，有个测试，进了线的才能进基地的复习班。进不了线的去了也白去，我靠，那考军校是闹着玩儿的啊？比高考难了去了。你这水平，不说是铁定进复习班，到那儿当老师都绰绰有余。”

“可郭山满怀希望准备了那么久，哪怕去试试也好啊。再说，他叔叔不是副司令吗？”

“说的是呢。他是一定能去的……”

9

当邱兴彩把综合考核组名单递给仇求时，脸上的表情既有同情也有无奈。“看来，你的龙妈保不住了。”名单上，郭副司令任组长，高鹏飞任副组长。“这是年度的综合考核，不仅要以比武来检验年度训练成绩，还要对诸如政工、行管、后勤和装备等进行全面检查。高科长就兼任行管考核组组长。”

基层部队最怵的就是行管检查。从内务到营容，从猪圈到厨房，从战士的个人物品到头发指甲，从消防栓到弹药库的避雷针，特别是检查各种会议记录、值班记录、文书登记、谈心和学习笔记、上下岛登记、油料消耗细目、后勤账目，哪一项不让你扒一层皮？最难缠的是考各种条令和规定。三大条令不说，光海空情况处置规定就够受的。千分制，七扣八扣的，最后在全区一通报排名，垫底的单位脸就无处搁了。

“他还会盯住龙妈不放吗？”

“瞧这儿，在行管检查内容中专门加了这一条，‘不得饲养鸟类’，过去可没这一条，不冲你冲谁呢？”

“班长，咱可是白纸黑字有约定的。”

“我知道。可问题不在我这，也不在队里。队长找我说，别因为一只鸟毁了一年的努力，影响了队里的综合成绩。知道吗？这次考核不仅对全队，而且对队长下一步的提升也是关键呢。”

当天晚上的迎检动员会上，队长的话说得既恳切又明确：“咱们队十几年来在各项检查评比中哪一次没进前三名？细节决定成败。比武这一类大考要过硬，其他也不能拖后腿，也不能因为一滴油、一张纸、一粒灰尘、一块菜地、一泡猪屎满盘皆输，那岂不是很遗憾？去年C岛啥都不错，最后因为一个兵私藏手机被扣了分，一下子跌出前三名。雷达班，你们要把那只鸟处理掉。这次检查细则上写的那一条，完完全全是针对咱们燕鸣岛来的，就差写‘不许养一只叫龙妈的鸟’了。”队长略有同情地望了一眼仇求，“在别的地方怎么都好说，好孬都能把那小东西给藏起来，可咱这岛光秃秃的，除了沙滩就这么几间房，一个鸟笼子往哪藏？处理了吧……”从心里说，队长是喜欢这个业务精良的仇求的，可实在没有办法。

“报告！”郭山有话说，“这完全是那个高科长公报私仇，在正式通知里写上那一条就是个笑话。有什么大不了的？我就不相信了，一只鸟碍着他什么事儿了？仇求哪样工作受了鸟的影响……”

“郭山，明天可是郭副司令带队。”队长补了一句。

郭山不再吱声。他扭头看看仇求，仇求默默点了点头。

“好吧，明天上午十一点半考核检查组到。一切工作必须在十点前就绪。大家回去再把明天的所有事情细细想想。”

护卫艇靠好了码头。高鹏飞跟在郭副司令后面依次与列队的官兵握手。在仇求面前，他刻意多停了几秒钟。他微笑着直视仇求的眼睛，目光有力且很耐琢磨。仇求并不回避，很守规矩地立正，大声呼道：“首长好！”高鹏飞并不搭腔，而是伸出手来与仇求相握。仇求不知该不该用力，用多大的力。其实，高鹏飞并未用力，他只是来回地把仇求的手左右摇晃数次，显然，他要通过这种方式把一些信息传递给仇求。此时的仇求心地坦然，未有半点慌张。就在凌晨五点半，他提前起床，想对龙妈进行最后一次训练，希望能听到一声“爷爷”……

但，龙妈不在了，连笼带鸟。

一个上午下来，高鹏飞有些意外。他饿狼扑食四处寻觅却是一场空——在严格而细密的检查中，并没有发现龙妈，这与他在主岛得到的信息不一致。他派了一个参谋到信号台最高处，用望远镜把银色沙滩反反复复细扫了几遍，仍一无所获。这个军务科长顿时因为失去了一次展示权力的机会不爽起来。在接下来的考核中，他表面上招呼着四面八方，却时时处处关注着这个叫仇求的兵。鸟不在了，希望能在什么地方抓住点什么，至少不能再让仇求脸上保持一份永远不变的镇定与淡然。仇求的队列无可挑剔，400 米障碍、100 米精度射击、40 米折返跑都在良好以上，而单双杠显然是他的强项，在全师无出其右。进入专业考核了，对雷达业务一无所知的高鹏飞坚持要在现场督察。他对雷达业务长说：“那个叫仇求的，给我考出点水平来。”

现场气氛紧张到要爆炸。邱兴彩作为舰队的技术能手当仁不让地率先出场。雷达业务长根本无心为难他，理所当然地给了他高分。胡知然就别提了，队里本来也没有拿他当根葱，只要不太拖后腿就行。可他真的是“重型拖拉机”，把总分活活给拉下了一大截。关键是郭山今天出了意外。原本他可以拿个中等偏上的成绩，也许他叔叔在场内心紧张，也许他近期把过多的精力用在了文化复习上，竟接二连三地出状况。理论部分就被扣了些分数，待进入判情阶段，他面对不断显现的雷达回波又出现了几次误判，特别是最后当雷达显示出一个小快目标时，他半天也下不了决心，到底是个什么性质的目标——是渔船还是快艇？最终，铩羽而退。

郭副司令虽未说话，脸已经青了起来。对这个侄子他是寄予很高希望的，要说自己在这个部队的位置肯定能帮上他，可你也不能是阿斗啊。文化成绩并不突出的郭山能进入军校考试的名单已经有人在议论了，再在业务上滑坡就不好堵人口舌了。郭山不敢看叔叔，低头溜边退到了一旁。

这种压抑的气氛直到仇求出场才有了改观。在理论考试环节，仇求以最快的速度完成了雷达勤务、雷达机务和电工基础答题，继而，又在情况处置环节中，让业务长不断点头称好。标图过程是仇求的表演，他左手握尺，右手同时掌握红黑蓝三支铅笔，我情、敌情和海情标绘得清晰准确。进入绘算更是他这个理科男的强项，速度和准确度都没得说。连业务长都忘情地竖起大拇指，他望着高鹏飞轻声说:“太屌了！”邱兴彩在一旁兴奋得直想叫，可不敢。就看最后一步了。

业务长让仇求对雷达屏幕上规定区域里的 15 个雷达回波给予判性。这是在特意为难仇求。老雷达都知道，隔着屏幕、隔着电器元件、隔着天线、隔着空气，仅凭显示屏上星星点点回波，就得说出个子丑寅卯来，与盲人摸象无异。况且，一个任职才两个多月的新手根本无法做到老雷达那样依靠丰厚的经验判情，那是要几年甚至十几年的功夫才能做到的。“连个海情通报都没有，叫仇求怎么耍？”邱兴彩在心里骂。此时的业务长绝不单纯在为难仇求了，他突然有了极大的好奇心——这个兵到底有多大能耐？他对屏幕上所有的回波点连珠炮似的提问，仇求显然有点吃力了。当判断到一个大型目标时，仇求稍有犹豫。但也就是一两秒钟，他迅速作出判断——这是两个目标。现场都惊着了。

业务长紧逼一句：“看好了，几个？明明是一个回波点。”

“是两个目标。在大型目标的外侧还有一小目标。这个小目标应该是护卫艇。”

“依据是什么？”

“刚才有一个小快目标不见了，如果不是潜艇，那它就应该在这艘大型集装箱船的外侧。它或许在刻意隐蔽，或许在与集装箱船并靠，或许……待一会它会出现。”

“Yes！”邱兴彩忍不住大喊出声。

业务长看了邱兴彩一眼，并不急于说话。他不急不慢地把手中的成绩表认真填写好，转身递给郭副司令：“到舰队、到海军都是一流的。”

高鹏飞心里嘀咕——鸟兵！

10

郭山是在考核组到来的那个凌晨把龙妈送到飞鱼礁的。他摸黑出发时，正值退大潮。从燕鸣岛到飞鱼礁之间的礁盘全部裸露，礁盘狰狞而腥臭，每一步都像红军过雪山草地，一不小心，就会被尖利的礁石咬到。在这个距离燕鸣岛 3 公里的小礁上，有一块面积不足 100 平方米的小沙丘。说也奇怪，亿万年的潮起潮落，小沙丘从未被海水吞蚀，如一块膏药一样顽强地贴在大海上。沙丘上孤长着一棵银毛树，这树许是铁了心地不愿成长，永远就这么一人来高，却是粗枝阔叶，能遮下一片荫凉——把龙妈挂在这一片树荫下，没有人能找得到它，万无一失。

这会儿，他又是摸黑出发，要取回龙妈，给仇求一个惊喜。这次考核的表现令他沮丧。拖了队里后腿，还在叔叔面前颜面尽失。这个后果一定是严重的。他知道他叔叔，虽说胳膊肘子一定是拐向他的，但，在工作业绩上给他打脸，他肯定轻饶不了他。此时，他不由得又一次佩服起仇求来……一条稍深的沟壑拦住了他，只得绕道，忽而水深及腰，他得边游边寻找路径。海流冲得他时常不能自主，得挣扎着才能保持方向。好容易可以站立行走，却又被珊瑚石划破了脚踝。海浪在远处轰响不绝，前途黑暗得根本无法辨认。他忽地又被考试的事儿缠绕思绪——仇求这颗救星，他能让自己这个榆木疙瘩开了窍，再努力一个来月，还是有信心考出好成绩的，如果那样，至少能挽回点今天上午的面子……他苦笑着前行，艰难行走了两个小时，发现找不到那棵树了。茫茫四顾，全是暗色礁石。海水急速上涨到了他的胸部。飞鱼礁的方位在哪里？他已无从辨识……

守备队是在集合出操时发现郭山失踪的。

队长、指导员和邱兴彩紧急磋商。当仇求说出飞鱼礁这三个字的时候，几人都愣住了，“我估计是，昨天龙妈没有了我就想到飞鱼礁。”仇求说，“应该是被郭山藏到飞鱼礁去了。”

他们以最快的速度冲到顶楼，用高倍望远镜向着飞鱼礁观望。仍在高潮中的海浪汹涌澎拜，燕鸣岛与飞鱼礁之间，已漫布海水，回来的路被彻底封锁了。如果郭山真去了飞鱼礁，那最好的结果是他在飞鱼礁上等，等到下一个退潮再回来。可在途中遇到潮水上涨，那就万分危险了。晨间的薄雾遮住了视线，飞鱼礁方向模糊一片。尖厉的哨声集合了全体官兵，队长布置大家到海滩去瞭望和寻找，“一定要注意飞鱼礁方向！”

郭山失踪的消息在上午10点半钟报到了军务科长高鹏飞那里。

“给我找！什么没法找？飞鱼礁非得退潮才能去？那不得半夜了吗？不行，现在就派人去，找会游泳的，穿救生衣，给我强行上飞鱼礁……”高鹏飞对着电话大声吼叫。

“你要再搞死两个兵才算完吗？”一旁的郭副司令语气平稳地说。他一口接一口地抽烟，心焦，却努力控制着情绪。“一只蚂蚁咋就成了大象？一粒芝麻怎会长成个西瓜？一只鸟在你手里能变出个啥来？

嗯？高科长，你很不喜欢那只鸟，是吗？”

高鹏飞立正，一言不发。

“告诉燕鸣岛，全力观察四周水域，但是，在潮水退去前，不得派人去飞鱼礁，这是死命令，谁去我处理谁。请他们联系附近的渔船协助寻找。命令护卫艇十分钟之内出发赶去搜寻，我一块去。”

郭副司令依然镇静。他掐灭烟头的时候手略微有些抖。他从书橱里拿出望远镜，出门时说：“按规定把情况报基地。”

……

仇求没有想到，一个月后，高鹏飞会直接与他通电话：“后天随送菜的护卫艇下岛，到基地军校考试复习班报到，去当教员并参加考试。”

他沉默了一会，“科长，我还是不去的好。这一阵子……”

“要去。好好考，替郭山。”

仇求不再说什么。

天上一坨云朵是定着的，一动不动地镶在蓝色的宇宙间。

护卫艇从燕鸣岛狭窄的航道一出来，就用一个右满舵转向东北方。不出十分钟，它已抵达飞鱼礁侧方两海里处，以匀速航行。仇求内心挣扎着让自己最后再看一眼飞鱼礁。一个多月来，他每日会到信号台寻望瀚海，却压根不敢目视飞鱼礁……很快，那片亿万年不沉的洁白浮出了海面，天水间只有一棵树孤孤地立着。护卫艇加速，推开波澜，轻掠蓝水，驶向主岛。那棵树牵着仇求的目光，久久地牵住，一直到它消失在遥远的海平面。

那坨云朵附近正有几只海鸟在追逐嬉戏。

隐约中，他似乎听到了一声鸣叫：“爷——爷——”

第一百个黎明

叶根子已经在海边枯坐了数小时，如礁石样，纹丝不动。

他只把目光锁牢了登陆艇驶往的去处，须臾不肯移开。余晖将尽，海天苍茫，登陆艇早不知所踪。那是女神远去的所在，是他的诗和远方，无法摆脱关于她的所有细节。根子几番试图收回念头，思绪却又一再被她牵回——皮肤优质，光洁而透明，有个词叫吹弹可破，她就是这样，每一根青蓝色的血管都历历可鉴；那双脚干净细嫩得可以手捧、可以亲吻，当得起“玉足”一词，脚踝上的那根链子，更是别致而典雅；甚至她于昏迷中输液时的每一次轻微蹙眉，都构成了让他最为怜爱的理由；她留下的电话号码，已深深刻在记忆中，可以储存一万年；还有她的歌声，他最是被那歌声震撼到了，不能自拔……

队长姜晓已经注意他很久了。他了解他的兵，知道今天对叶根子而言是山崩海裂的一天。这种魂不守舍加灵魂出窍的熊样他见多了，不奇怪。唉，海岛上的兵们……

“这是几？”姜晓伸出两根手指在叶根子眼前晃了一下。

“当然是二嘛。”叶根子挤出半点笑容。

“好，别二了，早点休息去。”见叶根子还不想挪动，“把她带到梦里去，嗯？那样更美。”说完，轻拍他的肩头。

叶根子这才收回目光，望了队长三秒钟，不言不语地起身去了。

姜晓对着根子的背影苦笑：小岛综合征，第三期。也难怪兵们会去胡想，这唐颖真是美。想到此，他也忍不住扭头朝根本望不见的远方望了一眼，黑色帷幕从天际缓缓垂了下来。

叶根子是唐颖的“糖粉”，这在岛上人人皆知。他迷上唐颖已有两年多了。原先叶根子是个不懂音乐也不喜欢追歌星的人。从小学上音乐课开始，他的音乐自信就被音乐老师严重挫败过。“听过杀猪的惨叫吗？”老师在试图教会他唱一首儿歌的努力最终失败后如是说。从此，他把上音乐课或听音乐视为最大的精神折磨。然而，你相信人终有开窍的那一刻吗？叶根子的那一刻是当兵到武装部报到之后的十分钟，就那么十分钟时间，怎么就突然鬼使神差般的被大门外一间CD店里传来的歌声吸引住了。他寻着妙不可言的歌声来到了一幅巨大的招贴画前，瞬时目瞪口呆了——这个叫唐颖的容颜是他最中意的那一款，而从一对JBL音箱传送出来的歌声，不仅让他胸膛一次次被震荡着，更让他第一次感觉到了音乐可以直达心底。奇怪的是，他无论站在哪个方向，招贴画上的她总会盯着他瞧，眉目间向他传送着甜美。他半分钟都没犹豫，拿出刚发到手的津贴费，买下了平生第一张CD，并干脆买下了一台便携CD机。在南下的列车上，他已经把那首最喜欢的《梦中想你》听得烂熟了。当他控制不住地小声哼唱之后，意外发现周边的人并没有说他唱得不好听。于是，信心大增，他把哼唱的音量放大了一些。这一次，惹得带队军官出面制止他。但，仅是因为他影响了别人休息，并没有说他“像杀猪叫”。他窃喜。

久了，叶根子不知道自己是喜欢唐颖的歌多一点，还是喜欢她这个人多一点。他收集到了关于唐颖的种种信息，对她有了更加全面而立体的了解，也更加着迷于她。来到海岛的第一天，他被老兵海波领到二排宿舍，老兵呶着下巴示意根子，“瞧，就按老兵们的标准把自己的内务收拾好吧”。根子听话地打开行李，把一应物品摆放妥当后，小心取出唐颖的照片挂在了自己的床头。“喂，搞没搞错，歌舞厅是吧？发廊是吧？洗浴中心是吧？”海波拿出老兵的威严，“拿掉她！”胳膊是拧不过大腿的，老兵的断喝不容违逆，叶根子悻悻地摘下唐颖玉照，掖在席子下面，不再言声。谁想到当天晚上，海波将根子直接拎到了队部。起因是海波拿着遥控器在扫电视，屏幕上忽地闪过了唐颖那声情并茂的脸。叶根子顾不得新老尊卑，要抢遥控器找唐颖看，被海波一声“新兵蛋子毛病不少”呛了个大跟头。叶根子便来了劲，要使硬的。充当判官的队长姜晓把这俩冤家来回横眉冷对了几遍，慢悠悠地点上了一支烟，再慢悠悠地说：“海波，扒拉手指头数一数，嗯？数一数，穿了几条八一大裤衩了？不下十来条了吧？还跟新兵抢电视，你真出息大了。”海波赌气撂下遥控器走了。叶根子冲队长一乐，正要走，队长在他头上刷了一巴掌：“小新兵崽子，挺能啊，敢跟老兵叫劲。电视里有你相好的？”根子一脸茫然，不知如何应答。“去吧，以后别跟老兵那么冲。”听队长这么说，他才颠颠赶回去找电视里的唐颖。可是唐颖早已经没影了。

那以后，叶根子很少提起唐颖。一来小岛柴油有限，发电机时常停机，队部的电视机也总是关多开少。本来电视频道就少信号也差，偶尔看那么几回电视，叶根子压根就没见过唐颖。二来守备队人手少，训练、巡逻、值班和岛上的绿化任务繁重，每天累得皮松肉紧骨头酥，倒头便是一个死觉，连梦都难得做过，哪有见唐颖的机会？只是在每天巡逻时，叶根子常常会嘴里哼哼唧唧地反复唱《梦中想你》，弄得与他一同巡逻的兵们也学会了这首歌。除了那些硬梆梆的队列歌曲外，《梦中想你》竟成了岛上可与邓丽君的《路边的野花你不要采》相媲美的、人人会唱的唯一一首军旅抒情歌曲——尽管都随着叶根子那五音不全的唱法集体慌腔走板。姜晓是个有心人，知道叶根子迷唐颖，休假时，还特地给叶根子带回了一张唐颖新出的碟子。过中秋时，姜晓就点了叶根子的名，叫他在联欢会上唱《梦中想你》。叶根子手攥着两把汗上台，两腿不作主地抖。海波便挑头起哄，喊问着“梦中想谁？”兵们便齐声答道“唐颖——”把叶根子哄得没有了主意。最后，还是队长出来说谁再喊就让他自己上来唱才把大家震唬住。叶根子沉了沉气，脑子里幻化出唐颖的表情，模仿着她的声音开唱，可第一句就跑了调，兵们又是一阵嬉笑。好在叶根子入了境，全没有听见，他只管自己和唐颖交流，把所有的感情都放在歌里：

> 放开你温暖的手臂 / 我的心就跟随你迁徙 / 飞向蔚蓝的大海 / 飞向遥远的天际 / 多少记忆里的甜蜜 / 多少长夜里的泪滴 / 编织成　编织成想你的花絮……

别看兵们都五大三粗，神经大条，可在这个场合，唱这首歌，所有人都感同身受，有强烈的代入感。人人都被那个远方的姑娘思念得热泪盈眶，心底里都长出了几分凄美和男儿豪迈，甚或有点自我伟大起来——驻守海岛，哥们儿值了。叶根子则始终尽力表现得专业一点，尽管叶根子的嗓子依然有杀猪般色彩，可也足够感动在场的弟兄们了。海波竟然突然起立带头给他真挚的掌声，全队就一哄而起掌声如雷了。这倒让叶根子像下蛋的鸡一样红着脸往台下蹿，猛不丁又回头说了一句：“我就是喜欢唐颖，真心的！”兵们立刻笑翻了，连姜晓也笑嗔着说：“小岛综合征，第三期。”

姜晓，还有指导员和其他干部曾议论过，像叶根子他们这般痴迷歌星什么的不是坏事。在这孤悬海外的小岛上，十几个弟兄没个精神寄托还真不好熬。例如海波吧，他的精神寄托就是那些鸭子。有一次，探家回来时，他被寒潮堵在了大陆。他就每天早上去菜市场瞎转，转着转着被一群刚孵出来的小鸭崽给吸引住了，他就买了二十几只，准备带上岛养它们。那次寒潮一个接一个，海上大风浪一直持续了几十天，他就在办事处一边喂鸭子一边等，待终于等到海况平缓，他就带着小鸭子们来到主岛，耐心地等待去往小岛的交通。在等待了小半年辗转了两三个岛后，他带回来的小鸭子已经“长大成人”，快要下蛋了。姜晓那时是副队长管后勤，在码头就掐着两只鸭脖子要改善伙食，海波不管不顾地就是不干，说我带这般小崽子上来多不容易啊，你要杀它们就先杀了我吧。从此，岛上有了不成文的规矩，只能吃鸭蛋不能杀鸭子。可天气炎热，鸭子们绝不会正儿八经下蛋的，海波干脆把它们养成了独家宠物。鸭们也认海波，每天晚饭后，海波背着手领上一群外八字的家伙在椰风海韵中散步就成了一道靓丽的风景线。在这一点上，叶根子自认为他的精神追求要比海波有层次。有一天，与海波开始熟稔起来的叶根子打趣地说：“听过吗？生活不止眼前的鸭子，还有诗和远方的田野……”

“打住，”海波一把捏住他的脸蛋，坏笑着，“跟我玩道貌岸然是吧？那叫苟且，生活不止眼前的苟且好吗，别蒙我……”

“是，生活不止眼前的狗儿……可你也不能成天玩鸭子不是？”

海波那个笑啊，笑得腹肌开始痉挛，“你，呵呵……好，能说出后两句不？呵呵呵……”

“你赤手空拳来到人世间，为找到那片海不顾一切。”

“还是的，找那片海，咱这不在海里了吗？诗和远方咱都有了，再低头瞧瞧眼前的鸭子呗。”俩人互视着笑，海波顿悟，“明白了，

明白了，不止眼前的鸭子，还有诗和远方的唐颖，对不？”

“你承认不，唐颖总比鸭子高雅吧？”

“好吧好吧，咱俩就组合成‘唐老鸭’吧——”

叶根子真那么想。他不仅把唐颖作为调节精神生活的良方，还用《梦中想你》作巡逻的背景音乐。环绕小岛巡逻一圈是一千二百五十六步，把步幅和节奏控制住正好能完整地哼唱两遍。他算过，一天巡逻三次唱六遍，只要唱够一千零九十五遍，就唱过了一年、唱成了老兵。再唱一千零九十五遍，就可以唱成士官、唱够探亲假，就可以回家看望那山沟沟里的老娘了。小岛苦吗？不苦！不就是边走边唱吗？比在老家修理地球要强多了！天天练歌捎带着巡逻、站岗，没有过不去的苦日子。每每想到这，他就会很得意地告诉自己，你的精神要比海波文明多了，因为唐颖比鸭子文明嘛！

海岛的天空白云苍狗地变幻着，叶根子也把《梦中想你》唱了二千多遍，掰着指头算一算，离探家的日子也就一百多天了。当那个叫“依布都”的台风斜刺里穿过南海的时候，传来了好消息：总部演出小分队要来岛上慰问。

这小岛不仅小，还偏。一般慰问团多是到主岛去，已多年不来这儿了。它在全国还是很有点名气的——南海前哨、地位重要、环境恶劣、国人关注。中央电视台春节晚会断不了要念小岛官兵给全国人民拜年的贺电。姜晓当排长的时候来过一群“大腕”，当时这茬兵还没上岛，那以后就再没来过。他知道兵们在这荒蛮小岛呆得长久，连看老母猪都是双眼皮的，第一次来这些个俊男靓女、明星大腕，准会兴奋得集体癫狂。他提前集合了队伍，从上级首长的关怀、演出队慰问的重大意义到各种注意事项，分三个层次八个方面强调了二十几个问题，然后挺在行地安排大家做准备工作。“一排负责把厕所整出来，当临时女厕所。内墙重新粉刷一遍，里里外外、上上下下都收拾干净，北京来的演员，讲究；你们信号班和油机班的宿舍得提前腾出来，让演员们休息。都把席子给我用开水好好烫烫，枕头巾都洗干净了，演员头挨着一睡，得闻到一股子香味儿才行；文书你把咱队部会议室布置成化妆间，把各班的镜子收集起来给他们备着。指导员宿舍改成女更衣室，窗户要用白床单遮上。舞台就在正对宿舍的椰树下。再有，咱每个人还要贡献一条新毛巾给演员们洗脸。叶根子你会爬树，你负责准备椰子，到时候早点摘了，深埋在沙坑里凉着……还有，从今天起每个人分配的淡水从一桶减为半桶，省出来给演员们洗漱……”最后，姜晓还两手紧握，像已经攥住鸭脖子一样宣布：“海波，你这回要准备贡献几只鸭子招待客人。”

海波在队列里就喊起来：“凭什么？他们在哪里吃不到鸭子？”话没说完，兵们立刻就拿眼睛去剜他。海波自知理亏，想了想，就自个儿找了个台阶：“要……要是那个叫唐颖的来了，我就亲自杀鸭子，做啤酒鸭。要是唐颖不来……”大伙又齐刷刷地拿眼睛去望叶根子。叶根子脸唰地红透了，感动得起了一身鸡皮疙瘩。他心里想，海波真够意思。可哪有那么巧的事呢？

还真有那么巧的事——唐颖来了。

演出队上岛的过程有点惊心动魄。“依布都”的余威还在，整个南海被搅得像一口开了的锅，登陆艇就跟一片树叶一样在海浪中漂摇。亏得艇长是个老把式，努力了几次终于靠上了码头。官兵们放下欢迎的锣鼓去接人，可艇艏大舱门放下时，却看到了惨不忍睹的一幕——十多个小时的航行，已经把这些大腕折腾得狼狈不堪。待大多数演员被官兵们搀扶着上岛后，海波小声说：“根子快看，唐颖，背下来的！”

叶根子紧忙向艇艏望去，一位身材高大的男演员背着一个女演员。果然是唐颖！一刹那，叶根子鼻子拥上一股酸来，眼泪差点下来。一是看到唐颖有些激动，另一方面是眼前的这个唐颖太惨了——脸上没有一点血色，军装不仅被汗水湿透了，还沾满了呕吐物，头发湿漉漉地披散着。她抬手想喝点矿泉水漱漱口，胃部又立刻抽搐，开始控制不住地呕吐起来，可吐出来的已经是绛红色的血了！叶根子第一次知道了什么叫心痛。他冲海波大叫："你快把咱俩的水桶拎来，我一个星期不洗脸还你。"海波说："你把我看成啥了，我把全班的水都拎来，你快去帮把手！"说完撒腿往宿舍跑。

叶根子上前去，与别人一起把唐颖抬到队部。海波带着四五个战士拎来淡水，让唐颖的同伴为她清洗。军医也赶来又是把脉又是翻眼皮。姜晓有点经验，他把演出队长拉到屋外说唐颖吐成这样一定要输液，叶根子也紧跟着说是，一定要输液。姜晓说可眼前没有葡萄糖，前两天刚用完。叶根子帮腔说是，葡萄糖刚用完。海波忙说他可以杀鸭子熬汤给唐颖补，叶根子感激地看了海波一眼也急急地说对，老鸭汤可补了。姜晓说人家连水都不能喝还能喝鸭汤？难道往血管里灌鸭汤不成？叶根子梗着脖子喊那也不能见死不救啊？听说死不死的，演出队长也急得两眼流泪，说唐颖可是台柱子大明星，总部首长都牵挂着，千万不能出问题。叶根子忙插嘴说当然，腕儿，一定不能出问题。姜晓瞪了叶根子一眼，说你添什么乱，啊——啊——啊！？这时军医出来告诉姜晓，唐颖早两天就一直在发烧，还坚持要来小岛，怕晕船，她上船前就没敢吃东西，干吐了一路，身体太弱，已经严重脱水，人有点神志不清。现在又横竖吃不进喝不下，最好马上补液体，可眼下……没想到叶根子一个主意把大家给点醒了：输椰子水。对啊！军医说怎么没想到呢？椰子水又干净又有营养，可以当替代品。当年打海战的时候就用它输过液救过人命。姜晓瞪眼嚷："你个傻根子，还不快去摘椰子！"叶根子箭步窜向椰树林。"摘那棵金椰子！"姜晓喊道。

军医只用三刀就削去了椰子顶盖，露出白瓤，酒精棉球一蹭，针尖"噗"的一声扎入，递给叶根子说："举着。"又用止血带扎住唐颖的手臂，照手背处猛拍几巴掌，再细细触摸了几遍，“严重脱水，血管都收缩了。”军医先碘酒后酒精地消了毒，把那针头用中指弹了弹，去了空气，再三犹豫之后，终于扎下了一针，立刻有了回血，“啪”地松开止血带，清透的椰子汁就一滴一滴流入唐颖的身体。在场的人都松了口气。军医满头大汗地说：“只要十分钟，人就能缓过来。”演出队长连声说谢谢，就招呼其他人去准备演出的事。

屋里只剩下军医和举椰子的叶根子。望着痛苦不堪的唐颖，叶根子心情复杂极了。他崇敬唐颖，特别是现在，遭那么大的罪来到这给咱普普通通的兵们演出，真了不起！他怜惜唐颖，她痛苦的表情让叶根子想，你干吗非得来这鬼地方演出，又碰上这倒霉的“依布都”台风。他在唐颖面前又很紧张，因为他很少这么近地挨着一个姑娘，尤其是像唐颖这样有名、这样漂亮、这样年轻的姑娘！

心神稍定后，叶根子才有心情仔细地看一看横陈在他眼前的偶像。唐颖还是紧闭双眼，但呼吸明显地均匀了。她那水洗过的头发已经滑顺，有几缕暗红色的发梢让叶根子觉得好奇。唐颖没有化妆的脸很白，但脸颊已经有了血色，这显得脸更白。眉毛修得好看，不粗不细，有形。眼睛、鼻子、嘴巴再熟悉不过了，电视上经常见到，但上嘴唇有些淡淡的褐色茸毛是没有想到的，难道女同志也长胡子？唐颖的耳垂上有一个小孔，见枕头边放着一对耳环，叶根子知道那孔是戴耳环用的。唐颖的手臂也很白，像椰子肉，能看得见青蓝色的血管。叶根子看到唐颖的脖领下有一根精细的项链，但不敢看唐颖的胸，他觉得如果那样就对不起心中的偶像了，于是，把目光移开。唐颖穿一条及膝的军装裙，赤脚，脚腕上还有一条链子，他第一次见到把链子带在脚上。白皙的脚，趾甲被涂成雪青色，上面还有淡黄色的小碎花。这好看吗？叶根子不觉得好看。地上一双细带凉鞋也是紫红色的，没有跟，像拖鞋，和脚趾甲的颜色挺配。可叶根子不明白，拖鞋能走路吗？不管怎样，唐颖这样打扮一定是

有道理的，一定是上档次的，一定是代表最新潮流的。说实话，眼前的唐颖跟电视上的唐颖挺不一样。叶根子也说不上不一样在哪，就觉得这个唐颖虽然就躺这个小岛上、躺在眼前，可也挺美，而且美得挺近、挺真实，和一般人没有太大的区别，不像在电视里那样，远远的。唉！也是一个普通人，咋就能唱出那么好听的歌呢？

椰子很重，叶根子倒换着手，始终保持椰子的高度。唐颖醒来时，他已经满头大汗。唐颖看到自己在输椰子汁感到非常惊奇。她对军医说真遭罪，可现在感觉好多了，想喝口水。叶根子赶忙腾出手递过一只插着吸管的椰子。唐颖小声说谢谢就大口地喝起来，然后喘着粗气说好喝。叶根子说当然，这里的椰子是全中国最甜的，这种金黄色椰子又是最甜中的最甜的。“咱岛上只有一棵菲律宾椰子树，”叶根子加重声调说。“是吗？”唐颖看着叶根子，感激地说真谢谢你们，看你举得一身汗，快坐下歇一会儿吧。叶根子心里甜甜的。

唐颖活了，演出队就活了，演出队活了，战士们就活了。午饭时，海波果真杀了五只鸭子，给每桌上了一份啤酒鸭。现场的气氛很热烈。姜晓代表官兵致祝酒词，然后领着大家按岛上规矩高喊“一、二、三——”仰脖子一起干掉碗里的啤酒。演出队长更是动情地代表总部首长，对小岛官兵表示慰问。他说总部首长时刻想着你们，派来了在全国、全军最有名的演员为大家演出……战士们就情绪高涨，都把目光投给了唐颖。唐颖显然还没有完全恢复元气，但还是站起来说话，她刚说到“亲爱的弟兄们”，就哽咽着落泪，“你们真不容易啊……”唐颖再也说不下去了，一口干完了一大碗啤酒，又要吐。兵们就使劲地鼓掌，叶根子眼睛立刻红了。这时，海波过来说：“咱俩一块去敬你的远方呗。”叶根子捅了一把他的腰眼，端着海碗来到唐颖面前，口呐呐着说：“唐老师……今天的鸭子是杀海波的……”唐颖不解，海波抢过话，“是这样，他叫叶根子，他是你最最忠实的粉丝。你不知道，没有你他就活不下去……”根子赶紧又捅他。唐颖舒心会意地举杯说：“来，我敬最可爱的人。”

演出是在椰树下的沙滩上进行的。也许是已经缓过劲来了，加上化了妆，唐颖上台压轴时，已经与来时大不一样。兵们实际上一直在等待唐颖的出场，她往台上一走，兵的掌声就盖过了海浪声和海风声。叶根子又一次被唐颖的美震住了，上午躺着还看不出来，现在她那绝美的身材完全展示出来了，一头长发在海风中飘动，神采飞扬地向这些黝黑的战士们招手，叶根子认为唐颖给他的眼神最多，她一定是记住了我给她举过椰子，就向唐颖使劲地挥动双臂。

唐颖知道自己的《梦中想你》最有影响。但她想把这首歌放在最后唱。没想到她刚开口说“亲爱的战友们你们好——”兵们就齐声高喊“梦中想你——”唐颖见得多了，只当战士们开她的玩笑，就笑着说我也想你们,我首先为大家献上一首……兵们接茬喊“梦中想你——”唐颖才知兵们要先听这首歌。也好，早唱晚不唱，反正自己有的是歌。音响师推出前奏，唐颖便拿出表情投向兵们。此时的兵们没有一点声响、没有丝毫表情，全都盯住唐颖，细细地品。叶根子则把眼睛闭上，他要用心来听这《梦中想你》。

珍藏起我们爱的记忆 / 我的心从此不孤寂 / 你是否也经常想起 / 想起我们爱的足迹 / 那大海潮落潮起 / 那树叶黄了又绿 / 我守望着　守望着你的归期……

海风中，唐颖用真情把这歌唱得动人极了，她把自己和所有兵们都感动得哭了。兵们不仅不吝啬掌声，还从胸膛里发出男性的声音为她喝彩。叶根子像个木头桩子似的纹丝不动，他没有鼓掌、没有呼喊，任泪水流淌也不去擦，只是想，我唱过了千遍万遍，还是没有唐颖唱得好听。

让唐颖没想到的是，这小岛的兵只认《梦中想你》。她想唱第二首歌，可兵们不让，还在叫“梦中想你——”这是唐颖从来没有遇到过的事情。她不明白到底是为了什么，但她不愿伤战士的心。就向音响师点了头。令她吃惊不小的是，第二遍成了合唱。这个小岛的兵不仅人人会唱，还唱得有板有眼，音准和节奏都出奇的好。

经不住战士们的一再要求，唐颖把《梦中想你》唱了四遍。这已经是空前绝后的事儿了，可兵们还在叫第五遍。她微笑地站在那里，不知该如何往下进行。姜晓上台向唐颖小声耳语了几句。唐颖就笑着说听说有位叶根子天天要唱《梦中想你》，我想请他上来和我一起唱好吗？叶根子脑子立刻空白了。他不知道自己是怎样被大家连推带搡地弄到了台上。唐颖笑着说原来是你，叶根子你不要紧张。他声音抖抖地说我……不紧张。唐颖问为什么你天天要唱《梦中想你》？他说：“因为……梦中想你。”台下大笑，他说：“不……不不，因为不唱《梦中想你》，就……巡逻路太长，太阳太毒，熬不住这岛上的苦，还有……想娘想得受不了……还有，”台下静了，“还有……兵们都爱你。”唐颖的眼泪奔涌而出，她失声呜咽，真情地拉过叶根子，双手绕过叶根子的脖子，把他紧紧地抱在自己怀里，把这个木木的、黑黑的、一身呛鼻汗酸味的叶根子紧紧搂在怀里。台下仍然静，唐颖许久不松手。叶根子轻轻依在唐颖的肩头，闻着她淡淡的发香，泪水把她肩头打湿了一片。

音乐及时地响起来。叶根子根本不知道是怎样唱下来的，只是一边由着唐颖一句句地引着他唱，一边由她拉着手走向兵们、走向自己的弟兄。兵们都起来同唐颖握手，也同叶根子握手。演出队所有的演员都来到战士中间和大家握手拥抱……

码头分别的时候到了。唐颖在上船之前，把叶根子叫到跟前，给他一张印有自己照片的名片，认真地说："叶根子，这上面有我的地址和电话号码。你如果来北京，一定要来看我。"叶根子说："老师……""别，就叫我姐吧。""姐，我再有一百天就能休探亲假。那时，我一定去看你。""一百天？好，我等你！"

离别的场面很感人。当登陆艇解缆起锚徐徐漂离码头的时候，全体官兵又一次唱起了《梦中想你》。演员们再也控制不住自己的感情，他们被小岛的苦和小岛的情感动了，边哭边唱《梦中想你》：

梦中想你　梦中想你 / 想你威武的军衣 / 想你挺拔的身躯 / 想你那天　那海 / 和海中美丽的岛屿……

船上岸上哭成一片，歌声在天水间久久回荡，一群鲣鸟冲上蓝天，鲜红色的脚蹼分外打眼，它们呼应般的鸣叫着，又猛地扎向湛蓝湛蓝的大海，去追逐掠水的飞鱼……

叶根子整整一夜都睡不着。他一会儿担心唐颖会再一次被海浪折磨，一会儿又满脑子都是唐颖那苍白的脸、甜美的歌、撩面的发梢和"我等你"的约定。他百分百地相信，唐颖发出的邀请是真心的。既然睡不着，他便早早地来到海边，守望着唐颖离去的方向。当红日映亮椰树顶的时候，叶根子作出了决定：等这太阳再出一百次，我要去看唐颖！

从那时起，叶根子就等待着这第一百个黎明。

自从海波贡献鸭子的事件发生后，叶根子和海波走得更近了，心里有想法也愿意和海波说。对于叶根子要去看唐颖的念头，海波并不感到意外，而且还挺支持她。叶根子说如果去看唐颖，总得带点东西才够意思。海波就给他出主意，说大明星啥稀罕物件都见过，你就带点有海岛特色的玩意儿。最后两人商定，带一朵海石花、两只金椰子。

金椰子好办，海石花哪找去？海波说这事交给我，但有个条件，探家回来还我十只小鸭子。叶根子笑着说，你就是鸭屎命。海波说我不是鸭屎命，是鸭司令。

第三天，恰巧渔民老蔡来岛上拿海鲜换菜，海波熟门熟路地在渔船的前舱搜出一朵海石花。老蔡说这可是珍稀品种，搞不到的，这是给镇长家捎的。海波回去就拎了两只鸭子来，还搭上一双野战皮靴。老蔡还是舍不得。“带北京去，给歌星的，知道唐颖不？对，就是送给她的。”

“那得答应我一件事儿。”

“说。”

“给我一盘签名歌碟，就要那盘《梦中想你》。”

“好说，”海波在老蔡的肩头擂了一拳，“你个跑海的老蔡还挺时髦啊。”

叶根子从来没见过这么腥臭、这么难看的东西。海波说你不懂了吧？得收拾，每天用清水泡洗，一天换三次水，连续泡洗半个月以上，那时它就会靓靓的，准保漂亮！叶根子说哪来这么多淡水呢。海波说我可以每天贡献半桶，逢我值班分水给你开点小后门，再叫班里的弟兄们每天匀一点给你。叶根子激动地上前要拥抱海波，海波忙躲，说别别别，我又不是唐颖你抱我干啥？说完就撒丫子跑人，叶根子猛追不上，脱鞋子砸过去，却丢进了海里。

打那天开始，叶根子就不再洗澡，为的是省下水来泡洗海石花。每天巡逻回来，一身海洋迷彩服全都湿得透透的，也不舍得用淡水洗，就往屋外椰树下一挂，风干它。没有几天，那军装就成了“盐布衫”，像一副铠甲，俩裤腿往地上一戳能立起来。班里有人到姜晓那诉苦，说让叶根子身上那味熏得吃不下饭睡不了觉，当时唐颖抱他时怎么能受得了。姜晓找来叶根子，命令他必须洗澡、洗衣服，叶根子指指天说快下雨了，我要等着天浴。姜晓又好气又好笑，说好了好了，不就是泡海石花吗，我每天多发你两桶水。叶根子这才乐叽叽地跑去洗澡。

半个月后，海石花有了模样。海波用最权威的口气告诉叶根子，这是世界上最最稀有的海石花，叫“竹节柏”，你看啊，别的海石花也就是一个白，可这棵就稀罕在竹黄色上，加上一道道淡黑色的竹节，就跟真的竹子一样，要形有形、要样有样，海底下长出这么个东西来，要多少年、多少代、多大的造化？有的渔民一辈子也不一定见着它呀！告诉唐颖，可别不识货啊！这“竹节柏”引得全队人都啧啧称奇，叶根子自然得意。

春节前，叶根子踏上了回家的旅程。姜晓有意成全他，让他跟着补水船一起下岛，好赶上和妈妈一起过年。其实姜晓不太同意叶根子去看唐颖，可知道劝不住他，也就不去阻拦，好在是顺道。姜晓把去北京要坐的车次、换乘的车站、到北京如何去找，都写在一张纸上，交代得清清楚楚，最后叮嘱他千万不要误了回家过年。海波则在码头给他一个鬼脸，“去吧，去找你的诗和远方吧”。

叶根子找到唐颖的单位时，天还没亮。

门口传达室老头起得早，正在洒水扫地。见夜色里一个冻得哆哆嗦嗦的小兵来打听人，连忙引进屋。听说要找唐颖，老头就打电话。那头传来了应答声：“请问找谁？”正是她，叶根子听出是唐颖的声音，只是还没睡醒的样子。他看了一眼怀里抱着的海石花。

“门口有位当兵的小伙子来找你。”

“谁啊？”

“她问你是谁，你自个儿跟她说吧。”老头把电话递给他。

叶根子把海石花小心地放在桌子上，接过话筒说：“我是部、部队的战士，叫……叫叶根子，特地从海岛赶来看……看你。”叶根子有些紧张，说话连不成句。

“叶根子？”对方好像在想。

“是，你到我们那、那里去过的，你还让我管你叫姐呢，还记……记得吗？”

“是吗？唉哟，瞧我这记性，还真有点想不起来了。”

“你……你给我留过名片的，说第一百天要等我来的。我叫叶根子，树叶的叶，树根的根……”叶根子越想说清楚越有点说不清楚。

“对不起，我还真没这印象了。”

“咱们还一……一块唱、唱过《梦中想你》呢。”

“是吗？跟我一块唱过这歌的人多了去了。这样吧，过两天我有个新碟发布会，在保利大厦，你到那儿去咱们见面好吗？”唐颖把他当成歌迷了，“我把我助理的电话告诉你，你跟他联系，好吗？他会给你票的。”

“我不……不是那意思，我是代、代表部队的战士来、来看你，还带着东西呢。可好可好的竹节柏呢。”叶根子有点着急了。

“嗨——，带东西来干吗呀？那谢谢你了啊。这样吧，你就搁在传达室吧，我得赶一个演出，待会儿我叫助理去取。你要有时间呢，可以等我的助理到后直接交给他，正好可以跟他拿票。”

“可你说好第一百天要等我的啊——”

“实在对不起，我还有事，挂了啊。”

“咔嗒”，电话断了。

……

一缕晨光透过窗户照在叶根子木然的脸上。

这正是叶根子左等右盼的第一百个黎明。

一个月后，叶根子回到小岛。海波问他见着唐颖没有，他给了海波一个捉摸不透的笑。每天，叶根子依然巡逻，依然在巡逻时一遍遍唱那首《梦中想你》……

遗忘的红腰带

军嫂们陆续往广场聚集，有的带着孩子，有的挽着老人。

临近傍晚，南海的毒阳依然不歇气地挥洒能量，广场上更是蒸腾溽热，只有周边的小叶榕下，才有片片阴凉。她们三五成群地散坐在树荫处，蒲扇轻摇，细语呢喃着妇道人家的家长里短，表情看似稀松平常，眼睛却总往指挥大楼扫去。孩子们则在空旷处撒野着闹，搅得大人们有点烦，不时有人呵斥几嗓子。宋姐挺着大肚子在吃西红柿，一只手叉在腰间，显示着将为人母的傲人姿态。

广场正面是指挥大楼，大门口有两个哨兵虎立。门楣上方的 LED 显示着时间：18：06。二楼大厅的窗户不露一丝光亮，那是作战值班室，它永远封闭着数不清的秘密。莫说她们，一般军官也不得踏入其中。而今天，有一个信息要从那里送出，时间是 20：00。她们早早地来，为的是等那信息。

今天是年三十。

梦桃是独坐的，坐在一组雕像基座的侧荫处。每次来广场，她都愿意坐这儿。组雕名为《骑鲸蹈海》，是五六个潜艇兵在水下紧张忙碌着的造型，有一群白色的鸽子随意在他们的肩上、头顶和手臂上咕噜咕噜地耍玩,忽而有几只会振翅掠过孩子们的头顶,落在广场上觅食。最靠前的那一尊水兵，高大挺拔、英姿飒爽。她第一眼见到他就觉得他太像冷凡了，哪儿哪儿都像。所以，每当冷凡去了海底，她就愿意来这儿，挨着他坐。

宋姐在远处招呼她。她笑着摇头。她不喜欢凑热闹，这地方不远不近，既可以清静，也能听到她们说的话。要在往日，她会把她们一个一个拿来比，跟自己——皮肤、妆容、发式、衣着、腰身和步态，比那些女人间可比的。今天则不，毫无心绪。将近两个月，梦桃时常处于极大的恐慌中。这恐慌来自自己不可原谅的疏忽。

她恨自己百密一疏。

大约两个月前的一个早上，在艇上忙碌着的冷凡打电话说他中午回来取东西，她明白冷凡和他的弟兄们准备多日并等待很久的日子到了，他要出海了。她先到超市买了一大堆他爱吃的芥末青豆、五香瓜子、杏仁干等磨牙的吃食，再转向菜场。她不怎么会做饭，只是按手机 APP 的方子采购。每一次他要走，她都这样。她要了两斤大虾、一条红石斑，再买了一只两斤来重的走地鸡，让阿婆杀过，去毛净肚。转身时，有个男人把一兜蘑菇样东西亮在她眼前。

“要松茸吗？配它最好，又香又补。”他指着她手中那只裸体的鸡说。

“松茸？”她不认识它。

“看它像啥？”

她看看，摇头。

“给男人吃，他会让你爽。”那男的脸上并不猥琐，却异样。

她拔腿要走。他跳到她前面，拦下。

“真的，日本人最爱吃它，像什么补什么……”

她小声说了句“下流”，落荒而去。

“他是涛中狼不？”

只“涛中狼”三个字，钉住了她。

她回转身，眼光警觉。他怎会知道冷凡的职业？冷凡的事儿没人可以打探，连她都不可以。

“别怕，我不是间谍，不会打听你老公的事儿。喏，帽子。”

她戴着老公的特制舰帽，是4号艇的，棒球帽的样子，黑色，长长的帽舌上有金色橄榄叶，正面有潜艇的形状和红色军旗，很配她的脸型。

“还有……”他又指指她的衣服。

她喜欢海魂衫——大海灵魂，海军衣衫。自打随了冷凡来这基地，她就和其他军嫂一样拿它当便服穿。她喜欢通过这些告诉别人，我是水兵的妻子。

他说：“干他那一行，有啥好吃的都该让他尝尝。”见她有点动心，“拥军价，一百六十元全拿走，足足两公斤。”

她买下了。是“干他那一行”这话戳到她了，好像医生对患者说回去想吃啥吃点啥，心儿紧了上来。她知道冷凡和他的弟兄们是把脑袋别在裤腰带上过日子的，她心疼他，舍不得让他嘴巴亏着，要让他吃到最好吃的东西。每次他出海，她都想法让他美美地吃一顿大餐。吃一顿赚一顿！冷凡每每大快朵颐时她都这么想。

冷凡今天回来，她要给他一件礼物——红腰带，是隔壁宋姐特意做的三尺来长的红布条。冷凡的本命年，水下几百米，无黑无白的一个月、两个月，担心死了。“千万别不当回事，本命年系它会保佑你老公，还有，保佑所有跟他在一块的人。南山寺开过光的，绝对顶事儿。”

宋姐把红腰带递给她时叮咛了好几遍，认真至极。宋姐的第一个丈夫是个老潜艇，儿子小锋还在宋姐肚子里的时候，他在一次惨痛的事故中永远沉睡在了海底。她决计还要嫁一个干潜艇的，要替这些潜艇兵的爹娘疼他们、照顾他们，还要为他们繁衍后代。基地司令员把她介绍给了现在的丈夫，04艇的毛副长。毛副长是她第一任丈夫的同学、战友。也许正是经历过惨痛，自打嫁过来，4号艇所有人的本命年她都一一记下，都要为过本命年的弟兄亲自送上一条红腰带。“不过说好了，它只管平安，官运财运啥的可不顶事儿……”宋姐很专业地说。“不要不要，别的都不要，只要他……”梦桃急急地抢话。宋姐哈哈哈地笑，“只要他平安？当然平安，可好使了，不过……也许它还能管你有个大胖小子呢？”

她满脸飞红。

冷凡的吃相要多男人有多男人。梦桃认为能吃的男人才叫男人，要不怎么担得起家担得起事业呢？当她为他装了满满一碗松茸鸡汤时，冷凡迫不及待地吹开浮面的油花，吸了一大口，当即烫得他吱哇乱叫，边吸溜着喝边大呼小叫着“什么东西，香得让人痛彻心扉！”

“你看它像什么？”说完她臊得不行。

“像什么？像蘑菇嘛。”他一边看表，一边加快吃的进度。

“像……”她不好意思说，“还有四十分钟呢。你不想再吃点什么吗？”

“梦小桃，”他总是在她名字或前或后或中间加个“小”字，“今天不行，来不及。”冷凡知道她想做什么，用眼睛假嗔着她。

“不，就要……”她飞奔到洗漱间，用最快的速度把自己洗得喷香喷香，然后就光着出现在冷凡面前，用浴巾使劲擦着头发，把护着的胸部一展，又赶紧掩上，羞红的脸蛋向着他，“就要，要你像狼！”

冷凡停下吞食，他当然想一口把她吞下，可是不行，“梦小乖，瞧，不到半个小时了……”

时钟指在 12：43。冷凡必须在 13：10 归艇。

“有一次，就是无与伦比的那一次，只用了 15 分钟耶。”她撒着娇说。

他明白她。像总有那么多好吃的菜肴为他送行一样，她要奉上她的最后一道菜——每一次出发前，他都会得到这样一份人间大美。

冷凡快速喝掉松茸鸡汤，掼掉碗筷，便一把抱起了她，像抱着个初生的娃娃奔向卧室。她在他怀里就开始解他的衣扣，秀发从他脸上拂过，重重的鼻息直接喷射在他的胸前和喉头，冷凡也急不可耐了。

门窗上的“囍”字还在，墙上大幅婚纱照上的他俩看着他俩进入了战斗部署。他跳过了常规巡航，甚至根本顾不上亲吻海面和小试波澜，便以最大速度和最大倾角开始了紧急下潜。一系列的操作都超出了按部就班的常规流程而充满力度，每一个装置都以最大负荷在猛烈推进，轰然间，世界阒无声息暗无光色，她被死死地摁住了，不知在哪里，不知有多久，香酥的身体无法控制地持续颤抖着……

她最终是被他吻醒的。“乖小桃，我必须走了……”他已经穿好了作训服。

“一匹大色狼。”她汗水满面却笑眼迷离地对他说，猛然弹起，裹了条大浴衣跳下床，帮着他系扣子。

“多久回来？”她一张口就知道错了。

他拿嘴封住她的嘴。她明白，不能问。

她把他的行囊交给他，“干果够你和弟兄们吃的，牙具、牙膏和毛巾都是新的，刮胡刀片是新换的，薄荷口香糖有 5 瓶呢，水不够用时不用刷牙，李施德林的漱口水特好用。20 包润肠茶，别天天喝，隔天。消毒湿纸巾是大号的，说是不伤皮肤的。一次性内裤带了 30 条，够不够……”

“再加20条。”

……

冷凡箭步冲出去，百余米，回头对着窗户中的她大叫“小梦桃——”使劲挥手。

她鼻子酸酸的，50条内裤让她知道他这一趟的艰辛。

刚才的暴风骤雨使她既精疲力竭又兴味盎然。重回婚床，仰面静卧，墙上的他俩瞧着一览无余的自己，笑意盎然。梦桃一把抱过枕头，贪婪地嗅着冷凡的味道，那是她的最爱。每次俩人要做爱之前，她都像只小狗狗一样在他的鼻翼、耳后和脖颈处反复闻着，哪儿哪儿都是雄性的气息，好闻极了！而无论他走了多少天，她都要这样抱着闻着他的枕头入睡……忽而，她又戚戚然了，一滴泪水悄悄滑落枕上。长久离别前的狂爱，是为妻给他的一份礼物。是最后的礼物吗？她一直不敢说，但总是怕怕的，担心他一去不回，如若那样，这便真的是最后的礼物了。从结婚后第一次送冷凡出征，她已体味到了妻子送郎上战场的千般不舍万般心痛。之后的每一次，除了要让他美美地吃上一顿外，都必定要把这近乎生离死别的欢愉做到极致，要让冷凡享受为丈夫为男人为军人最大的快乐。冷凡啊冷凡，我的夫君，你可知一次次江河奔流、山呼海啸的当口，我内心最深处却是无法抑制的痛？那一刻最想让你像头狼一样把我撕碎，我便可了无牵挂了……他真的像头狼，他喜欢她叫他狼。这是在他俩新婚第一次欢爱后知道的。当时她头发被汗水粘在前额，偎在他怀里说：“你像头狮子。”冷凡刮了刮臂弯里的她的鼻子：“不，狼。看到我手机屏保了吗？”

“嗯——涛中狼。”那是一张很牛的照片，冷凡头戴船形帽站在布满管道的潜艇里。照片中间三个手写体大字：涛中狼。

“嗯，狼不声不响，狠着呢。我们都叫这名。”他轻咬住她的鼻尖，发出呜呜的吼声，又一次把她牢牢箍住，令她快活到窒息。

想够了也歇息够了，梦桃裹着浴巾开始收拾。在把厨房整理停当后，她拾起了冷凡换下的白色常服，抽出了白色的皮带，准备搁进洗衣机。猛地，她心中被重重地锤了一记，立刻听见冷汗从胸前和背后簌簌地冒了出来——那根红腰带！

梦桃转眼就盯到了那一条鲜红，它在衣架上挂着，若无其事地随风飘动着。她拿上红腰带不顾一切地冲出家门。她迅速跑过家属区，穿过空无一人的广场，再拐进油库经过西便门，抄近道直奔码头控制区。大铁门外两排带铁刺的拒马、“军事禁区”的醒目标志以及黑包公样的哨兵将她挡住了。在苦苦哀求数分钟后，她知道一切都晚了。“回去吧，已经离码头了。要不我是可以帮你送进去的。”哨兵一脸同情并充满善意，却无能为力。

梦桃满脑空白地走着。两个好心的水兵尾随着她，小声问“嫂子咋啦？有事儿吗？”她忍住眼泪说不关你们的事，不要管我。她一直沿着木制步道向 2 号高地攀去，那儿能看到港口全景。她顾不得“禁止通行”的标志，爬过栏杆，蹬上一块巨石，远远的，那艘黑色的庞然大物已经出了防波堤的口门，正向深海一点一点地潜下去，最后，连一点点豆子大小的黑点都不见了。她的冷凡已经潜入了冰冷漆黑之中。她恨自己为啥会忘记！为啥为了那十几分钟的欢愉而忘记？！要是冷凡有点事儿……她不敢往下想。回头间，看见那两个水兵在栏杆处装样地在看手机，她这才想起，自己是穿着浴衣出来的。

梦桃被抽去了所有能量，一步三晃地沿林荫道踯躅前行，几次三番不得不停下来寻找她住的那幢家属楼。此时，正是水兵们午休结束，将要操课时间。一队队水兵从她身边走过，许多双眼睛望向她。营区大喇叭放着铿锵的歌曲，水兵队伍踩着音乐的节奏前进：

离开，离开天与地，走进深海游弋。

啊，兄弟啊兄弟，再抱一抱蓝天，再亲一亲大地，

忘掉天地间所有的美丽，只记住亲人期望的话语，

我们到深海游弋……

她会唱，是冷凡教会的。一霎间，她想哭，使了好大的劲儿才忍住。

裹着浴衣回到家中的梦桃，一直默默地坐着，心中暗淡失色。从下午枯坐到半夜时分，才发现没有开灯。她手里攥着的红腰带都已经被汗水湿透了好几回。她时不时想冷凡现在到哪儿了？潜到多深了？听说海底也有高山和深谷，那么大的一个铁罐子，在那么黑的海底，看不见摸不着，怎么才不碰山不碰礁？怎么会不和海上航行的大商船撞上？万一撞上了怎么办？一想到这些，她的心会不由自主地剧烈跳动起来，随即就有一身冷汗相随。没有红腰带的他，能逢凶化吉平安回来吗？越想越怕，越怕越想……

天亮醒来时，她找出了冷凡的军官证，她用红腰带把它一圈圈缠起来，小心地放在了梳妆台上。

这军官证是他俩的“媒人”。

三年前，刚刚大学毕业的她来到了这个海滨城市。在银行，她工作的柜台很特殊——军人专柜。那天，后来成为她丈夫的冷凡来办信用卡。柜台外的他递进军官证时，她留意了这个看起来端庄威武的军官。只几分钟，她不仅办好了他所有的手续，也记住了这个叫冷凡的小伙子的所有信息。下班铃响了，她尾随着冷凡去往汽车站，她是被他宽阔的后背和挺拔的腰身所吸引，还有那身雪白的军装。就在冷凡跳上 4 路车的一瞬间，那只红色军官证从他口袋掉落在地上。待她拾起准备喊住他时，4 路车已经起步了。梦桃并不急，甚至有点得意地把军官证小心装在包包里。第二天上班，她调出了他的电话号码，给

他发了个信息，让他有空来银行取军官证。然而，信息发出了一个多月，他没有来。无奈，她又反复发了许多遍，一直杳无音信。她满可以交给经理去送还部队的，可她偏偏想要他自己来。整整三个月后的一个中午，他终于出现了。

“为什么这么长时间才来？”

“刚收到信息。”

“不可能，我第二天就发信息给你了。天天发天天发，都发了几百遍了……”

“呵呵，第二天我已经不在这个世界上了。”

她惊讶，见他很肯定地点着头，“啥意思，那你在哪儿呢？”

“不要问我在哪里，问我也不能告诉你。我是勇敢的潜艇兵，航行在深深的海洋里……”他小有得意地哼唱了几句。

“太帅了！走，请你吃饭。”她立刻说。

“哪能，你还给我证件，应该是我请。再说，哪有男人让女人请客的，给男人一点尊严好不好？”

“当然，给你尊严就给你尊严。”

三个月后，他俩去民政登记。她挽着他的臂膀问：“冷凡，老天咋就那么会安排，一个军官证换回一个结婚证……”冷凡停下脚步，扳过她身子，“小桃子，我这人就一个缺点，聪明！你用你的头发梢想一想，怎么做到让一个美丽姑娘连续三个月给我发信息呢？”梦桃睁大眼睛大叫着，“好啊冷凡，太阴险了吧你？”他笑得恣意，她笑得忘形。

办证的是一位男士。“是自愿的吗？”“不，被他拐骗的，用一个军官证……”她紧靠在他的肩头。那男士放下手中的表格，一脸的公事公办，“这事儿可不能开玩笑啊。再问一遍，是双方自愿的吗？”梦桃知道玩笑开过了，伸伸舌头不说话。冷凡把双手搭在她的肩膀上，说："梦桃，再说一遍，我，还有我的弟兄们，离阎王爷很近很近，近到经常能听到它的呼噜声，哪天它要醒来……你懂的。要是怕，现在还来得及……"

"我好怕，怕死了，"梦桃装作害怕的样子，"所以呢——我才跟定了你。知道为啥不？"

"当然，你是颗小福星嘛！喏，平安痣。"他用食指点住她的眉心处。

"聪明，这颗痣价值连城，你赚到了，娶了老婆还搭了个平安符，你和你的弟兄们放心闯海去好了，阎王爷好怕你们呢！"

他轻轻把她揽在怀里，双双在结婚证上按下了指印。

与冷凡已经分别二十多天了。这二十多天里，"小福星"的日子过得凌乱不堪。她记不得有多久没有做面膜，有多久没有逛商场，有多久没有去美甲，有时连有没有吃过饭都记不大清楚，更别说上班时的六神无主了。她已经被经理警告过数次。有一天，也是一个军人来办理信用卡，她一再地恍惚着认为是冷凡坐在窗外，"把军官证给我"。对方指指她的手说："在你手里啊。"她无地自容地低头给人填单子，可总是出错，不是写错字就是写错号码，在撕了一张又一张表格后，经理只好亲自出马。"怎么回事？"经理是个男人婆，她肥胖的躯体配得上那洪钟般的吼叫，"要不是看在你是军属的份上，早让你走路了。好吧，再给你一次机会，快快回到原来的状态来。但是，这个月的奖金你就别想了。"下班出了门她竟笑着跳起来转了两圈，破财消灾不是吗？冷凡一定平安的。她招了辆摩的去往菜场，想看看那个卖松茸的人还在不在。可是失望了。回到家中，那红腰带又让她陷入无尽的自责和担惊受怕之中。

日子一天天滑过，冷凡已经走了快两个月了。军号按时响起，队列歌声嘹亮，傻小子们在足球场上把自己累成狗，纠察队帅小伙还是笔挺地在路口荡来荡去，碰到漂亮的梦桃，总要上来看看证件，假模假式。晚饭后，司令员和政委照常一起背着手在营区里一圈一圈地散步、聊天。该天黑天黑，该天亮天亮，04艇呢？没有一点消息。对梦桃，对宋姐，对每一个军嫂来说，没消息就是天大的好消息。梦桃渐渐恢复到原先的状态，上班下班，做饭洗衣，逛街美发，然后就和闺蜜们聊微信，刷朋友圈，再不就网淘，给冷凡也给自己买各种各样的东西。她还在做一件最私密的事情——上网查查关于怀孕和生孩子的知识，光有关书籍就在亚马逊订到了七八本。时不时地，老爸老妈还要跟她视频一下。老两口知道姑爷是干啥的，也从来不问，只有一个要求，视频时一定要拿墙上的结婚照当背景。他们也为冷凡骄傲着。

这天上班，男人婆经理把一箱十万元现款送到她的台位上。梦桃打开箱子准备点数的时候，被每一沓纸币上的封条惊了一下。“为啥都换成红色的了，不一直是白的吗？”

“要过年了，顾客都想图个吉利，咱要注意细节，不是吗？”

“红色封条怎么盖戳啊？”

“你瞧，不都改成黑色印泥了吗？别问那么多了，留心点，别出错啊。”

心情忽地就跌入了黑洞。梦桃每拿出一沓钞票，都会被那红色的封条击中双眼，继而它会幻化出那根红腰带。那红腰带在衣架上扎心扎肺地飘忽不定，接着就是冷凡雪白的衣服和雪白的脸，继而，冷汗又一次漫布前胸后背……

她冲进男人婆的办公室，“经理，我要请假……”

“又怎么了？”男人婆被她的突如其来搞得莫名其妙。

“我……不行……”

"什么不行了？"男人婆站起来，贴到她的鼻子尖仔细打量。

"不……是我……不舒服。"

"不会是又来了吧？小美人，别耍小把戏好吧，十二天前请的假，我记得真真儿的呢。"

她无以回答，逃也似的回到柜台，继续着不断出错的工作。那一天，幸亏有闺蜜阿琼帮她，要不然，她会直接被男人婆开除的。

好容易熬到下班，阿琼硬拉她去吃韩国料理。"你怎么了，这么不对劲？"阿琼当班的时候没有问，只是默默替她料理着业务。见梦桃心不在焉，又问"想他了？还是哪里不舒服？"她看了看阿琼，眼圈有点红。阿琼搂住她的脖子，"走，我请客。"

领位小姐在最背静处为她俩安排了座位。服务生递上菜单，接着把各种调料一一摆放在桌面。梦桃的目光从菜单上偶一滑过，看到了那服务生黑色围裙上系着一条红色腰带。她立刻扭过头去强行避开，但，晚了，脑子中的影像已无法抹去。她几次想逃走，可不好驳阿琼的面子。这顿魂不守舍的晚餐让她痛苦万分，完全不知道吃了什么喝了什么，她对阿琼说想早点回去，为的是看一部电视剧。阿琼再三追问是什么剧时，她尴尬得根本说不出来。在匆匆跳上公交车后，她又一次瘫倒在座椅上，大汗淋漓。

……

04艇已经深潜。看来一切顺利。冷凡办完交接班手续后把几个弟兄叫到小会议室，"哗啦"一下，倒出了一堆零食。众人上手，边吃边嚷嚷"你家美人真是体贴，咱也跟着沾光……"只有毛副长避开嘈杂，将耳朵贴在艇体上，"嘘——"他示意大家安静，瞬时，众人毛骨悚然，嘎吱嘎吱的声音虽然轻微但清晰可辨。"多大深度？"毛副长警觉起来，"交班时在70米。""不该有这么大压力。"毛副长冲出会议室。弟兄们立即起身，晚了，一个巨大的冲击力掼倒了所有人，继而铃声大作。

喇叭里传来值班员的嚎叫声——潜艇进水、潜艇进水……艇体的响声越来越大，一声巨响过后，所有灯光熄灭了，啪啪啪，电花四处乱闪，接着又是无尽的黑暗。所有人都被急速下坠的船体送入深不可测的海底，杂乱的脚步声、急吼的口令声、四处喷射海水的巨大声响灌满了整个潜艇，极度恐怖抽走了所有人的知觉，他们在最后时刻大声呼喊着自己的家人……“小梦桃——梦小桃——”冷凡的声音温情而凄厉。毛副长对着黑暗大声嘱托：“冷凡，你要是活着回去了，一定告诉嫂子，孩子生下来就叫……”“叫什么——”冷凡听不清楚……

梦桃也听不清楚毛副长说的什么。她急于要冷凡快快出来。不管什么潜艇总是有逃生的机关的，冷凡一定能做到，毛副长也能做到，其他所有的涛中狼都能做到，对了，毛副长一定让宋姐生下孩子就叫涛中狼。她在潜艇外面等啊等，她要拉住冷凡一同回去找宋姐，她要像美人鱼一样带着他往上游，一直往上游……当她猛地冒出水面时，突然发现冷凡没有跟上来……她急死了，都什么时候了……

刹那间，她坐了起来，汗水涔涔、浑身湿透……

只三五秒钟，梦桃意识清醒了，她蹦下床来，打开了所有的灯光，她不要这黑，要把所有的黑赶走，但依然害怕，她又打开电视，把音量放到最大，可身体还是在微微抖动。她冲出家门，敲开了宋姐的门。

躲在宋姐怀里的梦桃嘤嘤抽泣。“怕了？”宋姐拍着她的后背问。她点点头。

宋姐把她扶到沙发上，小锋搓着睡眼看着她俩，不敢说话。“大妹子听我说，冷凡，还有我们家老爷们都是吃啥饭的？哪能说出事就出事儿呢？虽说要奋斗就会有牺牲，就像小锋他爸那样，可那是忒小的什么率了，地球撞月亮知道不？你想碰都碰不上的。听姐话，别担心，唔……”她点点头，手背拭去泪花。“瞧你这熬的，都快瘦成照片了……”宋姐边说边打着了煤气炉，一会儿，她端上一碗汤，“喝了它，补补身子。

你说也巧了，早上去买菜，碰上了这个稀罕物。来，趁热……”

是一碗松茸鸡汤。梦桃的眼泪吧嗒吧嗒地落在油亮喷香的海碗里……

距新年还有十几天了，营区已经张灯结彩地布置起来，但有一则消息在军嫂中间传了开来——04 艇最近两次没有按约定与基地联络。这消息不知真假，也无从打听。她们的心悬得高高的。路上相互遇到都会比往日更加热情地打着招呼，却十分注意对方的神情。每天早上，楼里的家属们都会探头去看作战处长家属小李是不是还在椰树林里练瑜伽。她还是在练的，但表情似乎不像以往那么轻松。晚饭后，司令和政委的习惯性动作也在继续着，只是散步的时间比往常要短了一些。临近春节了，政委带着机关同志挨家挨户给 04 艇的家属们送年货，他依然谈笑风生甚至妙语连珠，丝毫看不出异样。那些七上八下的心，才稍稍平静了一些。

这事儿，宋姐一直没敢告诉梦桃，怕她受不了。只是在年三十这一天早上特地通知梦桃，晚上会有好消息，早点去广场。

晚凉的风儿知趣地涌向这片燥热的广场，令她们有了些惬意。几个机关勤务人员在广场摆放晚上燃放的烟花。每当有军车疾驶而来，跳下一两个军官冲进楼内，或从楼内跑出一名战士，向着码头方向奔去，军嫂们还是会不约而同地站起来，上百双眼焦急地张望，再交换着眼神。有些人实在憋不住，会到大楼门口转一小圈，想靠近哨兵问问，又不敢，再回到原地，眼睛却始终不离那二楼的窗户。她们会谨慎而小心地说着：“司令在里面吗？”“好像政委早来了。”“作战处长怕整整一天都没出来呢，小李呢？”大家就去找作战处长的妻子小李。那些小屁孩们不懂得大人的心情，大呼小叫地疯闹。一个孩子拿着个军舰模型尖声尖气地大喊："你不许赖皮，你被我打沉了……"话音未落，只见宋姐一把从孩子堆里拽出了自己的儿子小锋，照准他屁股一脚踹过去："叫你乱说，你这个小乌鸦嘴。"9岁的小锋哇哇大哭，"我没乱说……""还嘴硬？！"她一个巴掌扇在小锋的脸上，脆响。军嫂们纷纷上前拉开宋姐。梦桃当然知道小锋为什么挨打的——海军有忌讳：吃鱼不能说把鱼"翻"过来，只能说"正"过来，或者叫"划"过来，更不能说"沉了""进水"还有"压力山大"之类的话语。

小锋被宋姐打得四处逃窜，三步两步躲到了梦桃这里。宋姐身子沉，哪里追得上这熊孩子，刚走近一点，小锋又猴子样跳开去。宋姐只好气喘吁吁地挨着梦桃坐下，"放心，我那红腰带绝对好使……"

近两个月的煎熬，梦桃的神经早已脆弱不堪，宋姐一番话立刻吓住了她。她一直不曾告诉宋姐实情，她不敢。

"桃子，我这辈子到死都后悔的一件事是啥你知道不？"宋姐眼圈红上来了，"憋了这些年，跟谁都没有说过。小锋爸出事儿那次，我忘了给他系红腰带。你说我咋会忘呢？他的本命年，啥啥都准备好了，偏偏那天他走得急，给忘了，忘了……老后悔了……你说我咋能忘了这么大的事儿呢？！"宋姐几乎要哭出声来了，赶忙用手背擦去了眼泪和鼻涕，"一直不敢言声，总想着是自己害了小锋爸和他的弟兄们……"

宋姐的秘密一旦说破，一束电流又一次直接击痛了梦桃的身体。她的手触到了口袋中的红腰带，立刻，恐怖再次像一张黑色的网把她的心脏死死攫住，一分一厘地在收紧。她在口袋中握住那根红腰带，在心里要求自己念一百遍——冷凡平安、毛副长平安、04艇平安、涛中狼平安！

太阳移动到了梦桃身上，晒得皮肤麻烫。她下意识往阴凉处挪了一下，想想，又重回原处。"我要陪着冷凡一起晒。"她心想，"这

会儿冷凡是不是在画太阳呢？”冷凡会唱歌，俩人在床上腻够了他就教她唱歌，都是他们男人的歌。其中，《画太阳》是她喜欢的：

画一个太阳挂在床头
挂在床头
有空就把它瞅上一瞅呀
瞅上一瞅
潜航在水下分不出白昼
不知道太阳
在东头还是西头
打花伞的姑娘
爱遮着太阳走
想见太阳
是潜艇兵的渴求
发誓九十九天
返航的日子
躺在太阳下狠狠晒它
狠狠晒它三周
狠狠晒它三周
……

心里头默想默唱，梦桃又松快了些。冷凡真要能在水下画太阳就太好了。这次回来，非得要拉冷凡去日光浴，去旅游区的沙滩上，租一把沙滩椅，不，系一只吊床，拴在两棵椰子树中间，我和他挤一块儿，嗯，我要穿上那款粉红色的比基尼，让他的肌肤和我的肌肤紧紧贴在一起，分都分不开……

大门的时间显示 19：30。

作战值班室边上的休息室里，司令员领着几个人在打升级。司令员牌技一流，算牌如神的他如果配上了好搭档，从来都是顺风顺水一路凯歌，高兴时会吹两声小口哨，以向对手示威。今天，他的搭档是副参谋长，也是一等一的高手，副参谋长觉得司令员今天不对劲，总是心神不定臭手连连，有几次，司令员在犹豫不决时，拿牌的手在微微颤抖。他并不如往常大呼小叫地数落对手或埋怨对家，因为，他也在焦急地等着那个时刻。04 艇的所有行踪都是绝密中的绝密。这两次联络的不顺利的确让人担心。虽然一位老潜艇知道这是常有的事情，通信部门也说了那天信号有些问题，但这种失联是有多种可能的。就看今晚了。按说约定的联络时间从来是秘而不宣的，但今天必须向家属们宣告一下，因为今天是年三十，要让家属们过个好年，这消息不能瞒着她们。干了一辈子潜艇的他，最了解这帮老娘们——她们苦啊！

政委、副司令、副政委、参谋长他们一干人端坐在交班大厅的大屏幕前，啥也不干，只盯住大屏上方那一跳一跳的红色时钟。其实今天用不着大屏幕，那海底传来的只是电报代码，不会有图文，也不会有语音。可他们坐在那里就踏实。每天早上，作战参谋都会详细报告所有事项，却独独不会说 04 艇的具体情况。一个多月来，04 艇像根无形的绳子，牢牢牵动着他们的每一根神经。他们每天最想听到的一句话：04 艇情况正常。就看今天了，非同小可的今天，两次联络未果，又是年三十……

还有 5 分钟，广场上的她们开始向大门口聚拢。哨兵并不呵斥她们，只是用严厉的目光将她们限定在可控的位置上。

司令员仰天甩掉一手好牌，奔向交班大厅。随他涌入的是所有在班或不在班的机关人员，足有四五十人。他们都直立着等待，一秒一秒地数着时间。20：00到了，空气凝结了！二十点零一秒、二十点零二秒、二十点零三秒……在二十点零十五秒时，大屏幕旁边的小门“咣”的一声被急速撞开，值班参谋猛冲进来，未及立定就高举着电报纸大声喊出人人翘首以盼的两个字：

“安全——”

现场只安静了片刻，大约半秒，掌声如雷响起。

司令员拥抱着政委，老泪不争气地洒落，“老兄，实在受不了了，想早点退休了……”

政委向全体在场人员说：“同志们，一年辛苦，过个好年吧！”掌声再次响起。

“司令，那么多老娘们在等着呢。”

他俩抹干眼泪，手拉手来到一楼，走出大门。

面对上百位军嫂，司令员哽咽着让政委宣布。

“各位军嫂、各位军娃，”政委大声宣布，她们屏息静听，“安全——”

顿时，女人们齐声放哭、声彻广场。那或尖厉或粗放或低婉或哀怨或欣慰或感叹的哭声，令办公楼内的所有窗户同时打开，探头张望的军官们看到这一幕，赶紧回过头去，拭去脸上的泪花。娃娃们被吓着了，见大人们哭，也跟着望天号啕。本已歇息的鸽子被惊得扑簌簌冲天而起。

梦桃双手圈住宋姐哭得没有样子，她想，再怎么高兴，都不能跟宋姐说红腰带的事儿。

两个哨兵被军嫂们的哭声搞得鼻子酸透了，却不敢动，双手中指紧贴裤缝，笔直挺立，任泪水淌湿胸前军服。

此时，礼花满天。

老方，你好

副驾上的方菲菲有一种前所未有的拉风感——越野吉普，敞篷，速度之快，使绿树掩映的军港大道变得令人不安起来，路人侧目。

一个急弯，险些将她闪掉。惊叫，一脸狂喜，竟掰过后视镜，照那对刚修过的眉。这个对容貌极其在意的姑娘常说，就是上刑场给毙了，也得容本美女捯饬好了再上路。在家时，每回为此而耽误上学，老方头就会数落个没完，但她本性难移。今天，也是因为她的这副尊容而拖延了时间。

“坐稳了，还剩三分钟。”驾驶员提醒着，油门踩得更深，越野车像公牛样怒吼起来。

04 艇计划出航的时间是十六点整。

这是一次临时接到的任务——去鹦鹉岛送战备物资。这任务有风险，而且风险很大。风险来自台风，是一个已经在西太平洋悄然生成的热带气旋。基地要求 04 艇必须在台风袭来之前抵达鹦鹉岛。

这任务下达得实在太急。之前的三四天，全艇都在机械保养。这个比渔船大不了多少的小护卫艇，被东拆西卸得一地零碎，那些螺钉、齿轮、钢珠、轴承像炸油条似的还浸泡在油盆里，尚未回装和调试，更不要说按规程要求出海试航了。没有办法，上级永远是正确的，说任何困难都会被认为对任务本身有抵触情绪，都会挨批评。

“该死的！”艇长何受贤喃喃自语，不知在咒谁。他把目光伸向天际，那里已经堆积了一团一团的云，白色的、灰色的、黑色的，开锅一样翻滚。他知道，与其跟上面去诉苦，不如趁早出发，也许能躲过一劫。

二十个小时之内，像手术小组把所有的肠子肚子心肝肺一股脑儿地填回病人腔子里一样，04艇杀手级的艇员们也发疯般来了个大回填，竟在最后一刻完成了出航前的所有准备。此刻，铃声骤起，值班员用喇叭大喊了两遍：“备战备航，准备离码头。”

机电班长启动了柴油机。“轰”的一声，小艇抖动着冒出一股铅灰色烟雾，像一匹急不可耐要冲出去的烈马，不安地等候发令枪。轰鸣声中，各部门人员紧张地就位，就差艇长那一声离码头的命令。

艇长并没有像往常那样急于解缆。他竖起耳朵听了一会儿，又望到水面有一层黑色油污正漂散开去，觉得有些异样。他是机电兵出身，对机械的响动有着本能的敏感。轰鸣与轰鸣是不一样的——那种流畅而充满张力的轰鸣声，预示着主机的康健与可靠。而眼下，有肺部锣音般细微杂声偶尔冒出来，让他这个老机电兵的心中有了几分担忧。

“叫崔老鬼上来。”艇长说。

机电班长崔世骏从机舱里爬了上来，三步并作两步蹿上驾驶台。军舰与商船有些相似，都把机电长称为老鬼，或机头——因为他有技术，又掌握着全船人的生死命门。这个崔老鬼虽说也干了多年机电，也有几手绝活，但在艇长何受贤面前，半点也不敢得瑟。他说我懂的艇长懂，我不懂的艇长也懂——这就没辙了，不服也得服。

“听着第四个缸不大对劲。”何艇长问，眼睛并没有瞧他。

“嗯，没来得及收拾它，有点漏机油。”崔世骏边回答，边抓了把面巾纸擦他那满是油污的脸，越擦越脏，反倒成了大花脸。

信号兵李上递给他一瓶矿泉水，他咕嘟咕嘟地连喝几大口。

“有把握吗？”

“其他三台还行。”崔世骏说，语气中有些许含糊。

“这趟活不好干，看天了吗？”艇长看着崔老鬼，“千万别在半道趴窝。否则……”艇长用手在脖子上比画着，意思是，你要是给老子在航渡中废了动力，老子非宰了你不可。

崔世骏走后，信号兵李上对艇长说，崔老鬼是你一手调教出来的，你还不放心啊？

艇长没有回答。

他手持送话器下了第一道口令：收回跳板。

就在几个穿着橘红色救生衣的帆缆兵开始撤回那墨绿色跳板的时候，那辆敞篷越野从军港入口处发疯般的蹿了出来，喇叭声加蹦闪的前大灯示意04艇稍等一会儿。

正在准备信号旗的李上眼尖，他冲着艇长说：“一女的嗨！”

随着尖锐的刹车声，副驾门打开，先是扔下一只军用背囊，然后跃下了方菲菲——着一身海洋迷彩，裤腿扎在高腰野战靴里，军帽压得盖住了眼眉毛，后脖梗子露出刚理过的乌青发茬。她双手叉腰挺立在码头上，仰脸望着驾驶台，嘴巴里还“叭叽叭叽”嚼着口香糖。

“Man得很呢！”李上手上的活都停住了。

“去鹦鹉岛？”方菲菲冲驾驶台的何受贤大声问。

何受贤没有搭理她。倒是李上殷勤，接茬说：“是的，快上吧。”

“上什么上？扯淡！你也不问清楚就让一娘们儿上。”何受贤斥责着。

“拜托艇长，你瞅瞅是娘们吗？”李上嘀咕着正要下去接，方菲菲已经跳了上04艇。

“报告艇长，我是新分到鹦鹉岛的通信兵方菲菲。”方菲菲在驾驶台向何受贤报告。

“解一缆。”艇长还是没有搭理她。他在指挥他的快艇离码头：“碰垫，快，后段！”

帆缆兵迅速拎起碰垫到后段。

方菲菲是第一次坐军舰，第一次出海。她接二连三地问李上，这个口令是干啥的，那个动作是为什么。李上手上不停地摆弄着信号旗，嘴上却在不停地回答着她的问题。

“李上，你给我闭嘴。”何受贤这一嗓子虽冲着李上，却也是在震慑方菲菲。

舰艇离靠码头是最紧张的时刻，指挥员需要清醒而果断地发出若干口令，各执手及时准确执行口令才行。显然，方菲菲打扰了他和他们。

方菲菲冲李上伸了下舌头，立刻噤声。

她靠在海图桌边上，耳朵里塞着一副白色耳机，一面听着iPod中她最喜欢的吉克隽逸，一面从口袋里掏出一只手机，先用左手在脸旁比画了一个V字，“咔嚓”一下给自己拍了一张，然后开始给妈妈发信息。

说什么呢？中午到下午，女儿和母亲的对话耗掉了整块充电宝。她告诉妈妈她就要去海岛，就要实现自己多年的梦想——远离他，不想再见到他。母亲则在电话那头哭着说，别恨他，他其实很爱你，你这样对他，他很痛苦……

“你该打个电话给他。听话，号码发你手机里了。”妈妈的信息。

想了想，回了三个字“启航了”，即刻关机。

母亲说的那个“他”是她的父亲。方菲菲和母亲是亲不够的，只是不喜欢父亲。这很奇怪！几乎所有的女孩儿都亲着黏着爸爸，都够“小棉袄”的，够“小情人”的，唯独她，与父亲像前世的冤家，作对好多年。她永远不叫他“爸爸”，永远避着、隔着、远着，实在躲不过去，也从来没有好气，不是叫他“方老头”，就是叫“老方头”。这一切大概与她小时候的一些经历有关——每一次那个当海军的爸爸回家来，都要把她从妈妈的床上赶到外婆的床上。她不能接受，不能让这么个黑黑的据说是海军的男人与她漂亮的妈妈同床而眠。凭什么？这就是小朋友们说的“耍流氓”，是大坏蛋！大概从五六岁开始，方菲菲再没有叫过他一声爸爸。

大凡在外当兵的父亲都会面临这样的尴尬吧？每一次回家，孩子们都会躲着藏着，小心观望着，对这个贸然闯进家门的家伙充满戒心。待刚刚熟稔一点，甚或有了点感情后，那人又突然消失。一年半载，他永远在电话那头，永远在电话里说着要乖，要听妈妈的话，要帮妈妈做事情，要好好学习什么的，巨没劲！与其他孩子不同，方菲菲始终没有别过这个劲儿，永远不能像其他女生那样，挽着爸爸的手臂撒娇。有时她也会想，是不是自己太偏执，太任性……车站送别的一幕，多少还是让她心有所动。

那天方菲菲与几百个新兵一同上火车。老方也随一众亲友来送行。妈妈说你得跟爸爸说几句话。她明知应该说的，可就是一百个不乐意。她拉着妈妈的手，一刻也不松，并不看老方，只与这个表姐、那个闺蜜聊天。闲话间，她余光看到了老方。他特意穿了件休闲西服，颜色款式还行，就是与他的身形不搭——老方有点驼背，两只手不知放在哪里好，只是拿着个衣角使劲搓。他想上来和她说话的，可是菲菲的脸上明显写着冷漠。他不知怎么办好。眼神一晃，她看到了他鬓角有了白发。心头抖了抖，忍住了。一直到上车，老方就那么远远地站着。

咣当一声，列车开动。所有新兵都挤到车窗前与送行的人告别。猛然，菲菲看到了老方，他还是站在远处，笔挺地向着菲菲敬一个标准的军礼。久久地，他那手臂不肯放下……

方菲菲的双眼突然被泪水蒙住。"老方你干吗！我想和你说话的……"

04 艇抛的是回头锚——前几天靠码头时，在外侧先抛锚，待再次起锚时只要收锚链，快艇就会轻松平稳地离开。此时，锚机在"咣咣"地响着，一节一节地把锚链"咬"上来，快艇也乖乖地向外漂去，不动声色、乖巧顺畅。看着一切尽在掌握中，何受贤回头扫了一眼这个小女兵。只一眼，他就笑了。

"怕晕船？"他问。

所有人都回头看了看方菲菲，所有人都笑了。

方菲菲的太阳穴和耳朵根子上，贴了大大小小五六块膏药。

她的确怕晕船，从上午开始，就做足了准备。还有别人看不到的——肚脐眼上贴了一块姜，据说贴那儿效果最好。

"那根本不管用。"李上笑着说，"听我的，下舱室去躺着。"

"我听说过，船动我不动，我动船不动。"方菲菲答。老方时常把这些挂在嘴上。

"小李子，带她到艇长室。不要让她到处跑动。"艇长命令李上。

"是。"

"把手机里的照片删掉。"艇长突然说道，很凶。

方菲菲吐了吐舌头。李上冲她鬼笑。

锚链已经垂直离底，一声哨音，艇尾旗唰地降下，主桅上哗哗升起一面军旗。快艇对着出海口开始调整航向。

艇长室是全艇的“豪华”间了。这个只有四五平方米的狭促舱室，塞进了一张床铺，一张桌子，还有一个小小的搪瓷洗脸池，上方的水龙头有一搭没一搭地滴着水。舱壁上，挂着一排书架，胡乱挤着一些航海和政治教育的书籍。在书架旁边，竟然有一台液晶电视，它被角铁牢牢固定着。

李上很热心——男兵见到女兵总是这个样子。他把方菲菲的背囊放在一只转椅上，先打开空调，又从外面拎回一只水桶，里面放了几瓶矿泉水。他心细地一一将瓶盖拧松，接着，拿出一条崭新的毛巾在水池里过水，拧干后搭在椅背上，再把一包纸巾放在枕头旁，然后很认真地对方菲菲说：“晕船，啥滋味知道不？”

方菲菲摇摇头，又点点头。

“一身虚汗，两眼无神，三餐不进，四肢无力，五脏颠倒，六神无主，七上八下，九死一生，十分难受……”他一口气说完，看着方菲菲美丽的大眼睛，意思是：你的，明白？

“好像我们家老方头也这么说过，可我现在觉得挺好的，没啥感觉。”

“哈，哈哈……”李上差点笑岔气，“这才哪到哪儿？还没有出港口呢，还没有到波涛之上呢，还没到上千米深的海沟呢，还没有……”李上觉得没说清楚，“到过西湖吧？或者昆明湖？划过小船吧？就那啥——让我们荡起双桨，小船儿推开波浪……”

方菲菲点点头。

“现在，就是在西湖里。出了港，整个就是《后天》了。看过吗，电影？”

方菲菲点点头：“要写遗书吗？”

“扑哧”，两个人同时笑了。

“李上，吹礼哨。”喇叭里喊。

李上忙不迭地冲出舱门，边跑边掏出一只小哨子，尖锐地吹出一长音。

方菲菲好奇地探头张望。全艇官兵正面向左前方的一艘大舰行注目礼。那大舰上也传来一长音，算是回礼。

方菲菲知道这是海军的礼数。不知多少次，老方头不厌其烦地唠叨这些事。他说他遇见过的最大的官是一个海军中将。那中将乘坐的是一艘补给舰，他们的水船为补给舰当摆渡船，就是到一个很小很小，小到补给舰无法进去的小岛旁，由他们水船将那个将军送进小岛。所以，当两舰相遇时，小舰小船就得向大舰，特别是向大舰上的将军吹哨致礼。

“有什么稀奇，本姑娘今天也出海了，也听见礼哨了。”方菲菲脑子一直对她家老方的海军身份心存疑虑。水船是干嘛的？那也叫海军？和打鱼的渔船不是一个样吗？她一转身，看到了洗脸盆上的那面镜子，就本能地凑上去仔细端详，看看头发乱没乱，妆容花了没有。尽管作为战士，她的妆化得几乎无人看得出，但，她是一个极其在意自己脸盘子的人。在同学死党中，她以“盘儿靓”著称，这种得意从她稍稍懂事开始就伴随着她，这也是她与父亲间的矛盾焦点之一。他总是训斥这个“爱臭美”的女儿：哪像个军人的后代？临来时，他说到了部队，收起你那妖冶的做派，别给我这个当过军人的爹丢人。切，军人？军人后代？开出租的老方，省省吧，你也就是个水船的干活……她经常这样回击他。

“怎么办？本姑娘就是这爱美的天性！”她边照着镜子，边扭动腰肢。“啧啧啧……穿迷彩还能这么美，方姑娘你咋不上天呢？”她盯着镜子里的那个人，变换各种角度和表情挑逗着自己，比超模还自恋。迷彩服太过肥大，根本看不出自己的优势所在。方菲菲索性拉开拉链，脱去上衣，黑色紧身背心包裹着的上身，极其魔鬼地跳进镜子。大而适当并且坚挺的胸部很是让她骄傲，根本不用什么文胸来装饰。她一直认为紧身背心的最大好处，一是可最高限度地显示她的曲线，二是可容她最大限度地裸露。但，这得有资本！她得意的很，肩、臂、脖颈，凡是裸露的地方都那么光洁嫩白，十分拿得出手。“迷彩包裹着青春……”这歌词，迷彩怎能包得住青春？要让身体冲破牢笼……她对着镜子里的自己眨了眨眼睛：“美女。”

“美女！”李上一头闯了进来，手里拎了几只苹果，“哟，不好意思。”他正要往后退，被方菲菲叫住了。

“别走，这就吓着你了啊？”方菲菲笑吟吟的，并没有要穿上迷彩服的意思，“怎么样，像 Maggie.Q 吗？”她一手掐腰，把胯一送，拿了个 Pose。

“麦什么？麦香鸡？”

“好老土，李美琪呀——”

“她能跟你比？太平公主耶。”

“真会聊天。”菲菲乐意听，就收了姿势，“哥们，晚上几点开饭？”

李上睁大了眼睛，“晚饭？姐姐、美眉、小姑奶奶，别指望了。今儿本艇就没有打算做晚饭。喏，方便面。”他指了指桌子底下，“不过，今晚你要是能吃得下一碗方便面，本士官就尊你为最牛海神奶奶。”

“为啥吃不下？晕船？我家老方头说过，越晕越得吃……”

李上树起了大拇指，“牛！据我所知，本艇除了何艇长和崔老鬼能在大风浪中吃饭外，还没有一人能做得到。”

方菲菲吓得伸了伸舌头。她对晕船根本没有概念，不会知道晕船到底有多难受。

“你快收拾收拾，早点躺下。别等晕起来再睡，那就晚了。”李上催促着，“另外，你要是觉得浑身出冷汗，两个腮帮子开始冒酸水，那就没得救了。就赶紧把这个桶抱住，放开来吐。吐完能好受一阵子。”

李上推开水密门要走，又回头问了一句：“老方头是谁？”

眼下一切顺利。在何艇长指挥下，操舵兵很稳地找到了港口后山上的叠标，压住风流，对准了两段防波堤之间的口门。

说实在话，何受贤对今天的航行非常不放心。闯海的渔民是不能带女性上船的，被认为不吉利，这是千年不变的风俗。尽管军人不讲究这些，但，在面对完全无把握的一次航行时，他宁愿信其有。可是，这女孩子已经在艇上了，但愿不要有什么意外，但愿她是个福星。

何受贤也有个女儿，五岁。他喜欢女儿胜过男孩。每次出海，他都要带上女儿的一件小物件，不是小鞋子，就是小衣服，或者是她玩过的玩具。他对李上说，带上这些，就像把女儿带在身边，也就会分外小心——一定要活着回来见女儿。今天，他带了一件特殊的物品：一条红腰带。是女儿一早上送到他手里的。她说红腰带是给本命年的人带的，带上就会保平安。“臭臭等着你回来哈，还有好多他们……”何受贤笑了，知道臭臭说他们是指 04 艇的弟兄们。每个人见到臭臭都要拿胡茬子扎她，然后往她口袋里塞好吃了。一不留神就会被哪个抱走，回来时，会给她买一打的哈根达斯。其实今年不是他的本命年，但女儿的心意他是必定要带上的。他当着女儿的面把腰带系上，在她的小脸蛋上使劲地亲了一口。小女神就“咯咯咯”地笑着跑开了。

想到这，他突然叫来李上：“那叫方什么的女兵，安排好了？”

“方菲菲。放心吧，艇长。”

“好好照顾，不能出事。”

“是！”

还是躺下的好，免得晕船。方菲菲整理好枕头，脱掉野战靴，侧身躺下。枕头内侧的墙壁上，一张封塑的小照片即刻吸引了她。是艇长和他的女儿？应该是的。照片中的小丫头骑在爸爸的脖子上，极放肆地大笑，笑到下巴高高仰起，嘴巴快咧到耳根，两粒虎牙欢快地冲出来，眼睛完全看不到——笑眯了，几缕头发凌乱地在她脸上飞舞。爸爸是低着头笑的，有点像一个大男孩头一次把自己的女朋友扛到了肩膀上。他穿着海魂衫，胸部高高隆起，要撑破衣服的束缚一样。

照片上一行小字：小臭臭三岁了！

好让人羡慕！父女间就该这样的，不是吗？我和老方有过这样的时刻吗？也许有过，那也是八百年前的事儿了……

方菲菲一翻身，一股味道冲入脑门儿。这味道来自枕套，似曾相识。在哪儿闻过的？有汗水味、有烟草味、有机油味、有海水的咸腥味，显然还有头油味。总之，这味儿属于男人。她开始觉得胃部有点不适，想往上翻。男人，怎么都这么味儿？对了，老方身上就是这种味儿。她突然想躲开这味道。这是她多年来避之不及的味道。每次老方回家，这味道就会强烈而不管不顾地冲进方菲菲的鼻孔。这味道有一次让她颜面尽失。那是老方头被请到班级去为大家讲海军的故事——班主任不知从哪里知道她父亲当过海军。她拗不过老师的安排，坐在了离讲台最近的位置。于是，各种混杂在一起的味道扑鼻而来。她知道他当天是开着出租车赶来的。他是个干苦力的，就在他复员回来第三个年头，他买断了工龄，干起了出租。但是，你到女儿的班级来，总要讲究点吧？不为别的，也得为女儿的面子吧？可他就是不在意这些，一身汗水一身油腻就来了……下课后，她听到有几个女生叽叽咕咕地说："太味儿了。"她心里那个羞啊！当天晚上，她与老方头大吵……

方菲菲猛然坐起，想尽力避开这恼人的味道。两腿荡在床帮上，听到护卫艇开始加速的声音。她晃了晃脑袋，没有晕的感觉。于是，跳下地，从背囊里掏出指甲油，开始精心打理她那妙不可言的脚趾甲。那一双脚是构成她整体美的重要部分：白皙，颀长，脚趾排列有序，不见你争我抢的乖张。在细嫩的脚背上，能看到几条青灰血管爬过。

在军营，这双脚比手更好打扮，内务检查只看手指甲，脚趾们是永远的免检单位。所以，在她的鞋袜里永远藏着十只最漂亮的趾甲——有卡哇伊、有机器猫、有风信子、有满天星……

就在她抱起一只脚，准备为趾甲们上一层肉色保护油时，她突然被一股神奇的力量高高抓到了空中。一声“哎哟”还没有冲出嗓门，她就抱着一只腿重重地摔在了地上。“嘭”的一声，她的头与舱门来了个结实的对撞，立刻有无数金星飞来眼底。旋即，听得到一个巨浪从艇艏大力拍了下来，生生把04艇摁到水线以下，半天不能蹿出水面。“哗——”，04艇到处响起了海水灌溉的声音，然后就是“乒哩乓啷”的舱门和门框、桌子和椅子、暖瓶与地面的撞击声。方菲菲理了理思路，明白了这是出港后的第一个大浪，她决定爬起来，回到床铺上。然而，这个念头未及实施，第二个浪就把她毫不留情地掼回到了床帮子上。又是一记沉闷而充满力道的“嘭——”，右臂被床角划开，她痛得咧嘴倒抽冷气，一股海水从舷窗急速喷进，兜头浇下，苦苦涩涩地充满了嘴巴和喉咙。

方菲菲真怕了。这是大海的第一个见面礼。她根本不能起身，在极度的摇摆中，两只手紧紧抓住桌腿，那固定在地面的桌子几乎被她拔起。她突然想起方老头对着同学们说的，许多次碰到了大风浪，我都给我们家菲菲写好了遗书……那时她想，至于吗？

铃声骤起。舱内喇叭里大声响起艇长的声音：“大风浪航行部署，大风浪航行部署。”方菲菲不知道这个命令是啥意思，但知道，快艇进入了高危航行的阶段。“崔老鬼，你顺道和李上去艇长室看看，把那个小姑娘给我固定好。”艇长在喇叭里大声喝道。

“咣”的一声，门被撞开。李上和崔老鬼艰难地挤进舱里。方菲菲立刻有了得救的感觉，眼泪都要下来了。她试图爬起来，但身不由己。崔老鬼吆喝着让李上把舷窗扣死，把可移动的物品固定好，然后一把抱起方菲菲，将她搁到了床上。他又打开抽屉，拿出一条背包带，迅速在方菲菲腰上拦了一道。接着，崔老鬼拽过方菲菲的背囊，“卫生巾在哪？”

方菲菲一愣，“最底层的塑料袋里。”

崔老鬼快速抽出一只花花绿绿的小包装，撕开，要替方菲菲包伤口，方菲菲说她自己来。“我孩子都快有你大了。别乱动。”方菲菲就老实了，任凭老崔为她处理……

崔世骏不愧是老鬼，步子扎得稳稳当当。他先擦去方菲菲臂膀上的血，然后，用卫生巾把伤口压住，扯开粘贴条，一一贴好。“不干胶！”崔世骏喝令李上。李上脸色已经变白，汗水已经淌满全脸。他咬牙从书架上取下一卷不干胶递给老鬼。崔世骏用一双粗黑大手开始找那不干胶的起头处，十分难找！方菲菲突然看到了那双熟悉的手：黝黑，粗糙，指缝里满是灰垢和油污。老方也是这样一双手，关节突出，像胡萝卜般短而粗。她很不喜欢。她觉得男人的手应该修长而有骨感，是适合弹钢琴的那种，像央视主持人雪松的那种。那次在学校，老方嘴上说不出啥，可两只手却不停地挥来舞去，她真想上去把它们摁住……

“我来。”方菲菲接过不干胶，小心找到起头处，递给崔世骏。崔老鬼为她仔细固定后，俯身咬断不干胶。方菲菲突然看到了崔老鬼的耳朵：“你也塞这玩意？”

崔世骏两只耳朵各塞了一只手电灯泡。怎么海军都这么干？方老头也是。那回她与同学们在家里折腾，K 歌 K 到下半夜，老方气急败坏地冲了进来，大声训斥着。可她和同学们竟然同时被老方两只耳朵里的灯泡吸引了。问这是什么？他立刻收了脾气，告诉她们，这是军舰上的土办法，机舱声音太大，这个叫真空防噪！她说那不得了，你戴着这两只真空防噪的家伙，应该能睡着呀。老方听得不知如何是好……想到这，她笑了，却又痛得一咧嘴——是额头的肿包作怪。

她看着眼前这个为她忙乎的黝黑男人，突然心酸眼热起来，难道这就是传说中的父爱？“会破相不？”她赶紧仰起头，一滴眼泪还是不争气地溢出眼角，向太阳穴滑落。

“小丫头，活着比啥都强。”崔世骏说，“乖乖躺好了，别乱动！先头那个浪是个小小的见面礼。在黑石嘴遇到这个浪，那今晚就别想好过了。咋样？难受不？”

“还好，没觉得晕，只是膀子痛。”方菲菲抹一把泪，轻摸着伤口。

哪晓得那边李上竟忍不住了，抱起水桶一口喷了出来。

“怂样，这就开吐了？快倒出去，别臭了房间。”崔老鬼说，又转向方菲菲，“今天的浪非同一般，估计大多数人顶不住，你千万不要乱动，我得回机舱了。”说完，给她盖上迷彩服，就拉起李上冲了出去。

有了一道背包带，方菲菲觉得安全许多。任凭小艇如何摇摆，她至少不会滚下床铺。

何受贤早已经被海水给浇得透湿。04艇并没有封闭的驾驶室，所有指挥和操控都在一个暴露的平台上。平时，他们的头顶上有一块帆布天遮，就是个看瓜看果的凉棚，充其量可以挡挡太阳。那些驱护舰的弟兄们常常嘲笑着说，你们那是敞篷车啊，360度海景，浪漫！眼下半点浪漫不起来。几乎每一个大浪都要从艇艏越过驾驶台，扑打到艇艉。很快，那天遮就被摧毁了。于是，他的头就顶着天了。大浪刚起时，他穿上一件雨衣，让李上用背包带把自己绑在了铁椅子上。就这样吧，老子跟你摽上了！在够得着的地方，李上为他摆放着矿泉水、饼干和香烟。可那烟还能抽吗？他刚点着的第一支烟，就被海水无情地扑灭了。

这一定是遇到了土台风，何受贤判断着。按说台风来临前，海上会死一样的静。太平洋的那个气旋离这还有三百多海里，刚刚进入一级防风部署，怎么就会出现这样的狂浪区呢？何受贤心里真的是有些毛了。南海的土台风是一只不叫的狗，咬人狠着呢。它不声不响，不在国际气象组织挂号，悄无声息地就一头把你撞倒，之后，就只能由它摆布了。

一个巨大的涌浪凶猛而来。它很轻易地把 04 艇托举起来。何受贤像是站在高高的山巅，一览众山的感觉出来了——四顾苍茫，波怒涛狂。忽的一下，04 艇又跌入谷底，人人的心脏立刻被失重般的吊了起来，五六米高的海水陡然壁立，像铁壁铜墙将其牢牢箍住，不给它翻身的机会。只几个来回，驾驶台上已经吐得花红柳绿了。李上最是出众，他把第一个波次吐完，胃里的食物一股脑地交了公粮，剩下只有吐胃液、吐胆汁的份儿了。

想返航已经没有可能了，只能硬顶着涌浪走。任何想要调头的动作，都有可能被横浪打翻。那样，04 艇就真的万劫不复了。

“减速，两车进二。”何受贤下了口令。

“两车进二。”操车兵回复。

“减速，两车进一。”何受贤再一次减速。大风浪中，推进器会跃出水面而飞车，那样就更惨了！

04 艇的速度慢了下来。

慢下来的 04 艇更加不由自主，任凭怒海摆布。

方菲菲听到了外面传来的呕吐声，很惨很惨。她突然发现自己并没有晕，没有心慌，没有冒虚汗，没有吐酸水，更没有恶心。她发现新大陆般为自己庆幸——我原来还有这种功能？！她松开背包带，挣扎着坐了起来。真的不晕嗨！哈——得奖励一下自己！方菲菲东倒西歪地从背囊里取出一支电子烟，为自己点上。一股薄荷香冲进口腔，她并没有吸入肺部，只是把喉管锁住，往上一送，那薄荷香就从鼻腔里冒了出来。她喜欢这种范儿，老方越是禁止，她越是要这样。一次偶然，他发现了她的书包里有一盒坤烟，esse，是她最喜欢的淡香型，他没有发火，只是把那盒 esse 浸入一茶杯的水中，待那杯水成了黑咖啡色，他一口将其喝掉。那一晚，他一直在地上捂着肚子打滚……从此，她做了小小的妥协——开始玩电子烟……

右前方一个山样的侧浪涌来，操舵兵来不及反应，整个艇就倒向了左边。这一倒让何受贤惊呆了，他无法做出任何决策，只能由着它侧倾三十度、三十五度、四十度、四十五度、五十度、五十五度……他知道这小艇正在倾向它的抗沉极限，一切都只能交给上天以及由上天直管的大海！是的，有三个属于上天直管的单位，一个是天，一个是地，一个就是海了。所有人都屏住了呼吸，等待最后一刻。生？死？没有人顾得上想了，只求不要倾覆，不要倾覆！

万幸！一个不大的涌浪从左边扑来，即将沉没的 04 艇被轻轻一托，稍稍正了过来。“操舵兵留下，其他人，统统给我下去，下到尾舱！”风浪中，何受贤的声音被压制，但依然毋庸置疑。一个大浪打过，看大家都不动，何受贤高喊：“重心太高，再遇到侧涌就起不来了。快，你们下去压舱！”

李上冲进艇长室就直奔水池，在干干地呕吐了数十次后，终于把黄绿色的胆汁和咖啡色的胃液卸了出来，鼻涕眼泪得一脸胡乱。一回头，方菲菲竟没事似的冲他笑。

“你不晕？”李上惊恐地问，面目很狰狞，“你竟敢不晕？”

方菲菲摇摇头，吐出一口青烟。

“有种，服了 you！”

“刚才那浪挺好玩的，我都歪过来那么长时间……”菲菲歪斜着身子学给李上看。

“还好玩？差一点没有起来！沉没，知道沉没吗？刚才差一点沉没了！”

方菲菲像个老炮，叼着烟，眯着眼，好像忘了自己还有伤，一步跳下床，“来，你躺着。”

李上看傻了，一闭眼就地一躺，趴在了地板上。

“驾驶台上你不管了？”

“艇长不让，全都下来了。他一人在指挥。”

方菲菲一把抓起迷彩服：“我上去看看。”边说，边把她那只手机仔细用塑料袋包扎起来，一把塞进裤口袋，用拉链锁好。

“姑奶奶……千万别去……”李上虚弱得像个病人。

方菲菲猛吸了一口烟，对着镜子整了整衣领。“没有姑奶奶，只有海神奶奶一枚。”

天色已黑。

何受贤见方菲菲踉跄着上来，火冲脑门。

“滚蛋！”

“喂，说话文明点，我是女生耶。”方菲菲死死抓住扶手，调侃地说。

“这不是你待的地方。滚下去！”

“艇长，你知道我的外号吗？”艇长不语。

“海神奶奶。”

何受贤看了她一眼。没见过这号女兵。

“你没在我身上发现点什么吗？”

何受贤狠狠地盯了她一眼。

“我、不、晕、船——！”

真的嘿，这么大风浪，这丫头片子竟然不晕！

何受贤目不转睛地看着前方，下意识地掏出烟来。

“抽这个，风吹不死，浪打不灭。”方菲菲递上电子烟。

何受贤想不到这小女子竟带着这玩意儿。

“你个女孩子家家还抽这东西？”何受贤边接过电子烟边说。他知道，有了这玩意儿，今晚至少还能顶得过去。

“我家方老汉也是干舰艇的。他说靠烟能抗得住八级风。”

“那十二级呢？”

“那就靠命。”

“你家方老汉是什么人？”

“算我爸。”

“算你爸？”

“……”

04 艇大幅度地摇摆，狂野得像美国西部的公牛，奋力地想甩掉骑在背上的牛仔。大浪不断地蹂躏着它，扑上驾驶台，横扫所有的部位。何菲菲浑身湿透，连脚趾头都冰凉僵硬。

猛然间，主机声停止了。

何受贤立刻感到不妙——04 艇失去动力了。他用喇叭大声叫唤崔世骏。无人应答。

“去，到机舱去看看。”何受贤对操舵兵说。

“我去吧。”方菲菲说，“你俩谁都不能离开。”

何受贤叫操舵兵用撇缆绳拴在方菲菲的腰间，另一头拴在了罗经台上。他指指艇艉那个舱盖，说：“方菲菲，你一定要爬过去，千万不能站起来走。”

翻江倒海之中，方菲菲四肢并用，艰难地向后舱爬去。

机舱里几个兵都已经吐得死去活来，趴在地上起不来了。只有崔老鬼用身体堵住艇体——一拃长的裂缝向舱内急速注水。

“艇长问什么情况？”

“后舱进水，主机进水，电路断了。快去报告艇长！”

菲菲竟然又出现在驾驶台。

何受贤拉响了损管部署铃声。但风浪太大，大到无人可以轻易来到机舱。“同志们，我们艇到了最危险的时刻，作为革命军人……”

他的话没有说完，方菲菲一把抢过了送话器：“04 艇的弟兄们，你们的爹娘在家等着你们，你们的老婆孩子在家等着你们，还有……”她看看艇长，“艇长的小臭臭在家等着他。来吧弟兄们，什么晕船什么吐血什么大风大浪，都见鬼去吧！来吧，让咱们血拼一场！”

边说着，她边从紧身背心里掏出那张封塑照片，向何受贤晃了晃。

艇长张着大嘴看着这个方菲菲。他嘴上叼着那只电子烟，大口大口地吸着，不断地下达口令，要求操舵兵把住舵角。

风雨迷雾中，有几个兵挣扎着向机舱爬去。

陷入险境的 04 艇就像一片小小的树叶，任由海浪推来搡去。何受贤用异样的眼光看着这个方菲菲。

“照片上写着小臭臭。所以……”

“嗯，我给她起的小名。想她！”艇长在脸上捋了一把，不知是雨水还是泪水。

“我家老方说的，他也遇到过大风浪，主机全部故障，七天七夜，他心中只有我和我妈……”方菲菲心有所思，“他总爱叨叨这些，一辈子就爱讲这一个故事，烦……”

何受贤紧紧盯着这个方菲菲，“那现在呢？烦吗？”

“现在不一样……”

“怎么不一样？”

“……”

方菲菲并不答话。她把那小照片又一次举给何受贤看，然后放在紧身背心的胸口处，意思是，我放在这里行吗？

何受贤笑笑。

当一台主机修复并成功启动后，04 艇的希望又多少回来了一点。它至少能以五六节的速度向前挺进。李上挣扎着爬上来，给方菲菲送了一件雨衣，再为他们一人撕开一包方便面。于是，驾驶台的几个人就着雨水开始干嚼起来。

噢，海上都是这样打发肚子的。怪不得直到现在老方都喜欢干嚼方便面。那次和同学小冉去看 COSPLAY（角色扮演），小冉大叫“快look（看），你老爸的 Taxi（出租车）耶。”气人的吧！老方正从一街边厕所出来，蹲车旁就嚼康师傅，还对着巨大的茶杯咕嘟起来，恶心不？菲菲丢下小冉自个就跑。妈妈是多么干净的一个人，怎么能与他共同生活这些年？“妈，你该管管你们家老公了哈，蹲厕所门口嚼方便面，洗手了没有啊。”那天妈没给老方好脸色。菲菲喜欢纤尘不染和幽幽的清香，喜欢妈妈枕头上优质洗发水的迷人味道。她总是悄悄挤妈妈的洗发水和护肤液，洗过澡就把自己蒙在被子里闻发梢闻手臂闻掌心。她心里清楚，在这个家也难为老方。每次进家门，他都识相地把外衣脱了放在门口，妈妈的、菲菲的椅子是从来不坐的，连杯子都严格分开，吃完了饭，他会把碗筷单独放在橱顶。每天晚上他要洗很长时间才上床，可第二天回来，还是那个恼人的味道。

何受贤的第六感觉很敏锐。他怎么觉得在艇艉故障排除后，艇艏有了异样。按说动力系统和操控系统不在那儿，不应该的。每次从浪里蹿出来都比平时慢了半拍，吃水也深了一些。“锚链！”何受贤突然想到锚链，是不是锚链孔出了问题？

何受贤打开送话器。

“李上，通知前段看看锚链孔有没有问题？”

“我和李上去吧。”方菲菲跳出来，“海神奶奶，嗯？”她做了个俏皮的鬼脸，把一根缆绳带系在李上和自己的腰间，准备俩人一同去。

“带着臭臭去，要小心！”何受贤郑重叮咛。

悬挂在舷外的铁锚已经不在了——有着巨大能量的海水将它玩没了。锚链孔被海水撕裂，狭长的裂口像魔鬼的血盆大口……每一次艇艄下沉都会灌入十几公斤、几十公斤海水。锚链舱已经被淹掉一截，舰艇在一点一点地下沉。李上竟大哭出了声，“妈呀，要沉了，要沉了……”哭喊着，他死命地要往外爬，却被背包带拉住。

“喊，喊个屁！”菲菲揪住李上的衣领，“你再喊老娘把你按水里憋死，信不信？”

李上还是闭眼喊，声嘶力竭，不管不顾。

“啪”的一个大嘴巴，正正地掴在李上的左脸，他猛地醒了，愣了两秒，慌慌地嚷，“你说咋办？姑奶奶、海神奶奶、灭绝师太……”

“小祖宗，我要你告诉我咋办，我这海神奶奶是头一回出海啊。”

“堵……堵漏……”李上慌得声音乱颤。

“怎么堵？拿什么堵？”

李上指着水面上的漂浮物，“喏，就这些……破木头、破布头。”

锚链舱已经不能站立了。方菲菲和李上只能漂在水面上作业。此时的方菲菲庆幸自己还会游泳。这得归功于老方。还在很小的时候，老方每次回家，都要带她去游泳。他说海军的女儿哪能不会水。玩水也确实是方菲菲的最爱。没几年，她就玩到了市游泳队。教练看她的体形和条件说，练蝶泳吧。她问啥叫蝶泳？就是像蝴蝶飞舞一样的游姿。她乐意！学会了会游得很美吗？教练回答，蝶泳靠腰部力量，会让你的腰部变得很美，没有赘肉，大S型！一听这个，方菲菲来劲了，练！可练起来就知道蝶泳有多累，大S腰有多酸。她也就坚持了三年多一点，拿了个市里小学生比赛的第八名，再也不肯蝴蝶飞舞了，哪里想得到，今天，蝴蝶飞舞有了用武之地……

李上到底是训练过损害管制的。他示意方菲菲把这个递给他、把那个递给他。斗大的窟窿基本被堵住。此时咋办？要排水，李上说，可这么多水怎么排？用这行吗？方菲菲摸过一根十几米长的水管，有手腕粗。李上说，太行了，见过从汽车油箱吸油吗？没有，可道理我懂，形成负压就可以从低往高抽。那就来吧！

何受贤的心提到了嗓子眼。朦胧中看到方菲菲从锚链舱爬出来，挣扎着拽出一条水管，正想方设法往里注入海水。他扯开嗓子破口大骂，“李上，你个王八蛋的李上，你竟好意思叫女孩子干这么危险的活，给我滚出来……”呜咽嘶鸣着的天地间，除了老天，根本没人能听见他的声音。“我绝不让我的臭臭干这活，绝不！”何受贤的眼泪与海水、雨水一起流进嘴里，苦涩难耐。

艇艏开始一点一点上昂，一定是积水被排得差不多了。何受贤明白是方菲菲和李上救了大家。奇怪，我哪来这么多眼泪，真他娘没出息。他擦干，可雨水又打湿。那也要擦，不能让这丫头片子看见，就像不能让臭臭看见一样。什么男人哭吧哭吧不是罪，男人一哭就是罪，连个弱女子都能把一艘护卫艇托在手心里，大老爷们还哭个什么劲……男人不哭不哭就是不能哭……何受贤竟开始唱起来，一把一把地抹脸，连鼻涕带泪水带雨水带海水……

猛然间的一个巨浪，差点把何受贤和座椅连根拔起。一双惊魂未定的手紧抓住他的双肩。接着又是一波巨涌，那双手干脆从后腰箍住他，箍得很用力。那个熟悉的味道很让她享受。何受贤并不推避，就像背后背着个小臭臭。他专注地下口令，他专注地操船，他要把这个小臭臭活活地带回去，要带她去看家里的小臭臭，然后带着俩小臭臭上街，先让他们挑衣服，买最好看的裙子，把他们打扮得像最最臭美的公主。然后让她们放开来吃哈根达斯，管够吃，让一个服务员专门站在俩臭臭公主旁，随吃随拿。让医院的老乡也来，吃坏了肚子不要紧，现治……

她腹部的紧身衣服被撕开，手臂和肩部一道一道的，都是被锚链上的海蛎子划伤的口子，雨水中，淡红色血液流出，像受刑的维纳斯。

“瞧，露脐装。”她指着自己的腹部。

“好看！”对，就买露脐装，只要喜欢，多贵都买，不带眨眼。这个月的工资加航海补助全用上……

“我替你唱，”菲菲清清嗓子：

在我年少的时候
身边的人说不可以流泪
在我成熟了以后
对镜子说我不可以后悔
在一个范围不停地徘徊
心在生命线上不断地轮回
……
男人哭吧哭吧不是罪
……

菲菲不喜欢刘德华的声音，抖得厉害，不够爷们。她走的是崔健路线，往糙里去。高潮处，她使出全身的力道，让脖子青筋突起，在“男人哭吧哭吧不是罪”这一句，甚至觉得脑缺氧。她就不信，斗不过这风暴、斗不过这海浪、斗不过这无边无际的恐怖……我要让这个臭臭爸知道小女子的厉害。当然，家里那枚老方也必须知道小女子的厉害。

也是，老方讲的七天七夜是不是真的啊？真要那样可太了不起了。老方，本姑娘另眼看你哦！

破损的紧身背心、夹克式救生衣、湿透的海洋迷彩、被海水泡过的高腰野战靴，大海塑造的 Maggie.Q 就在驾驶台挺立，太帅！赤裸特工、妮基塔……菲菲的偶像，但也蔑视她、秒杀她！李上是有眼光的，Maggie.Q 就是一飞机场。

风浪丝毫没有减弱的意思。如同战场上意志顽强的重伤员，在震天动地的炮火中顽强战斗，04 艇拖着残损之驱向鹦鹉岛奋力挣扎着，踉跄前行，就像一片残缺的树叶，一副听天由命的样儿。除艇长外，所有艇员都在默默等待着一个结果。无论怎样，他们都得照单收下。他们知道头顶上有一个小丫头在嚣张地拯救这片树叶。还有臭臭她爸，他俩不会放弃的……

天渐亮。

当一个巨涌把 04 艇托举到高点时，李上一眼看到天边有一块突出海面的物体，“鹦鹉岛——”他大叫。

何受贤用望远镜寻找，可 04 艇又落入低谷。待第三、第四次跃出海面后，何受贤才最终确定，那就是鹦鹉岛。一晃间，他甚至看到了鹦鹉岛高高的信号台。没错，就是它。方向没问题，再有二十分钟可以抵达。“把定，听我号令转向。”何受贤无数次进入鹦鹉岛，在一个东南朝向的航道上，有着标志明显的灯标，找到它，就找到了进港的口门——他不用看海图就可以顺利进港。

“向右五度。”何受贤下了舵令。

“向右五度。”操舵兵复述。

“向右五度。”何受贤发现艇艏并没有改变航向。

“已经向右五度。”操舵兵又一次复述。

“为什么航向还是不变？”

“报告艇长，没有舵效。”

何受贤脑袋嗡的一下：“电舵失灵了？！”

此时，台风余威不减，涌浪更加凶恶，到处是飞溅的白沫，港口航道外也像炸开的锅，更加狰狞了。何受贤明显感到后背一阵阵发凉。

“04艇的弟兄们听好了，我是艇长，不，我是你们的老大何受贤。本艇电舵失灵，手动操舵也根本无效，我决定放弃进港，我们将在十分钟后抢滩。记住，你们的爹娘在家等着你们，你们的老婆孩子在家等着你们，还有……”何受贤看看方菲菲，方菲菲树起大拇指，何受贤也学着回敬一枚，“我家的臭臭告诉我，要我把你们统统带回去，一个都不许少。我命令，所有人员带好重要物品，做好一切防护措施，准备抢滩！”

04艇悲壮地向鹦鹉岛的滩头冲去。

“有重要物品吗？”何受贤问。

“有，臭臭。”菲菲拍着心脏的位置掏照片，突然发现没有！她大惊失色，丢了魂般浑身摸遍了，还是没有。对了，在锚链舱。她不顾一切地向艇艏扑过去。一个巨浪，把她打倒，她又顽强地匍匐前进。

“李上，去保护菲菲。她要出了事我撕了你！”何受贤的声音变得可怕。

菲菲在锚链舱一大堆漂浮物中，找到了臭臭。当她向外攀爬时，李上伸手拽住了她。俩人相互保护着往回来。此时，从礁盘上涌出了一个巨大的回头浪，把整个艇身高高抛向空中……

鹦鹉岛守备队突然铃声大作。“信号台报告，一艘快艇正向我岛西北面的沙滩冲来。”

“胡扯蛋！”队长不信，他奔向信号台，刚要拿望远镜，“妈呀，真冲啊！”

04 艇在一声轰响中搁浅在空旷的海滩上。它像一匹走了上千里路的疲倦老马，歪斜着，连喘气的力气都没有了。

04 艇所有艇员并无慌张，安全撤离后，全部聚集在海滩上。清点人数，少了方菲菲和李上。大家急切地眺望灰色海面，使劲抹去脸上的汗水、海水和泪水，生怕错过任何一个跳跃出凶猛大海的颜色。

何受贤仰面躺在沙滩上，上衣脱尽，腰间的红腰带格外显眼，任凭风吹雨打，不再说话。

两团橙红向鹦鹉岛游来。

他们大叫，大叫着方菲菲和李上。

何受贤触电般跃起，冲向巨浪……

“李上，听好，有我在，你不会死。”菲菲一手拽着李上的脖领，一手划水。

“这我信……海神……奶奶不是……”李上吃力地配合着，“有你在，咱 04……艇都能……上岸待着……”

鹦鹉岛几个战士也跳入水中，拼命向他俩游去。

当菲菲被扶上岸滩的时候，她看见了一群向她敬礼的男人，像无数个老方。

菲菲忍不住了，“看什么看，讨厌，没见过美女啊？”泪水汹涌，与脚下的海水同一个节奏,涌着她拖着沉重的双腿去拥抱每一个男人，每一个老方。

男人们一个一个过来抱她。每一个她都不肯轻易撒手，伏在肩头，贪婪地闻着……

当天晚上，她发了一条信息：“老方，你好！”

D 岛兵事

石头鱼

“来，吃。”居中而坐的阿宏用筷子打破三个人的沉默，点着那盘空心菜。他夹起一坨油亮碧绿搁在小杏碗里：“她最爱吃这个。不炒，开水焯，凉拌，生抽、麻油加大蒜。大蒜不能切不能捣，得拍……”一直低头玩裙角的小杏像犯错孩子样抬眼看自己碗里的菜，又闪眼瞄了瞄对面的康大凡，心中有海风掠过。

大凡拿眼神示意她吃，她怯怯地拿起筷子，在桌上怼齐。

“看，生分了。大牙，石头鱼快上！”阿宏扭头一嚷，气氛也被扭了一下，小杏赶紧又把筷子放下了。

主岛就这么个小排档，两张桌子一个灶，这儿的海货不仅新鲜，还有不易搞到的珍馐，比方说石头鱼。来往的兵们愿意到这儿来打个牙祭。

“才从 D 岛上来？”老板蔡大牙认得阿宏，他边擦桌子边把一砂锅石头鱼汤搁在桌中央，掀起锅盖，香气飞扬。

“休假还是出差？”

阿宏怒他一眼，蔡大牙紧忙退去。

“我早说过石头鱼好吃，让你来岛上尝尝。大凡是不？每回你把这话带到没？我说了不下一百遍不？”边说边操起勺子，“咱老家人土，都稀罕石斑，哪知道石头鱼才是美味儿。瞧，这肉白嫩的，汤跟奶似的……”阿宏先为小杏添了一满碗汤，再添上一整块石头鱼肉，锅里已没啥内容了，然后把勺子往大凡面前一搁：“你也吃啊，陪小杏……”

大凡愣了愣，在残余之中找出鱼头，用筷子挑出一只鱼眼，麻利地放在小杏碗里，再把醋瓶推到小杏跟前，放下筷子，有些怯地看看阿宏：“她喜欢这个。”

阿宏望望左手的大凡，又望望右手的小杏。

“来来来，大凡，你坐中间来……”阿宏发了蛮力将他挪动，大凡哪肯。

“你坐中间合适。”阿宏下意识地说。

当初大凡的确是阿宏和小杏的“中间人”。那时，阿宏和小杏正恋得死去活来。海岛不通电话，只能靠信。这信走得艰难，车马辗转、踏波蹈浪不说，走到主岛基本下不去了，一个月、两个月能到 D 岛已算是“快件”了。阿宏怕自己等信等疯了会跳海，就交给最铁的哥们儿康大凡一个任务：无线传书。大凡在主岛当信号班长，用甚高频是现成的方便。从此，小杏给阿宏的信就先寄到大凡这里。读小杏和阿宏的情书，大凡有优先权。

“都要读吗？”大凡拿着送话器问。

“当然。”远在 D 岛的阿宏猴急。

“肉麻的读不？”

“别磨叽，都读！”

"'宏'……"

"没别的，就一个宏？"阿宏问。

"就一个宏。咋了，不够甜？"

"别贫，快着点。"

"'宏，我亲爱的……'看，这就来了……"

"往下呢？"

"太行残风穿行在荒芜的原野，一枚芦花从窗棂的缝隙挤了进来，轻盈地落在我的眉梢。那是你送来的春消息吗，宏？嗯，一定是的，我深情地嗅着那枚芦花，真有些许海风的气息……在听吗阿宏？"

"在听在听。"

"我边念，你得边'嗯'，谁知你在不在听啊？"

"嗯。"

"昨晚做梦了，知道梦见谁了吗……"

"这里要'嗯'一下不？"

"捣乱，听着：梦的不是你，是咱们的孩子。女孩，肉肉的小家伙，拼命往我怀里拱。知道为啥不？唉呀，羞死人了，找奶吃呢……阿宏，咋样，够料不？都写到孩子了……"

"大凡，你回信告诉小杏，等结婚有了孩子，来海岛吃石头鱼，石头鱼汤能下奶，呼呼地冒。呵呵……"

"阿宏，能不能别总是石头鱼什么的，小杏还需要点别的。"

"别的，别的是啥？"

"别的……别的是……你俩恋爱，我哪知道？"

"你看着回吧。"阿宏相信大凡。

小杏的信写得密，大凡也念得密。念完了不算，有时还得帮阿宏回信。大凡是有文化的，回信总有些甜哥哥蜜姐姐的字句。阿宏很满意这一点，因为他不会这些。只有一次探家，他对小杏说了一句算得上文雅的话：咱俩的爱情在风中。

小杏的信间隔越来越长，写得越来越短，连分手信也只写了一页纸不到。阿宏在听筒那边一遍遍让大凡念，在每个字里要找到小杏不爱自己的理由，就着这封分手信他干了两包烟。

“明天……”阿宏一口狠嘬了半根香烟，另一只手替小杏赶烟，“我不参加你们的婚礼了，怕搂不住火，再砸了场子。”

他把烟叼在嘴边，熏得眼泪汪汪，从裤兜里往外掏，随便塞到小杏手里：“拿好了，算随礼了。”

是一对相思螺。

那天，小杏碗里什么都没动，空心菜和鱼眼亮晶晶的，都凉了。

烟草如粮

老兵阿宏在D岛保持着多项纪录，抽烟是一项。

首先是烟龄长。他三岁在爷爷的带领下开蒙首吸，至今逾三十年，连队长的年龄都不及他的烟龄。其次是瘾大，一天两三包地抽。再就是烟技高超。他可以早起只点一次火，一支支接龙抽到上床睡觉，竟烟火不断。有人问他，吃饭、拉屎都不耽误抽，那洗澡呢？你咋抽？这还真难不住阿宏。有一回全队人起哄，非让他抽着烟把澡洗了，还得洗全本——带洗头。人家阿宏先是左避右闪把全身洗净，最后把燃着的烟屁股含进嘴里冲完了头发，完了事他叼着烟走出冲凉房，对着十几双惊讶的眼睛，坏笑着向天空吐了个大大的烟圈，嚷：“快快上烟啊。”

“饭可以不吃，没烟抽就死定了。”这是阿宏常挂在嘴边的话。

阿宏遇到过断烟的日子。

D 岛孤悬一隅，交通万难。那年冬季寒潮接二连三地来，D 岛断了供给。当全队上下为粮食问题着急的时候，阿宏却在疯狂地找烟。大清早起来，他看看滔天的巨浪，心存侥幸地用甚高频跟主岛的康大凡联络：“大凡，今天能来船不？”

“天天问天天问，跟你说了八百遍了，八级海况，龙王爷也不敢出海啊。”

“全队没粮食了，司令政委不着急啊？十几个弟兄可活不下去了啊。”阿宏恳求着，“你在首脑机关，近水楼台不是吗？去打探打探呗。”

“你又不是队长，操哪门子心？怕是断烟了吧？”

“是呢。俩月来不了船，都抽树叶了，真没法过了。”

“那就跳海，一了百了，省烟钱了。小杏正巴不得呢。”那阵子，阿宏跟小杏热恋着。

“一点都没有阶级感情。挂了！”

想了又想，阿宏开始翻箱倒柜。他记得队里几个抽烟的小仔子平日总来他这蹭烟抽，常玩笑着打个白条，说等有了还他。嚯，今天他要当一把黄世仁，乘着年关去要债。可白条都哪去了呢？终于，他在鞋柜里发现了四五张。

“王排，对不住，你瞅瞅这条子。”阿宏虽是士官，可年龄和兵龄都在王磊排长之上，说话还是有底气的。

王磊笑眯眯地接过条子，只瞄了一眼：“阿宏老兵，这条子是我写得不错，可你也得看仔细了——借一支烟，还一只椰子。你忘了，我前后给你砍了四只大椰子，对吧？”

“可你借了我五根烟呢，剩下那根我不要椰子，你就还我一根烟呗，半根也行。”说完，他上手去搜王磊的口袋。

王磊并不躲闪，他把上下口袋都掏翻过来：“你搜好了，搜到全归你。你忘了？上回你下厨做椰子鸡，你让我去找了一只椰子，说好了顶烟的嘛，我可不欠你的啦。”

阿宏没辙。

炊事班长焦大富也是杆老烟枪。平日阿宏与他不分彼此地吞云吐雾，立个字据本就是个玩笑。明知现在去找他要债不合适，可顾不得这些了。

“焦大，别怪兄弟，地主家没有一点余粮了。”他把条子递过去。

焦大富正爆炒空心菜，他抹了抹手拿过条子，像不认识阿宏似的端详着他：“哥们儿，我欠你一包零三棵烟？没错，我认。来来来，我这盐罐子下有样东西你也瞅瞅。”

也是一张纸条。

“我还倒欠你两根烟？！”阿宏大喊起来，“没可能！”

“你属啥的？只记别人欠你的，记不得你欠别人的？白纸黑字，能诓你吗？中秋节加菜，你喝高了到我这找烟，当场抽了一包多。我劝你别再抽了，你说别拦着，大不了写个字据以后还。”

“忘了，忘干净了。”

“来吧，打个对折，你还我一根就行。”焦大富得意着。

“瞧你这焦大。唉，以后还你五十根都行，你现在救救急，一根，哪怕一根。”

“那你得说清楚，是我欠你还是你欠我？”

“我欠你、我欠你，日后加倍偿还。快，有烟快拿出来……”

焦大富还真从橱柜里摸出了两根烟。阿宏一看，差点哭出了声：“哥们儿，这烟我都抽了十来天了，再抽它我肺腔子都要吐出来了。”

“爱抽不抽，我还舍不得呢。”

焦大富拿的是D岛的“自产烟”——南瓜牌。队里种了片南瓜，几个抽烟的弟兄未雨绸缪，闲空里把老南瓜藤晒干了，剪成一截截的，再用白纸卷起，看着跟真烟相似，就为着应付不时之需。阿宏也少不了备了些“南瓜牌”香烟，枯南瓜藤中间空心，点着了不耽误冒烟，可一口两口行，抽多了真不是回事。味道就不论了，呛肺冲脑，咳嗽连天，浓痰不断，阿宏实在不想抽这种货色的东西。可到底熬不过去，也只能与焦大富对抽起来。只几口，俩人就大声干咳、面红耳赤、青筋直暴，不约而同地掐灭了。

“你去军医室后窗户看看，”看看阿宏实在难熬，焦大富给他支招，“平常有几个抽烟的家伙星期天总聚在军医那儿打牌，他们拿空啤酒罐子存烟灰，罐子满了，就随手扔出后窗，你仔细找找，罐子里兴许有烟屁股。”

阿宏眼睛一亮。

军医室窗外的确有一批啤酒罐。阿宏非常认真地逐一查看，却找不见一截烟屁股。猛抬头，军医扒在窗台上冲他笑。阿宏立刻直起身子，不好意思地冲军医伸伸舌头。

“别找了，来了五六拨人了。”军医边说边示意他靠近窗户来。军医从上衣口袋里掏出一根烟，在他眼前晃了晃。

阿宏看清了，不是南瓜牌的，是真真确确的云烟，带过滤嘴的，虽然被压折了，但一股浓烈的香味扑鼻而来，几乎将他袭倒在地。他想要不要给军医跪下，这不合适，男儿膝下有黄金，为一根烟如此这般会失了老兵的身份。就在他左思右想的时候，军医把烟递到他嘴边，“嚓”的一声点燃了打火机，阿宏颤抖着凑上去，深深地吸了一口，眼泪水不争气地淌了出来……

在抽完军医仅存的一根烟后，根据军医的指点，阿宏来到雷达班宿舍。宿舍里只有一个新兵在，阿宏就冲他笑。新兵有点毛。平日里，老兵在新兵面前总是很威严的，今天这老兵阿宏是怎么了？

“小栗子，你们班长睡这张床吧？”

“嗯。”小栗子立马起立。

“帮我一把。”阿宏三下两下把雷达班长床上的席子、毛巾毯、枕头和床板撤去，“帮我把这床抬起来。”

这是一张钢架床，两头都是自来水管焊起来的。小栗子不敢多问，上手帮忙。

“来，倒过来。”

那床架在翻转过来的一瞬间，奇迹出现了：床头的钢管子里，倾出了一堆烟头。

那一次还是司令员救了急。几天后来了条渔船给送粮食。风浪太大，那船试了几次还是进不了D岛的小码头，就改放冲锋舟登滩。送物资上来的参谋说，司令特意让带两条芙蓉王交给老兵阿宏。司令员还说别让阿宏一人独吞了，D岛弟兄们分着抽。

烟草如粮，这可是救命的烟。

那次，阿宏是按司令的要求办的。他把两条芙蓉王拆散，搁在一大脸盆里，全队每人自取十五根。“D岛历来如此，没有个人的物品，所有东西‘共产’完了剩下的才是自己的。可那天也真气人，会抽的来拿，不会抽烟的也要拿，说是司令的指示。一个个嬉皮笑脸，还问我要不要打欠条……你说可气不可气。”

每每说到这里，阿宏都会笑得直咳嗽。

幺　树

D岛常来领导。领导来D岛除了看望官兵、观赏鲣鸟，还有一个必走的科目——种椰子树。

D岛的原生植被是很茂盛的，叫白避霜花，也叫抗风桐，高大怒绿，盘虬卧龙，形态妖娆到撩人心旌。但是，这些植被除了遮荫凉，与官兵们没啥益处。于是，他们种椰子树。椰子树耐热、耐旱、喜盐，抗得起雨打风摧，成树后遮得住毒阳，还长着一大嘟噜椰子，像女人乳房挂在那，等着你摘下、开壳，捧在怀里嘴对着嘬，解渴、护肝、养颜不说，台风季节，它们还能当战备食品。

马东亚从来到D岛那天起，就喜欢种树。他说三年五年也好，十年八年也罢，总要离开D岛的，种下的椰子树却不会走，可替他上百年地守望这片海。再后来，培植椰子苗的任务也由他包了。他把自然脱落的老椰子半掩在一片荫凉地的沙土上，每天傍晚淋水保湿，待绿芽钻透椰壳，挺拔到两尺来高，就可挪移栽种了。

这年春节刚过，要来首长。队里组织大家挖好了树坑，每个坑边都摆放了树苗、铁锹、底肥、食盐和水桶。马东亚和宋来来分在一组，保障首长种树。

“东亚，今天能来几个将军？”望着挖好的七个树坑，宋来来问马东亚。

马东亚并不应答，他的目光落在眼前这棵椰苗上。七棵椰苗中，它是个“老幺”——细小、瘦弱、蜡黄，叶儿有点枯卷。

这是马东亚特意挑选的。两百多棵苗里就这一棵。他倒要看看有没有识货的人。

首长们在各级陪同人员的簇拥下，不出所料地奔向那几棵最壮实的椰苗，却偏偏有一位远远就盯上了这棵老幺。马东亚心里一亮。他注意到这位首长的肩头有一颗金星。

“就它了。”少将脱去迷彩服，露出背心，上身的肌肉真还看得过去。

“首长好眼力，别看它小……”嘴甜是宋来来的优势。

“这是棵金椰子。”

“首长内行啊！”宋来来夸许着首长。马东亚开始往坑里施底肥。

“我来。”少将拦住马东亚，朝手掌心啐了口吐沫，接过铁锨抡了起来。

马东亚看得出来，这个少将是老把式。

“金椰子几万棵才能遇上一两棵，颜色金黄，形如橄榄，汁液甘甜，最大的功效是护肝。”少将边干边说。

“底肥下得足，前途挡不住。”在马东亚帮着往树坑里倒底肥时，宋来来展示他的嘴上功夫。

“半斤鸭子四两嘴。”马东亚小声嘀咕。他觉得好笑。所有来种树的人都指望自己的树长得旺实——身体康健和官运亨通都寄托在这树上了。可树是树人是人，挨得着吗？

“盐呢？”马东亚赶紧递上一袋盐，那少将还是不急不慢地将半袋盐均匀撒下去。宋来来又说：“盐巴下得重，不久要重用。”

马东亚白了他一眼，贫不贫呐你？

听着宋来来的唠叨，少将微微笑了，却对马东亚说：“你扶苗，我培土。”宋来来抢着说：“首长，培土的活我们来，你扶苗才扶得正。”他知道，首长的资历章上只有一颗金星，还是副职。

少将并不理会，他下力为小苗培土。

“首长，把树苗向上提一提，这得你自己来。”宋来来又出主意。

“为啥？”少将不解。

“提一提土会虚，长得好。连提三次，就能连提三级……”

“哈哈哈，你这小家伙，我要连提三级，还不到中央去了。不靠谱不靠谱。”话虽说着，少将还是喜滋滋地把树苗提了提。马东亚在一旁提桶浇水。

“首长，提苗灌水再加上盐分，可以促进根系发育，加快树苗返青。成年椰树的根系可延伸至几十米的距离。”说这话时，马东亚并不抬头，手上不停歇地培土。

“清水灌得透，年年凯歌奏。”宋来来又出声。

少将面无喜色地看了看宋来来。他边把土踩实边对马东亚说：“小家伙，帮我好好照顾着它。我还等着将来喝金椰子水呢。”

马东亚边往树苗上系名牌边点着头。

少将掏出一盒中华烟，让他俩抽，他俩不敢。少将不再让，自己衔上一支点上。打火机是一次性的地摊货。

“来，咱俩在树旁合个影。”少将把手机递给宋来来，拉过马东亚。

“留个号码，你时常传个照片给我看看吧。”

那天种下的七棵树中，六棵都是粗粗壮壮的，半月不到，都挺起了腰杆，唯有少将的这一棵，都一个多月了，还没精打彩。队长说，实行三包——包种、包养、包活。你马东亚负责的这棵树，虽说是个老幺，但死了可不好交待。别人可以随便替换，你这棵不行，金椰子难找。首长要看图片，唬弄不了。

马东亚是不想唬弄的。人家既然那么相信咱，连电话号码都留下了，咱可不能对不起人家。早上起来，马东亚就是把膀胱憋炸了，也得把尿撒在金椰子的根儿上。空闲了，他拾来岛上的野牛粪给幺树培土。三个月后，金椰子缓过来了，长势凶猛。更让他意想不到的是，在半年后，他收到了少将寄来的信。少将在信中夹了三百元钱，嘱咐他好好照料他的树。马东亚就更下力了。

年底的一天，上面来电话，让把幺树的牌子给摘了。摘了牌的幺树像一身军装被摘去了军衔，挺别扭的样子。马东亚还照样天天给幺树施肥、培土、浇水。队里人开始议论，会不会让把树给砍了。马东亚想，哪能？树是树，人是人。

果然，上面让砍树。

清晨，队长拎着铁锨朝幺树晃过去。可幺树不见了。

宋来来跟队长说，昨晚上本来他是十二点的岗，马东亚说睡不着，干脆替他一班。

数年后，在最茂密的白避霜花林子里，突兀地窜出了一棵椰子树。簇拥着一嘟噜拳头大的椰子幼果，远望，是金黄色。

比　武

后来知道，边玉奇有一个同学的父亲是军人，而且是个军衔不低的军官，这个同学的军官父亲对边玉奇影响巨大。

D岛官兵中，这种情况的有几个。像查小山，他父亲的朋友是个无线电工程师，他从小就跟着捣鼓收音机、电视机，现在的岗位是电台。马鸣的邻居有一位研究考古的老先生，他就粘着人家玩了几年。即使来了海岛，闲空里也总爱到北面一块几百平米的火山岩去转悠，说要和几万几亿年前的时光对话。边玉奇说他第一次对军人产生兴趣是一个同学的爸爸回来探家，他穿了一身帅气的军装。当天晚上，他对妈妈说他也要那样的军装。妈妈说我上哪里给你弄去。边玉奇就不睡觉，不吵也不闹地耗在那里。第二天，他用零钱买了军绿色的布回来，让妈妈给他做军装。妈妈说现在都是新式军装，她根本做不了。他就又不睡觉。爸爸对他说，以后自己当兵去不就有了吗？他就睡了。从此，边玉奇认定以后要去当兵，而且坚信自己会成为一个好兵，甚至当将军的可能性也是有的。

那一次，师林政委到D岛蹲点，大中午，见一个兵赤裸着上身，背负着子弹袋、冲锋枪在沙滩上一圈一圈地练体能。太阳毒辣，天地作炉，近40度高温，他的迷彩裤已经湿透，笨重的高腰野战靴好像灌满了汗水，头上的钢盔八成可以摊熟荷包蛋了。林政委对队长说，这一定会中暑的，热射病可危险，不能让他这样跑了。队长说他不听，已经这样练了大半年了，可成绩并不太好。这个兵叫边玉奇，一心想参加上级的军事比武，他就这么一天天地傻跑。政委是个懂行的人，对队长说，别让他这样跑，出不了成绩不说，还搞坏了身体，不信问问他，每天晚上俩腿是不是总抽筋。为啥？这么大运动量，队里的伙食怎么补得过来？从现在开始，每天让他服金维他吧，队里监督着。

半年后的一天，政委接到一个陌生电话。

“是政委吗？”

“我是政委，请问是哪一位？”

“能不能不问我的名字？”

“好的，有什么事吗？”

“我要反映我们D岛军事建设的情况。”

“D岛的？军事建设情况？”

“是的。我要说十个方面的问题。第一是关于军事垄断政权的问题。”

政委先吓了一跳，又差一点失声笑出来，可他憋住了，政委告诉对方在听他说呢。

“为什么说是军事垄断政权的问题呢？首长你看，我练了一年多，目标就是比武得冠军，可临到比武了，队里不让我去。你说，这是不是不讲理？是不是那种垄断组织的行为？”

政委听明白了：“你是边玉奇吧？”

“是，我就是边玉奇。您知道我？”

“边玉奇我先问你，睡觉时腿还抽筋不？”

“不了，金维他管用。”

“那好，你接着说。”

“首长，你说当兵的是不是就该一门心思准备打仗？我就是这样的人。我是一个天生的军人胚子，不当兵是很可惜的事儿，当了兵不让我参加军事比武更是一个天大的浪费，你说是不是？”

“当然，每一个当兵的都应该像你一样，一门心思……”

“一门心思练兵，您说到我心里了，所以，我觉得我应该给您打电话，只有您能理解我。我还是接着说军事垄断政权的事儿……”

“小边，”政委插话，“对一个小小的守备队来说，军事垄断政权这个概念有点大，你不就是想参加军事比武吗？你是什么专业？”

“雷达。”

“你的专业技术很棒吗？比你班长史兵还强吗？”

“跟我班长不能比，但，我的优势在临场发挥。没有人有我的心理素质,在家考大学,我的胆儿最大,三个月没有复习,我敢进考场……”

“结果呢？”

“结果当然不理想，否则我不会到D岛来。可既然来了，我就不能甘拜下风，要让所有的人对我刮目相看。”政委想说点什么，边玉奇又插进来，“不过我可不能满足于眼前的岗位，我是要担负我军重要使命的，不把我军的战斗力提高到更高的水准，我是不会离开这里的。”

政委已经听懂了。

“小边，你还有什么要说的？”

“我想谈谈D岛的后勤保障问题。首长我不说你也知道，海湾战争打的是什么？是航母吗？是F117吗？是激光制导和石墨炸弹吗？都不是！打的是后勤保障。内行人都看这个。可我们D岛呢？种了茄子就不考虑黄瓜，收了豆角不想南瓜，这怎么完成军事变革的重大任务？我想，应该对D岛的后勤保障体制来一个彻底的革命……”

“小边，你还有什么情况要反映？”政委想应该尽快结束这次通话了。

“我还想……”对方稍犹豫了几秒钟，“我想……跟您说说红与黑的问题。”

“红与黑？是那本小说吗？”

“是的，我想翻译它。”

“哦？！”政委对边玉奇有点高看一眼了，“你的外语很好吗？那可是一本法国小说，而且，你想过没有，翻译小说是最难的啊。”

“我的外语很好的。”

“那你用英语告诉我，红和黑怎么说？”

“这个吗，我说不上来，还要学习。但是，既然不让我参加比武，我就把精力放在这个目标上，我一定要翻译出最佳的《红与黑》，信达雅嘛。”

“不错，信达雅，那你知道小说的作者是谁，男主人公是谁？”

边玉奇吱唔了几秒钟，说不上来。

“这样吧，你从现在开始，每天背二十个外语单词，好不好？到了明年这个时候，咱们再好好谈谈《红与黑》的问题，行吗？”政委在引导他。

“当然行了，”他觉得有希望了，所以很开心，“不过……不过我还有机会参加军事比武吗？”

“当然有机会。机会是公平的，只要你的成绩突出。比方说，你的专业是雷达，那么首先你得把雷达技术掌握好，等你的成绩赶上史兵了，就能参加比武。”

“嘿嘿……”电话那头的边玉奇笑得非常开心。

在经历了十多天的大风浪后，一艘护卫艇被派往D岛，它是专门去接边玉奇的——他必须送医院治疗。

可边玉奇死活不肯走，理由是，政委答应过他，军事训练成绩上来了，可以参加军事比武。队长和指导员费尽了口舌，他仍然死死抱住一棵椰子树，说我肩头有千钧重担，不能这样离开，你们再逼我逼急了，我就去跳海。

“怎么办？”队长在电话中请示。

“告诉他，这次是送他到主岛去参加军事比武的，他一定会走的。”政委对队长说。

在主岛的综合训练场，坦克连全连被拉出来助阵。只比三个项目，一是体能，二是障碍，三是射击。

“说好了，比完了就跟运输船走，到那边，或许还需要你参加更重要的比武呢。”政委边对准备上场的边玉奇说着，边帮他整理枪枝和装具。

“嗯！”边玉奇大声应答。

政委看了看陪考的兵们。他们会意地点了点头。

作训参谋下达了开始的口令，全副武装越野出发了。毒阳照准了这些个士兵发飙，不一会就有人因中暑而退出。边玉奇追赶着第一方阵的选手，他虽然很吃力，但，脸部表情是坚毅和决绝的。

政委被这个兵感动了。

打　牛

允许使用手机不久，盛草飞知道了“百思不得其姐”这词儿。

这词儿太有意思。原先他真是这样，谈了十三个姑娘，终不能成，把脑仁想成核桃仁也搞不懂。

逆转发生在那次打牛——他的一个念头终结了“百思不得其姐”的铁律。

盛草飞因枪法好而成为D岛的一号猎手，打牛的任务归他。D岛原始树林里的野生群牛成了威胁，它们啃食抗风桐树叶，直接影响到树上筑巢栖息的鲣鸟，所以要打牛，一是控制牛群的数量，二是可以改善伙食——野生牛肉极鲜美。久之，打牛成了最高荣耀，新兵蛋子根本轮不上，枪法再好的老兵，在盛草飞退伍之前，也别想“篡位”。

那天队长对他说打牛，他用眼神回了一个“明白”，便开始准备。先去炊事班磨刀，再到车库试了试拖拉机，然后去领弹。五发紫铜色81-1子弹一攥在手心，他便开始惦记甜美的甘霖。通常，枪王盛草飞打一头牛消耗一两发弹足已，剩下的怎么办？应该是上交的，他不，他会来到椰子树下，抬头寻一只最大的椰子，举枪击发，于是就会天降甘霖，他就张开大嘴仰天长饮，大快朵颐。他因此而窃喜，全世界没有这种玩法的，这是他自创的最有快感的娱乐。在D岛，只有他有资格这样。

对几个兵交待了善后事宜，盛草飞像电影里的狙击手一样，独自潜入林中。草木葳蕤、阳光毒猛，偶有的鸟鸣使这片亿万年的葱绿更显寂静。他自信满满地停在一片林木茂盛地带，立定，揩去满脸汗珠，深呼吸，隐隐嗅到一丝气味，于是寻味而去。他脚步轻缓，动作无声，左手开始摸子弹，一发、两发……坏了，怎么少了一发？盛草飞浑身上下搜摸了几十遍，没有，又沿原路反反复复跑了十几个来回，还没有。非常邪性！很单一的路线，失落了也应该找得到的。他忽地认为这不是好兆头。

一番折腾，牛群已失。他干脆放弃寻弹，再次找牛、再次上膛，准星盯住一只牛头，努力排除杂念，默默按要领走，控制呼吸、平缓击发，一切应该完美，可枪没响——卡壳了——空枪击发声还是惊到了牛，它们瞬间隐没。这真是匪夷所思。他想我当兵十几年，打靶打牛也干掉几千发子弹了，没有一回卡壳，偏偏这一回……

盛草飞心里咯噔就犯了嘀咕——先是少子弹，这又哑火，怕是真有啥不对劲。他枯枯地瘫坐在地，埋怨自己早上没到海神庙去烧一炷香。D岛有一座小小的海神庙，在海边，砖砌泥抹，一人来高。南海渔民信它，上岛头一件事便去拜拜。守备队求个年度军事考核好成绩、盼个天气好转能来交通艇什么的，也会带两只罐头去意思一下。盛草飞在与第八个姑娘分手后，曾带着十二分不解和一百分的虔诚去拜过一次。他心里唤着海神奶奶，说我年龄不小了，送我一个好姑娘吧，我长的模样也不差……然而，眼下第十三个女孩都好久不接他电话了。盛草飞怀疑海神庙的功力，今天早上就算去拜过，打牛真能顺利吗？

不知怎地，盛草飞把打牛和恋爱这两件事搭到了一块儿。这一联想，心里就麻乱得七上八下——牛打得多了，折不折寿不知道，但说不定损了桃花运呢。干完这一单，他得慎重考虑一下。

终于在水塘边寻到了饮水的牛们。盛草飞对准了一头健硕的大公牛。一切按射击操典进行着，这回他没有瞄牛头，而是瞄在了心脏位置。“砰”——一出手他就大喊，有了！哪里想到，有是有了，那大公牛却没有倒下，也没有逃跑，在一个趔趄之后，那头牛竟然晃晃悠悠挺立起来，一双大大的带着血丝的牛眼瞪着盛草飞，呼哧呼哧喘着粗气，鼻子血泡喷张，嘴角血挂丝连，一步一步向盛草飞逼过来，那架势，颇有点视死如归、顶不死也得踹死他的劲头。盛草飞是海南仔，他猴子般三下两下就上了一棵椰子树。

那牛显然是疯了。它逼到树底下，一双粗壮的牛腿前叉挺立，牛眼死死向上盯住盛草飞，它不肯走开，它要严防死守住这个人。盛草飞在树上也看着它，心里那个慌啊，他想今天这是怎么了，怎么这么不顺利？这牛要干嘛……

这俩冤家就这样互相盯着。盯着盯着，盛草飞想明白了一件事儿：这牛打不得了。以前把打牛当一件乐事儿、好事儿，现在看来，还是要积点德才对。

伤牛有些晃动。它把巨大的身躯靠在树干上，眼睛依然仰向上方。

十分钟、二十分钟过去了，那牛坚强，挺立着硬是不倒。眼看盛草飞坚持不住了，那牛稍稍挪动了一下，就那么稍稍一挪动，它一脚踏响了地上的冲锋枪。巧了，一声枪响，牛轰然倒下……

盛草飞那天没有如约用对讲机向队里报告。他无声地坐在树下，一双失神的眼睛望着死牛，身上的汗水泉涌般湿透了军装。两个小时后，队长才带人找到了他。

“队长，以后打牛这活，交给阿宏吧。”盛草飞说完这话，自顾自地回了驻地。那枪、那牛都交给别人了。

“知道啥叫‘百思终得其姐’吗？”那之后每逢聊天，他都会掏出钱包，让众人看自己的结婚照，同时表情得瑟却情感真切地告诉他们，最后一次打牛的当天晚上，这个照片上的她与他通了第一次电话。

介绍信

邵刚一路上几乎要急出病来了。他打出了一个月的富余时间，为的是赶在定好的婚期到家。当时，指导员把从师部为他办来的结婚介绍信交给他时，他很是激动了一小会儿。“可费了不少的劲呢。”指导员说。他告诉邵刚，有个水船明天来 D 岛，补完水后就离开，但不直接回大陆，还要到别的岛转上几天。他便决定跟水船走，因为怎么算跟水船走时间也够了的啊。哪里想到，他起大早赶了个晚集。那水船先从 D 岛到了鹦鹉岛，用两天时间补完水，再来到沉鱼岛补水。管子接好了，可不巧水泵出了故障，折腾了一个星期才修好。之后泵水倒挺顺利，一天多就完事儿了，可偏偏来了寒潮，狂风巨浪把水船堵在了沉鱼岛的港池内。所有人都被岛上的守备队接到他们的图书室打地铺住着。这就叫人算不如天算。一阵紧似一阵的海风，嘶鸣着吼叫着钻进窗户，一声声剜着邵刚的心——家里的准新娘在等着呢！婚期定在元旦这天，万事俱备，只欠东风，偏偏北风过来捣乱，把他这个准新郎留在了大海中央。邵刚时不时从贴身的衬衣里掏出介绍信，看了又看，再望望阴沉的天空和无休止的海浪，在心里嘟囔着——看来元旦办喜事要泡汤了。

陡然增加了几十张嘴，沉鱼岛的食品出现了短缺。一天三顿改为一天两顿，干稀搭配，好容易度过了二十多天，天气才转好。水船顶着3米多的浪来到主岛。主岛回大陆的交通也是要碰运气的。邵刚赶得不巧，昨天刚走了一班船。他自认倒霉地住到了纠察队宿舍，等待下一班船吧。他天天一个人拿扑克牌玩通关消耗时间，可不知怎么回事，常常通不了关，惹得他愤而将扑克牌甩到楼下，想一想，还得下去一张张捡起来，明天接着玩。当然，主岛有个便利——可以打电话了。但通电话有时比不通电话还来气。电话那头，女友晓枫的脾气越来越差了。开头他很开心地为她念介绍信，可她并不高兴，只是问他什么时候能回去。随着时间的推移，她已经失去了耐心，电话里质问说后天就是元旦，一辈子的大事让你给搞得一塌糊涂，我的命怎么这么不好啊？晓枫甚至说是不是老天不让他俩办成这桩婚事儿啊？一个多月了，你还在海中央转悠，后天我跟谁结婚去啊？

邵刚忍了又忍，只能在电话里好言相劝。晓枫是他第九个女友，带谈带不谈的，前八个都因为他在海岛无法沟通感情而吹掉了。晓枫还算不错，她在一家公司搞财务，父母也知书达理，知道海岛军人的不易，咬牙坚持到了谈婚论嫁。哪想到，九十九拜都拜了，最后一哆嗦却被南海的风浪给搅和得不成样子。邵刚当然得让着她，她也不易啊，抱怨一下也是应该的。没有办法，放下电话，他先把介绍信再看上两遍，再接着玩牌，接着把牌甩下楼，接着下去一张一张地捡。

邵刚最终用了两个半月才到家，那天已是正月初八了。邵刚进到晓枫家的第一件事，就是拿出介绍信给她看。可晓枫并不感兴趣，说黄花菜都冷了，要它有什么用？突然，晓枫像发现新大陆一般夸张地问他："你怎么这么黑啊？"

邵刚和所有驻岛军人一样，都是黑包公。在和晓枫刚认识的时候他就黑，可还没有黑到这个份上。"不张嘴就认不出你了。"晓枫这样说他。其实，他不仅黑，而且还泛着油亮，是那种黝黑黝黑的黑。队里弟兄们都说他很像迈克尔·乔丹。没事儿的时候，兵们喜欢比黑，在二十几个人中，邵刚的黑常常位列前三名。这是他挺得意的一个名次，时而会为这个名次而得意一下。

当天，邵刚要拉晓枫去登记，说介绍信是有期限的，已经耽误了这么久，得抓紧。可晓枫却说不急，她要为他实施"面子工程"。她让邵刚坐下，给他的面部敷上一层柠檬片，据说柠檬有增白的功效。整整两个小时，邵刚像上刑一样受罪。"黑就黑嘛，当兵的嘛……"他说的时候，还不敢动。"那你也太黑点了吧？咱俩出去，反差得有多大啊？"

晓枫是出了名的白。她在学校里外号就叫"白雪公主"，用肤如凝脂来形容她一点都不为过。和邵刚谈恋爱，她第一眼觉得他是黑，但转念一想，男人黑点没什么，还有阳刚之气。再说，眼下男人的时尚是往黑里去，小白脸什么的都过时了。但这次可不一样，邵刚的黑把她给震到了，这黑的也太没有道理了吧？以后要是生个男孩子也罢了，女孩呢？女孩如果遗传他不就惨透了？哪里能嫁得出去嘛！"你要尽快白过来，元宵节办婚礼可不能这么黑。"晓枫边嘀咕边在他脸上操作着。

第三天，见邵刚的脸并没有太大起色，晓枫决定改用酸奶。据她的闺蜜说用酸奶做面膜来得更快，于是，邵刚又坐在那里受罪。一脸的酸奶看上去很搞笑，可他一点也笑不起来。"我又不是现在才黑的，前两次回来不就是这样吗？"

“前两次没有这么黑好不好……”

“黑一点有什么不好？我在岛上还不是最黑的。那吕成军都黑成什么样了，还不是照样讨老婆生孩子，那孩子漂亮着呢……”

“也是个黑孩子，是吧？”

“挺白啊，真的，一点也不骗你。”

“是个男孩吧，男孩子随妈。要是女孩呢？”

“黑珍珠啊……”

“屁！”晓枫有点上火了，“早知道你这么黑，当初就不应该和你谈……”

邵刚“呼”地站起来。他瞪着晓枫，眼神中充满了火气。“看什么看，你黑得有理了啊？”晓枫有点强词夺理了。

“我看你是蛮不讲理。”他一把将脸抹成了花脸，摔门而去。

晓枫父母从里屋出来，见晓枫在抹泪，指责她不该这样对邵刚。

虽然是黑了点，可婚还是要结的。正月十三，他俩去办结婚证。邵刚借了弟弟的铃木摩托车载着晓枫往民政局去。春寒料峭，晓枫从后搂住邵刚的腰，把脸躲在他背后避风。阳光照在一对新人身上，一切美好都似乎在等待着他俩。晓枫高兴地唱起了歌，就在她抬起头来的时候，惊叫了起来，“天啊，你的脖子……”邵刚问她我脖子怎么了，“都黑成大车轴了。”

“你又来了，还有完没完了？”邵刚怒火中烧，一个急刹车，摩托横着飘飞了起来，顺着沥青路面侧倒着滑出去十几米。晓枫一声惨叫……

医院的急诊大夫告诉邵刚，晓枫只是大腿外侧的皮外伤，骨头没事，但可能会落下疤瘌。邵刚十分愧疚地看着晓枫，而晓枫却不搭理他。一个高个儿护士在为晓枫处理伤口，她时不时露出痛苦的表情。消毒之后，那护士给晓枫打点滴，“这是抗菌素，防止感染。”护士很耐心地告诉他俩。

“感染才好呢，死了算了。这婚不结了。”晓枫赌气地说。

“你俩今天结婚？”那护士看看邵刚。

“嗯，去登记路上摔的。”

“都怨你，你从海岛回来这一路就不顺，我说吗，老天不答应咱这门婚事。”晓枫来了劲。

“还不是你总在说我黑吗？当兵的，哪有几个不黑的？”

听到“当兵的”三个字，那护士转头看了他一眼。

“那人家不是帮你做面膜了吗？”

“有个毛用？老子再也不做，就这样，这就是咱当兵的人体彩绘和最牛的文身。你说说也就算了，可从回来的第一天到现在，你那嘴消停过吗？”

“我就说就说就说，咱俩前世就是冤家……”晓枫突然停住了，她看见邵刚掏出了那张结婚介绍信，表情愤怒地在她面前展开，让她看清了，接着就把它撕成两半，撕成四半，一直到撕了个粉碎、洒落一地……

邵刚在医院门口被那个高个护士追上。“费用我缴清了。”他对她说。

“你得留下电话号码。”

邵刚注意到她，脸很白净，眼睛很清澈。

那一夜

何凡本来是可以继续服役的。这话是队长亲口说的。他说你何凡论表现、论军事技术在D岛都是不错的。但是，没有办法，上级已经来通知了，明天随船下岛吧。

何凡心里清楚，自己的退伍是一件事情中的多个因素凑成的。那条船，那九个Y国的渔民，那个独特的女性，那瓶水，特别是那个叫洪涛涛的保卫干事……事怕凑巧，赶在一块儿了。

那天并不是何凡值班，他好心，替感冒多日的小栗子值。一年多的时光，经常是这样耗去——拿一只高倍望远镜，对着空旷的海面瞭望，像雷达一样扫来扫去，任务是及时发现抵近D岛的Y国渔船。日复一日的瞭望会让人十分生厌，百无聊赖时就会寻找其他乐子。在何凡的值班史上，半天时间曾数过一百三十六条商船，三批百余条海豚和五条鲸鱼,鲸鱼脊背上巨大的水柱和燕尾服般的大型尾巴十分壮丽。他猜想这些鲸鱼是在南极和北极间来回迁徙的，想象着鲸鱼腹内有一座能量超大的装置为它们供气，如潜水艇般工作着。他幻想着人可以进入鲸鱼腹部，畅游于迷宫般的内脏，与它们一块儿畅游大海……这些与任务并无关系的胡思乱想极易造成一个十分危险的结果——漏情。那天何凡就险些漏情——6407已经贴到了礁盘边缘，可他还在乐不可支地寻找鲸鱼。6407开始放菠萝艇了，他还被远处的一艘超级油轮所吸引，那油轮侧舷画着一位孟浪的裸女。当四只菠萝艇载着九个人已经通过礁盘向沙滩挺进了，他还把望远镜的焦距调在水际线上。水际线上一无所有，何凡失望地放下望远镜，开始放松疲劳的双眼，此时他裸眼发现了礁盘附近的四个黑色圆点，他想有这么大的海龟吗？他重新举起望远镜，这下看真确了——是人。是咱们的人还是Y国的人？何凡凭直觉认定是Y国的，因为咱们的渔民不用这圆形的藤制菠萝艇。

他拉响了警报。

之后的一切，都由队里处理。何凡只是听从命令。在D岛代职的师保卫干事洪涛涛是有经验的。他亲自登上6407，里里外外搜查了几遍，直到确认没有武器、炸药和电台，才命令几名战士把九个Y国渔民带到最南面那个废弃的碉堡里看押起来。那九个人鱼贯而行前往碉堡的时候，何凡惊奇地看到了有个女性也在其中。这是非常反常的，他知道Y国的渔船上从来不带异性。况且，这个女性与其他八个人完全不同。不仅因为性别。她皮肤白皙而水嫩，果绿色的始祖鸟T恤是都市人才有的户外款型，有书卷气。她的眼神并无畏惧，高仰着下巴扫视周围。当海风吹过时，她用被铐的双手去撩开眼前的乱发，目光与众兵们惊异的眼神触碰时，竟莞然一笑。忽地，有微风送来一缕香水味。哇，久违的味道，太熟悉了，在哪里闻到过？对了，高中语文老师。何凡突然觉得她特别像他的语文老师——一位被所有男生暗恋的美女。同一香型的香水，撩发的动作，甚至她脸部的轮廓，除了皮肤更白一点，简直一个模子铸出来的。

洪涛涛关注的重点也在这个女性身上。他说其他人可能真是纯粹的渔民，只有这个女人值得警惕。她要么是记者，要么是学者，要么是搞情报的，她的来路肯定不正。这样一个来路不正的人，定是条大鱼，一定要送交上级机关好好审查，不能轻易放过。何凡清楚，往常处理此类侵渔事件大多是驱离，而将这批人扣押的主要目的，显然是冲着她。

那晚的海风并不劲烈，甚至很有点温柔。何凡在信号台的值班部位用夜视仪寻找那个碉堡，一片暗绿中隐约着一团黑色。他记得语文老师也总爱穿一身果绿色套装，身上的香水味儿十分诱人——那时他就知道香水是一种性感物——他甚至为了知道那款香水是什么品牌的，走遍了县城的所有店面，闻遍了所有香型，终无所获。他渴望上语文课，可语文成绩并不好。她的课很让他分心。她的言谈举止，哪儿哪儿都吸引着他，以至于不能专心于课本本身。虽然他知道她从未对他产生过好感，但，这不能阻止他对她的暗恋……那个碉堡里的她现在如何？他又想到了她撩开乱发的动作和熟悉的味道。他很喜欢。

树林里“沙沙”作响。旱蟹在夜色降临后大规模出动。它们占据了能占据的所有地盘，开始了只有它们自知的劳作。何凡在旱蟹群中小心寻找落脚空间，他不想残害这些横行的生命，更不想弄出响动来。碉堡十分坚固，一把铁锁锁住了所有逃生的可能。站岗的老兵在远处吸烟，没有发现他的到来。他绕到了背面，踮起脚从射击孔向碉堡里张望。什么也看不见，他又不敢打手电。他使劲地吸着气，试图闻到点什么味道，可没有。除了海风带来的隐隐咸腥，再无其他味道。他没有办法再做点什么了。便从口袋里掏出一瓶矿泉水，从射击孔抛进去。他希望这瓶水能落在她的脚下……

洪涛涛没有白干保卫，很快他就发现了那瓶水，并顺藤摸瓜找出了何凡。洪干事并没有大事声张地批评他，只是跟队长说，这个战士政治上不可靠，得让他走。队长为了他与洪干事吵了起来，说信号台值班人手奇缺，他何凡算是把好手，是最有培养前途的兵了。洪干事说，我们没有发现也就罢了，发现了不处理，将来出了事你我都得担责任。队长问能出啥事？洪干事说，他现在能给嫌疑人送水，将来就能给敌人送情报……

送水事件之后的两个月，何凡退伍回到了自己的家乡。放下行李后就犹豫——要不要先去看看语文老师？

维纳斯梳子

凌晨一点多了，杨舸帆依然踯躅于珠江岸畔。江面已船只疏落，观景步道行人几无，湿凉的风儿往他衣襟里钻，不禁冷意透心。远处一对恋人簇拥着吻，这一吻不短，半个小时了还分不开。他有了些感动，想着当初一有机会也是与谢敏菲这样腻着……可是，今夜却无法进家。

结婚不过一年多，总共探亲两次，这被“逐出家门”的事已是第三回了。

今晚，他要下个决心。

妻子谢敏菲的性格挺让他受不了的。他承认自己是“外貌协会”的，当初谢敏菲最吸引他的首先是“颜值”。他是在一次接待航海夏令营时认识的她。作为辅导员，她领着一群孩子来岛上，他对口接待她那一组。那时，她给人的印象多好啊！瓜子形脸盘被太阳烤得通红，眯起的眼睛很有些朦胧感，薄而小的嘴唇微抿着，笑声甜得不行。穿一件杏黄色的T恤，白色短裙，手举一面写着“第三组”的小红旗在空中摇啊摇的，招呼孩子们也是轻声细语，显得温婉而清纯。在与他接洽的时候，也特有礼貌，班长长班长短的，还时不时掏出纸巾给他，让他擦去脸上的汗水，然后会递给他矿泉水。听领导给孩子们讲课时，他注意到她哭了，她被海岛官兵的事迹感动了，一直在擦泪水。他想，这个女孩一定心地善良。虽只有短短的一天时间，可他俩就联系上了。恋爱的过程蛮曲折。杨舸帆从主岛调到了D岛，通讯实在不便，与身处广州的她根本不能正常联络感情。中间有那么几次，两人的关系亮起了红灯，好在后来消除了误解，走进了婚姻的殿堂。

其实，那次在广州的婚礼上就已经有了不开心。当婚礼进行到最高潮时，杨舸帆出人意料地拿出了一件礼物，他接过司仪的话筒说，我要把一件最最珍贵的礼物送给敏菲，作为俩人爱情的见证。那是一只骨螺，它有一个好听的名字——维纳斯梳子。他单腿跪下，双手捧着，就像捧出了他的一颗心。一旁的伴娘感动了，转身去抹泪。可是，他并未从谢敏菲的脸上看到欣喜，连一点点都没有。当时，她回身把礼物交给了旁边的伴娘。入了洞房，他问她那维纳斯梳子在哪里？她说送给当伴娘的闺蜜安薇儿了。他心里不爽。不想她接下的话更让他来气。她说今天这么个大喜的日子，你不送金不送银也就罢了，送那么个吃剩的鱼刺多丢人？

这番话让杨舸帆半天无语。

为了这只螺，杨舸帆费了不少劲。他在海岛有一个爱好——收集贝壳。他认为正是这个最简单的爱好支撑着他在海岛的日子。开始也是小打小闹，时间长了，收集的品种和数量越来越多了，兴趣大涨，就开始研究起来。他下岛休假时，专门去图书馆，查阅了大量资料，甚至找到了大英海洋博物馆的馆藏图册，他惊讶地发现，他手中有几枚贝壳是稀世珍品，大英博物馆都没有。这下就更来劲了。连早带晚，加上双休日，他就泡在沙滩上，特别是退大潮的时候，更是下劲寻找，好几次差点被海水淹了，因此他还多次受到队里的严肃批评。也就是从与谢敏菲谈恋爱开始，他就留意地寻找一种叫维纳斯梳子的骨螺。大约用了半年多的时间，终于在一次退大潮时，在礁盘的最边缘找到了一只。这可把他乐疯了。他用最专业的方法，处理掉螺肉和外壳的杂物，当他最终将它呈现在全队弟兄们眼前时，把大家都镇住了——在螺体之外，延展出一根尾骨，尾骨上有三排排列整齐的细齿。他对弟兄们说，在世界上，它被称为维纳斯梳子，是爱神维纳斯梳头用的……

当天晚上，指导员把他叫到队部。指导员先让他坐，再给他打开一罐可乐，还给他点了一支软中华。杨舸帆一头雾水。

"指导员你有事吗？直说呗。"

"小杨……"指导员有点为难的样子，"你知道上级工作组要来咱们岛蹲点。这工作组也是来考核咱们守备队班子的……你明白，多余的话我就不说了。带队的科长也是个贝壳迷，他收集了上百种贝壳。你……你能不能……把那只维什么的梳子送给他……"

"那可不行。"杨舸帆直接跳了起来，"我那一堆东西，他可以随便挑，就是这只不行……"

"为啥？"

"听说过'水手的情人礼物'吗？"

指导员摇头。

“十九世纪，水手出海时间漫长，他们会收集世界各地最漂亮的贝壳，做成贝壳拼图，带回去给自己心爱的姑娘。这是全世界水手的规矩……咱在海岛，一住就是几年，和姑娘不也难见一面吗……”

“这么说你是要带给小谢喽？”

“嗯，年底结婚时送给她的一个惊喜。”

“你攒了那么多，好东西有的是，不差这一只。”

“这一只不算最名贵的，可有意义，维纳斯是谁？爱情之神，用她的梳子送给新娘多有意境？”

指导员不再说什么。有小半年时间，杨舸帆总觉得指导员对他另眼相看了，挺别扭。

那一对恋人还没有结束长吻，因为天凉，那男孩子索性把姑娘抱得紧紧的。他俩今后会有我的烦恼吗？杨舸帆把目光投向江面，周边楼宇上的灯光反射在水面上，色彩斑驳。“生活就是这样光怪陆离吗？”他自忖着。这回的起因又是钱。他昨天到家，下午把银行卡交给了她。她当即出门，回来脸色就不好看了，也不搭理他。这是常规的冷战，杨舸帆只好忍气哄她。半天，她终于开口：“你的钱都花到哪里去了？”杨舸帆知道她要问这个，就一笔一笔地向她“坦白”，还特地把母亲做手术需要的开销交代清楚，但过不了关。“结婚那天就拿个破鱼刺来骗人，还当兵的呢。”

这话可是伤到杨舸帆了。他强压火气：“好吧，你可以不跟骗子过了。”说完，他甩门而出，一路苦思，独自来到了江边。他知道，和以前一样，今晚，他是进不了家门的。

“你的条件是什么？”经过一夜的思考，他向她提出了离婚。

“你得赔偿我的青春损失费。”

“我的全部家当在你手里，那张银行卡里的钱你可以全部取走。”他说这些时，突然有了种轻松感，“我只有一个条件，把维纳斯梳子还给我。”

“它不在我这儿，去找安薇儿吧。”

她说话时，眼睛看着杨舸帆，有一点暖意。可他已经迈出了家门，没有回头。

安薇儿是一所幼儿园老师。她边弹风琴边领孩子们唱着歌，咿咿呀呀的声音是那么动听。领唱时，她的表情也像孩子般天真。

她见到他时真的非常吃惊。

“没有挽回的可能了吗？”听完他说明来历后，她问他。

他用眼神回答了她。

“唉……”她重重地叹了口气，“好吧。维纳斯梳子在我那儿，不过……我特喜欢它，能送给我吗？”

他摇头：“它只能送给情人。”

“好吧，为了留住这把梳子，就委屈点吧，我做你的情人行吗？”

她鬼笑着，一抹绯红爬上脸蛋。

做燕鸥很拽

燕鸥专挑沙滩下蛋。你要是以为它们会把蛋下在树上，下在鸟窝里就土老冒了。燕鸥不是鲣鸟，鲣鸟才把窝搭在抗风桐上，是用那些枯枝败叶做建材的，然后再把蛋下进去。燕鸥是不搭窝的，它们压根不需要窝，当然也就不需要建材。白晃晃的珊瑚沙就是最好的建材了。找一个素素的空阔荒岛，直接把那些带着水墨线条和渲染效果的鸟蛋按软着陆的要求卸载在沙滩上，又省事又安全，然后就甭管了，尽情地飞去吧。等到太阳把沙滩上的鸟蛋晒得够够的了，燕鸥仔们就破壳而出了。想想吧，在白晃晃的沙滩上突然血淋淋地冒出成千上万只小燕鸥，那是何等壮观而刺激的事情？！比赶海网到成千上万条鱼更壮观更刺激。海波那个伪球迷说看世界杯最刺激，绝对是土老冒。四年一回，为那些喜欢的不喜欢的球队枯坐、熬夜、咬牙、攥拳、憋尿，又没有咱中国人什么事，凑哪门子热闹？比找着对象呢？难道比有了心爱的女朋友还要刺激吗？这没法比！找对象当然不会成千上万地找，但那种正在找、找不到、找到了或找到了又要吹灯拔蜡的刺激是相当特别的，特别的就像周末加菜的餐桌上多了一份久违的绿菜一样。看鸟蛋和谈恋爱都刺激，是两份不同的刺激，不能比的。

此刻的叶根子正仰卧在鸟蛋丛中。他想象着就要享受特别的刺激了。他有很大的把握——恋爱离自己不远了。队长虽然是板着脸说话的，但这是他一点都不开玩笑的样子："你嫂子单位新分了个大学生，模样好、性子好，还白。要不要给你介绍一下？"叶根子的心跳狂飙不止……眼下，正是为了得到她而下苦功呢。身下是有点颗粒感的珊瑚沙，躺在上面感觉很爽，从未有过的爽，虽然硌人。这种爽主要来自毒猛的阳光和毒猛阳光在他完全赤裸着的躯体上毫无顾忌的照射，就像用紫外线毫无顾忌地照射沙滩上的鸟蛋一样。叶根子很满意被这样照射着，他要的就是这个效果。他为自己的创意吃惊，在燕鸥产卵孵蛋的所在，把自己的"玉体"横陈在万千鸟蛋之中来实现梦想着的伟大工程，同时又可寄情天水、享受海风，太有创意了！所不同的是，鸟蛋能被照射出小鸟，他却不能被照射出另一个叶根子来。

正当中午，太阳着实蓬勃。

他感觉到了灼人的辣热，浑身抹遍辣椒油一般。汗水开始在皮肤表层形成了一片装饰性图案，汗珠子大小均匀、排列整齐，晶莹着、闪烁着覆盖了大部分躯干和四肢。局部地区开始"汇流成溪"了，在胸口、在小腹、在脸颊、在腋下，它们像蚯蚓一样逶迤蛇行起来。这种汗水的蠕动既让他酥痒难耐，又兴奋不已，尽管热得受不了。"男人就是要对自己狠一点！"他告诫自己，一定要坚持着晒下去。其实，当兵的名字就应该叫"狠一点"！

这真的是叶根子生命里程中的一次伟大工程——换肤！要换成真正的古铜色，说时髦点叫麦粒色，欧化一点的说法叫香槟色或巧克力色。这与他的恋爱工程关系极大，甚至就是恋爱工程中的一个子项目。这个子项目关乎着未来的恋爱乃至婚姻走向，换句话说，关乎着人生小舟会驶向何方。眼下的他就像一艘整装待发的爱情小舟，很快要从这个南海深处的小岛启航，去寻找那未曾眷顾过的女孩子，这将是他这次探家的所有主题。现在唯一要做的就是把这小船的外观打扮得靓靓的，给它打上光鲜照人的油彩，当然是那种眼下最时髦的“立邦漆”，好让他与她的第一次见面能有一个最最完美的外部形象呈现出来，这无疑是重要的。所以他要日光浴，让阳光给自己的躯体打上女孩子喜欢的色彩，让这色彩去打动甚至吸引她，哪怕一时能把她迷惑住也好。海岛上什么都缺，缺水、缺菜、缺电、缺报纸，缺维生素，当然也缺爱情，独独不缺阳光和沙滩。他经常能在杂志上看到许多外国健美女郎在沙滩上搔首弄姿的照片，他很奇怪这些美女的皮肤为什么像海波做的烤鸭一样，油光锃亮、黑里透红又红里泛黑。他探家时也曾到海滨浴场去开过眼，那么多外国人都恨不得脱光了趴在那里曝晒自己，一个个晒得像烤乳猪似的，恍惚进了屠宰场或某个厨师培训中心。那时，他坚定地认为这些外国人是典型的吃饱了饭没事干，何苦来的要晒自己？直到海波向他透露出一个小秘密他才悟出了道理。海波说眼下的女孩子都喜欢追求那些肤色特别的男人。因为这样的男人最富有也最酷。富人才有时间在那里趴着晒呢，穷人哪有这闲工夫？可不是吗，海波的肤色就很特别，像港星古天乐，是那种铁黑色。正是靠着这身“古天乐”，海波占了不少便宜，使他轻易地进入了猛男系列，果真有了女人缘，果真吸引了不少女孩子，能和那个实在漂亮的代爽结婚就是最好的例证了。虽说他和代爽的夫妻关系已经进入了冰封期，正休眠着呢，可他敢说，海波那一身特男人的色彩仍然在深深地吸引着代爽。叶根子希望也能晒出一副令女孩子羡慕的肤色，就像海波一样。所以他坚定地实施了曝晒工程。

沙滩的远处在蒸腾着。那是热浪把小岛打点得半雨半晴、亦真亦幻。几乎寸草不生的珊瑚沙滩并不像多数旅游胜地的海滩那么绵软可

人，而是那种板结得挺硌人的秃地，一点都没有情趣的那种。初一、十五涨大潮时，海水会浸漫上来，把所有想要出头冒尖的植物通通扼杀一遍，就这样扼杀了几千年、几万年、几亿年。当然，这种斩尽杀绝也会百密一疏，偏就有几棵银毛树散落而兀自地存在着。但你根本分不出它们的死活，没有绿叶，只有枯黑的枝丫冲天支楞着，就这么几千年、几万年、几亿年地支楞着，永远跟海水和太阳在叫劲，用它们的似死非死来证明着什么。这树感动过叶根子。他想他可以在这里守十年、二十年、三十年，但绝对不可能像银毛树那样守上几千年、几万年、几亿年。这一点他服气得很。但叶根子也不绝望，他走了还有别人来呢。反正这里是世世代代要有人来守的。没准他的第十代、二十代、三十代孙子会来这里当兵守岛呢！那时，他算得上这小岛的祖师爷了。他决定要用这小岛为未来的孩子命名，一定要用命名的方式把守岛岁月录下来，不要让后辈们忘记他。叶根子突地窃笑起来，美的你，丈母娘还没结婚呢，怎么就想到子孙了呢？想法太跳跃，跃过了许多程序，太不现实。就算是《暗自芬芳》吧，他想到了一篇挺有意思的小说，那里写一个女兵到小岛去慰问兵们的故事。其实这种想法也挺逻辑的，荒漠的海滩能长银毛树，也一定能生长出爱情来。眼下，我不就在这沙滩上酿造爱情吗？想到这，他又把思绪拉了回来，决定按程序走，还是把肤色问题先搞定吧！

在叶根子看来，肤色问题是万不可忽略的政治问题。这是叶根子历览周遭弟兄们寻觅女友风雨历程后的精辟总结。这当然不是说越黑越好，以前是流行过白的，就是奶油小生的那一款白。之后，女孩子们的口味就变了。看来，对肤色的喜恶就像街上流行的服装一样，也是一季一小变、半年一大变的，你根本就琢磨不透、拿捏不准的。一段时间里，海岛上的官兵们由于普遍的黑而吃了不少的亏。早先有一任队长是一级黑，黑到他在广州火车站被国人误认为是非洲人，说这个非洲人怎么会讲那么流利那么标准那么地道的中华人民共和国江苏省的盐城话？硬要他用外币购票。所以他在爱情的征途上几遭不幸，屡战屡败、屡败屡战地谈了一打女朋友，都因为不能容忍他的黑而被她们当作天边的云彩给挥手惜别了。关键在于，这不是个案，因为脸黑、手黑、脚黑、脖子黑、浑身黑而被断然黑掉的悲情故事不在少数。久而久之，这些故事更成了守备队里常讲常新的婚恋教材。你要想恶心谁，想让谁交不上桃花运，就给他起一个与黑有关的绰号，比如老黑、大黑、小黑、黑子、黑仔、黑蛋、黑球、黑老包、老黑包、阿炭、墨斗什么的。最可气的是一个叫“白牙”的绰号。乍听着挺好，白嘛，可细想不对，这“白牙”是说你黑得如同掉进煤堆里，不张嘴根本分不出哪是人哪是煤，只有张嘴见着白牙了，才能分辨出人形来——还是一个黑字。而到了海波这，风水又转了，女孩子们又好黑了，以黑为酷、以黑为荣、以黑为帅了。海波算是得风气之先，赶上潮流踩上点了。叶根子早就下了断论：谁说性格即命运？扯淡！绝对是扯淡——肤色即命运！这便是他要为自己换肤的全部根据所在。

太阳有恃无恐得很。它怕谁啊？没得可怕！它下了死力要爆烤这放肆而不要命的家伙。叶根子感到了前所未有的烧灼感。汗水开始采用喷涌的方式向外排出，不可避免地，呼吸和心跳的频率也随之改变。他把舌头伸出来，尽量得长，想要借此舒缓体内的紧迫征兆。皮肤表面似乎听得到滋滋冒油的声响，就像一只全裸的北京鸭被挂上吊杆徐徐送进了烤炉一般。叶根子乜斜着眯了太阳一眼，鼻子里哼出一声不屑。是啊，你厉害，但你晒不死我啊！他决心要像中美合作所中的革命先烈那样坚强。妈的，只要她喜欢，一切都可以挺过去的！突然，有一个令人不安的疑问闯进脑海：她真的喜欢黑色皮肤吗？不会搞错吧？这是一个或然性很大的判断，是他通过非常有限的信息做出的判断。如果判断有误，那结果将是灾难性的、颠覆性的和毁灭性的。队长姜晓只在一个非常偶然的场合，以非常不正式的口吻说过，她是小罗的拥趸，就是巴西队罗纳尔迪尼奥的粉丝。她是球迷这没什么，女球迷多了去了，可叶根子想破了头也想不出她为什么会喜欢一个那么没有形状的人。叶根子最欣赏的是德国队的克洛泽，他觉得克洛泽应该是当下女孩子们喜欢的那一款。海波却给了他重要启示：小罗多黑啊！是啊，小罗够黑！虽然南美的黑有别于非洲的黑，但也许可能大概她就是得意那种南美黑吧？叶根子很庆幸她没有喜欢克洛泽，中国人变不出克洛泽来。喜欢小罗就好办得多了，咱中国人再晒也晒不出非洲黑，但晒出个南美黑还是有可能的。她喜欢足球？有意思，叶根子自顾自地笑了笑。女孩子喜欢足球多半是喜欢球场上的帅哥们。这是韩乔生那档子节目里说的。

很巧，燕鸥产卵孵化的季节正是德国世界杯开哨的日子。守备队那些懂球不懂球的都成天熬到下半夜看转播，信号不好时，还得划拳抓阄派人去调卫星天线。叶根子不爱凑那份热闹，他不是铁杆球迷，看球总是有一搭没一搭的，赶上了就看，赶不上也不过脑子，不像看他最迷的歌星唐颖的演出。但他却记住了大罗、小罗和卡洛斯那一班巴西球员。2002 年，他还是新兵时，恰巧看了韩日世界杯上巴西人和中国队的那场球。那些屁孩子也太狂了，笑不叽叽地玩咱，跟上训练课似的。他原先最恨卡洛斯了，那屁孩子像跑不死的狗一样满场飞，就是他把一粒任意球整进中国队大门的。现在，他又恨起小罗了，也不知为什么，这与她喜欢小罗没有半点关系，完全是因为他那突出重围的大暴牙和一副嬉皮笑脸的态度。其实，叶根子有时多看两眼足球只是想看颜色，翠绿翠绿的草皮和草皮上狼奔豕突的红色、粉色、蓝色和橙色，看看就养眼，这是典型的小岛综合征，完全是在小荒岛上长期据守的结果。惨白的珊瑚沙成天晃眼，人寡淡得不行，眼球根本得不到基本维护，每次下岛见着绿都想哭，所以，他看球以看颜色为主。

不过，尽管讨厌白色的珊瑚沙，他最喜欢的还是那些穿白色球衣的球队，像德国、法国、英格兰什么的。在绿绿的草皮上，白色显得高雅而又洁净，队员的格调也好像高出几个档次。德国队的11号克洛泽就是他的最爱，一身白衣，素素净净，俊朗得让男人都嫉妒。进球并不好看，好看的是他进球后的一连串跟头，太酷了！她为什么不喜欢克洛泽？不要说那一连串的跟头了，单单那白皙的皮肤、栗色头发、挺阔的鼻梁和很性感的下巴就没有理由不让女人动心的。叶根子认为白色才是人类肤色的“原生态”，亚当和夏娃在过家家游戏中创造出来的也一定是白色的人，没听说过他们是黑人的始祖。小时候他甚至认为黑人都是由白人晒出来的，在非洲嘛，非洲热嘛，那儿的太阳实在充足嘛，所以非洲的白人都变成了黑人。大了以后才知道黑人也是天生的，也是“原生态”。这么说来，“鱼变人”的说法也许比上帝造人的理论更科学。海里的鱼们就是有黑有白的，有大白鲨也有黑虎鲸嘛。可他还是有很强的排斥感，看到太黑的人就有非我族类的感觉。可如今，他也不得不往黑里变了。

好吧，不打无把握之仗，这恋爱要谈就谈出质量来，只要晒出她喜欢的肤色来，在第一次见面就会得一个很高很高的印象分，即便是去掉一个最高分都会绰绰有余。一个好的开头就成功了一半，就像队里组织参加师里的军事比武一样，把400米障碍练到1分20秒以内，第一名不就是裤裆里抓家雀儿——手拿把攥了吗？再说，如果相不成亲，晒出一身地道的南海黑也不赖啊，反正下雨天打孩子——闲着也是闲着吧。咱从黑变白难，由白往黑里变，还不是顺风顺水的事吗？这是咱的强项！

叶根子其实曾经努力地要白过，但不成功。代爽从海岛回家后，曾替他物色过一个小女生。说她是小女生，是因为她还在师范学校读书，算大专生。小女生父亲也是当过兵的，参加边境作战时，失去了双腿。

眼见女儿长大成人了，就想着找个当兵的把她嫁出去，既放心，又能慰藉他那永远化不开的当兵情结。他去征求海波的意见，海波不爱搭理这事，他和代爽的命运都悬着呢，哪里有这心思？海波只是警告性地说："那女孩子我见过，就一个白！有多白？见过葱白吧？就是那种白。能透过皮肤看到青蓝蓝的血管。"叶根子问比唱歌的歌星唐颖还要白吗？当然，比她可白了去了。叶根子脑子立刻短路了。这么白的一个姑娘，不会嫌我黑吧？这话还真的让她说着了。小女生曾对代爽说，见过那么多兵哥哥，他们什么都好，就是太黑。代爽说黑好啊，看我们家的海波多酷啊？全靠一个黑字。那小女生却说，老公黑倒不怕，就怕将来生个孩子也跟着黑。生个儿子黑也罢了，女儿呢？生个黑炭似的女儿不就惨了？叶根子知道这个情况后，立刻没有了自信。海岛的兵有一个算一个，哪有不黑的？只是黑的程度、黑的风格、黑的品质和黑的段位不同而已。尽管海波他们比别人更黑一点，但绝没有一个兵可以用白来形容的。这真是一个比找到女朋友本身更难的问题。麻袋上绣花嘛，底子就是这样，怎么能变白？哪怕稍微变得白一点点都难，难到和大老爷们生孩子一样的难。倒是听说有人把黑皮肤漂白过，好像是美国的歌星迈克尔·杰克逊。可首先咱花不起那钱，得多少钱？至少得几千块吧？歌星是有钱，咱一个小当兵的肯定不行。其次是不好看，杰克逊那张漂白过的脸在杂志上见过，真像在水里泡了四十八小时的约克猪，惨不忍睹！既然这样，叶根子就不再多想了，在这个问题上，他是个尊重现实的人。既然白不了嘛，就不能去强求。于是，他想到了弟兄们时常拿来自我调侃的打油诗：如果我有一千万，我就能买一栋房子 / 我有一千万吗？没有 / 所以我仍然没有房子 / 如果我有翅膀，我就能飞 / 我有翅膀吗？没有 / 所以我也没办法飞。他自己接了一句：如果我的皮肤很白，我就会有心爱的女孩 / 我的皮肤白吗？不白 / 所以我仍然没有心爱的女孩。他觉得他离诗人有点近了。

这回不同，不是由黑变白，而是由不太黑变得更黑，或者说由比较黑变得非常黑。这是岛兵的优势，是平常稀松到和吃饭、睡觉一样，几乎是完全有把握实现的事情，换句话说，他自信完全有能力把小罗比下去。一个战士成功占领了冲击出发阵地以后是什么心情？就是叶根子眼下的心情——距离最后的突击已经不远了，就差那纵身的一跃，然后便是抵近射击，一切就都在掌握之中了。他甚至都把那诗句做了必要的修改：如果我的皮肤很黑，我就会有心爱的女孩 / 我的皮肤黑吗？很黑 / 所以我将要有心爱的女孩。叶根子是个考虑问题周全而严谨的人，他告诫自己，换肤工程一定要精心策划、认真实施，就要像姜晓队长每次组织训练时那样，把所有内容用一大堆表格写得清清楚楚，实施计划要具体到每一个小时甚至每一分钟干什么。叶根子首先计算了上一个台风的时间、位置和路径，得出了在半个月内不会有台风来袭的结论。他又观察了守备队现有生活物资的储备情况，发现还剩二十吨淡水、八吨柴油，大米、食用油只能维持十天左右，而蔬菜早就断了顿。那么，半个月之内，上级一定会派交通船来补给。也就是说，他，叶根子，很快可以下岛休今年的假期，可以与队长嫂子介绍的那女孩见面了。所以，换肤问题必须在半个月之内拿下。叶根子的计划是：每天中午做一个小时的日光浴。其他时间尽量多晒。日光浴地点：沙滩。几点要求：第一，全裸。第二，保证质量，说晒一个小时，一分钟也不能少。除非下雨。第三，要有毅力。坚持不下去时要多想革命先烈。第四，做好保密工作。最佳时间是在大家都午休时。

一阵燕鸥的鸣叫传来，叶根子眯眼去搜索它们。燕鸥的鸣叫很富有感性的信息。特别是在辽阔的天水之间，远远地传来一声两声燕鸥的鸣啼，你能找到空灵寂寥的感觉。它们在总体上总在欢叫着，但有时不知是故意的还是怎么的，也会发出或者哀怨、或者凄婉、或者愤怒、或者落魄的鸣叫，可叶根子认为这些叫声里装模作样的成分居多，它们大多在矫情和想要博得些什么。依他看来，从燕鸥嘴里嘶鸣着的只是性感,它们都像口技演员那样学腔学调,想要去讨好那些心仪的燕鸥，以满足自己的欲望呢。这班没出息的东西。可自己不也是在这里准备着去讨好心仪的人吗？你与燕鸥的区别究竟有多大？这个问题他要思考。

今天已是第十一天了。叶根子的工程果真没有被其他人发现，只是头几天鼻头和额前爆皮时，被海波连问了几个“怎么了？”连续十一天的曝晒当然很有些效果。身前身后、上下左右都黑得扎实而富有韵味，除了白色的眼球和白色的牙齿外，一切都在变化之中。这又更加突显了他胸口那块心形的白色印记。这白色印记是他突发灵感之后创作的最为得意的作品。那是实施曝晒工程第二天的中午，在他去曝晒自己的路上，顺手拾起一块珊瑚石。珊瑚岛上的珊瑚石海了去了，可这一块却长得奇，像一颗心，周边规则而平滑，就像上次慰问品中的心形饼干一样。叶根子把它放在胸口的剑突部位，当当正正，影住太阳光，几天之后，胸口窝就有了一个白色的心形。他见过一种苹果，上面有太阳晒出来的“福禄祷禧”，那就是果农们早早地用剪纸影住苹果的结果。如今，他也做着果农们的事情，所不同的是，他比果农们更浪漫。在胸口，在离心最近的地方，用大自然赠予的阳光和珊瑚完成这种创意，太绝了！唉——！叶根子在太阳下得意地吁了口气。人呐，不怕坏，就怕笨。我的这种创意在咱岛上算是前无古人后无来者了。不要说在这小岛上，恐怕全世界的男人也不会想出这个辙来。他们就知道去文身、去刺青，搞得跟美国 NBA 的花大虫罗德曼一样，一点点创意都没有。如果未来的女朋友意外地发现了我的这个小秘密，那不是一个最大的加分因素吗？是的，当然要加分。对，不要刻意地让她知道，带她去游泳，或者随意地敞开衣扣，露出黧黑的胸膛，让她瞪着小鹿一样的眼睛惊叫着问这是什么？然后，就拿着很平淡的声调告诉她这是为了她晒出来的信物，就说晒出它是为了表达对她的一片真心，就说为了表达对她的一片真心被晒晕过去好几回。想都不要想，女孩子立刻会投入他的怀抱的，亲吻这白色心形。这一点还有什么可怀疑的吗？叶根子真有了被人亲吻胸前的感觉，心儿不听话地荡漾起来。他甚至想到了这之后再做点什么？不能急，女孩子一定不喜欢猴急猴急的家伙。对了，教她唱歌，那首《梦中想你》。大汗淋漓的叶根子情不自禁地唱了起来：梦中想你　梦中想你 / 想你威武的军衣 / 想你挺拔的身躯 / 想你那天　那海 / 和海中美丽的岛屿……他觉得在哪里可以改动一下，可以加进这样一句：想你那胸口的小心心。这歌原本就是女人唱给男人听的，是远方的姑娘唱给咱海岛官兵听的。让她唱给自己听，才算归了正宗呢。也许，她会边唱歌边掏出笔来，在这颗心印上画上那支最著名的箭。想到这，那唐颖又闯进了叶根子的思维，就是那个让他不知说什么好的歌星。她和她像吗？唐颖的秀发曾撩拨过他的眉梢，她那淡淡的体香还深深地镌刻在脑海里，她嘴角的茸毛、穿耳环的小孔和脚趾甲上的细小碎花，都是那么真切而虚妄……

只一刻钟时间，叶根子的呼吸就有些不由自主了。他呼进的已不是空气，而是燃烧的火舌。这热烫的透明物质，不满足于折磨他的表皮，而要设法钻进他的体内去放肆一把，让他来个内外兼修。叶根子大口地往外部世界吐着热气，否则就有爆炸的可能。他自信能顶得过去，十几天都挺过来了。这要归功于守备队严格的体能训练——每天一个5000米。再毒的太阳，也得跑下来，还要带枪和子弹袋。这体格是活生生晒出来、练出来的。

一抹白色弧线忽地从叶根子眼前掠过，是飞翔着的燕鸥。它们飞得很放肆、很不懂规矩，刻意地用形体来表达高傲和不羁。当然，叶根子也认为它们飞得很磊落和坦荡。它们根本不用拘泥于往哪飞、该怎么飞，是用1号表情飞还是用3号表情飞？它们的性格绝不是谨小慎微的，完全符合大开大合的标准。它们可以忽而静止在天空，让所有不能飞翔或者能飞翔的物类蒙羞；忽而闪掠过天际，留下最快捷和最优美的线条。当他们斜刺着冲向海面时，那些愣头愣脑跃出水面的飞鱼们就要被虐待了。它们甚至可以肆意地排泄，随意地把他们的排泄物向下投射，而毫不理会该不该这样做。做人可不敢这样，就连解手撒尿都不能像鸟儿那样畅快，更不要说找女友、谈恋爱了。好不容易有了谱了，还得准备好肤色，硬是不能去打无把握之仗。唉——做人真麻烦！燕鸥之间的爱情不会和人一样头痛吧？至少不用刻意地曝晒自己，这一点大致应该是肯定的。所有的燕鸥都是一个肤色，大片的白，只在头顶披一抹黑。一千只、一万只燕鸥让你来挑，你根本分不出谁是谁，全一个模子浇出来的，就连男同志和女同志你都分不出来。外形一样不说，估计它们的性子也不会有区别的，全都是乐天派，要不怎么成天漫天飞舞呢？它们的爱情简单、浪漫，一点都不烦人，根本不用愁找不到心仪的家伙，随时随地可以速配成功的。要不，铺陈这一海滩的爱情结晶哪来的？全是速配的结果！它们有人类全部的浪漫，却毫无人类的烦恼。你要是仔细地看一眼燕鸥蛋就会明白这种速配有多么浪漫。那乳白色的蛋壳上，竟然会有张大千和齐白石的手笔。所有线条和图案都带着强烈的渲染效果，与宣纸上的所见毫无二致。这些不事雕琢、完完全全大写意的笔触让你会惊叹造物主的伟大和不可思议，更会由衷地想要做一只快乐而率性的燕鸥。做燕鸥多拽啊！

叶根子似乎进入了冥想的状态。一方面是给热的，另一方面，也是他的习惯。他时常会进入这种状态。从上岛那天起，叶根子的行走半径就只有三百五十米。要想突脱这三百五十米，行走于海岛以外的千山万水，只能靠寄宿于头脑中的想象了。想象的好处在于它不受钳制，并且可以完全摆脱现实的羁绊，做那些或者合理或者荒诞或者美丽或者丑陋或者诚恳或者扯淡的黑夜梦、白日梦，包括那些春秋大梦。想要做燕鸥说明他就要入境了，但就在这时，叶根子被一阵奇特的声响从冥想中带了回来。那声响诡异而陌生，不曾听过，像是要发生什么。先是偶尔一下半下，轻轻“咔嚓”一声之后就了无声息。继而，便有了规模，东一下西一下地响个不停了。发展到最后，整个沙滩都形成了交响，轰轰然把他触电般的惊坐起来，四下里并无异样，却见只只燕鸥蛋在晃动，不是一只，是几十只、几百只、上千只。海面平静、小岛平静、沙滩平静，唯有蛋们在动。时候到了，太阳把它们晒够了，又一批自由的、会飞翔的生命就要出世了。几乎在刹那间，他身边的一只蛋壳如开山劈石般的破裂了，一只挂着血丝的小燕鸥挣扎着冲破束缚，以极不规范极不雅观的姿态努力地向外突围。随之便一发不可收拾了，千百只蛋们四分五裂开来，漫漫珊瑚沙滩成了最旺盛的生命大展示，这些新生命与叶根子一样的赤身裸体，一样的会呼吸、会挣扎、会向往，将来，也会和叶根子一样去追寻它们的爱情。就在叶根子被深深震撼之时，大燕鸥们已经漫天起来。它们的叫喊声惊天地泣鬼神，同时疯狂地排泄着，用毫不顾忌的挥洒一气来表达它们那愉山悦海般的感情。它，或它，会突然地俯冲下来，努力地辨认自己的血亲子女，当它或它意识到这绝无可能时，便带着喜怒之气再度起飞，回到天上去看成百上千的血亲后裔。这种前所未见的场面让叶根子甚至开始有了恐惧感。大自然中竟有这样不可控制的事情。你能阻止它们吗？不能的。你可以毁灭燕鸥蛋，但你不能阻止它们下蛋。你可以毁灭这个蛋里的小生命，却不能阻止那个蛋里的生命出世。越是不能控制越是有恐惧感。就像飞机比汽车安全，可人们却怕坐飞机一样，因为不能控制它。海波就被叶根子嘲笑过许多次，他那么一个大男人愣是不敢坐飞机。当他又一次在飞机场临阵脱逃般的退掉机票后，给自己找了数十条理由：不知飞机有没有加油，不知机长是不是开拖拉机出身，不知飞机里的氧气够不够，不知会不会在天上遇到陨石雨，不知黄历上有没有说今天该不该出行……说到底，是因为他不能控制飞机。同样地，恋爱也会制造恐惧感，因为你很难控制它。比如，你就不能完全控制她对肤色的喜恶。

一泡稀白的鸟粪击中叶根子的头部。叶根子并不在意，让那泡稀白与自己的汗水混杂在一起好了，用不了一会儿，那汗水就能将其冲刷干净的。他索性四仰着又躺回沙砾上，透过阳光的灿烂去欣赏漫天的燕鸥。燕鸥们越发密集了。它们在空中鸟瞰着叶根子，发现他完全是一种奇形怪状的物体，而且还以巨大的重量对蛋们形成威胁，便疯了似的轮番俯冲，接二连三地向他投放稀白。他也越来越多地被击中。他突然有了些微羞耻感，因为他从没有将自己的裸体暴露在那么多异类面前，他下意识地用双手去遮挡那男性的象征，接着又顿感可笑，鸟儿们知道个鸟？它们只知道鸟。他索性张开四肢，让鸟儿们在欣赏他的同时,把他当作地靶去演练轰炸吧。燕鸥的数量足以将天空遮蔽了，转瞬间，它们的排泄物几乎形成了稀白的阵雨，把他那几乎完美的躯体给糟蹋得像一幅极不成功的蜡染作品，于是，内心里涌起一阵受难的悲情，莫名的担心也不失时机地与那些稀白一起向他头脑袭来。她真的会喜欢我的肤色吗？这已经是自我折磨了一千遍的问题。虽然他有一百八十个理由相信自己的判断，但毕竟只是一个判断。凡是判断都有不确定性，都有可能是错误的。叶根子知道现在没有退路了，因为在短时期内他不可能再白回去了，就像时光不能倒流一样。他只能期望这个工程的质量是完满的，是一个经得起那女孩子检验的“国优产品”。部优都不行，省优更不行，一定要是国字号的优。他非常希望自己不仅黧黑而且黑中泛亮，像那些健美明星一样如北京烤鸭一般光亮诱人，像那个施瓦辛格、那个迈克尔·乔丹、那个联合国的秘书长……叶根子曾问过海波，怎样才能把自己晒得像他们那样不仅黑而且亮，海波笑他笨，说那不是晒的，是身上涂抹了颜色和橄榄油。叶根子恍然大悟。小岛哪有橄榄油？晒到第十天的中午，他去伙房拎走了炊事班长的油瓶子。站在光天化日之下，把半瓶子花生油倒在了身上。好不好看、像不像明星不知道，只知道花去了他和海波整整两桶淡水、半袋洗衣粉、一块面碱才把自己洗干净了……

太阳抖动了一下。

叶根子已经经受了四十多分钟的煎熬。他突然觉得身体开始出现了干爽的趋势，不再是水叽叽、黏糊糊了，皮肤表层也有了盐粒的粗糙，本来平滑的部位开始出现皱褶。其实，四十多分钟，大容量的排汗过程已经到了收尾阶段，体内的水分已经非常有限，不容有更多的液体排出了。他的皮肤不再有弹性，嘴中像一只正烧着火的炉膛一样干热，嘴唇与牙龈紧紧粘在一起，分都分不开来，连舌头都要打卷起皮了。这是典型的脱水症状。到这时，叶根子反而变得木然了。似乎没有了任何感官的作用，与外界的所有通道都封闭起来，完全是超然物外或在外太空里行走。这世界只剩下他一个人和一群燕鸥，再就是那只高挂天外的太阳。热气蒸腾的远方一群燕鸥以编队的方式飞翔而来，队伍严整而富有线条。它们一边飞行，一边呼叫，瞬间便有了战斗机般的轰鸣。它们用编队的方式通场，用极限低空沿地表掠过，制造出令人窒息和叹为观止的效果。突然间，它们在叶根子的正上方四散开去，演幻出几近迷乱的图案。迷乱的图案开始朦胧，朦胧处有了虚幻，在虚幻的深处走来小罗，依然黑，依然嬉皮笑脸。叶根子努力要看清小罗的肤色，却发现小罗并不黑，栗色的头发、深深的眼窝、挺阔的鼻梁和令女人动心的性感下巴……他陷入睏盹，小罗为何会和平演变成克洛泽？球衣还是典型的巴西黄啊，为何脸面走了样？

一坨鸟粪准确而有力地击中了叶根子心窝上的白色心形。他半醒过来。一只大凤头燕鸥翩翩地落在身畔的鸟蛋丛中，它并不理会这个黑色形状的物体，一味地卖弄着自己头顶的黑色风披，用嘹亮的歌唱把叶根子彻底唤醒过来。时间到了，一个小时。叶根子带着满身的稀白立起了身。那只燕鸥跳飞几步又停了下来，斜眼观察这突然立起来的黑色形状。一阵眩晕袭来，他晃了起来。是给太阳晒的，他已严重脱水。其实，当兵这么多年里，他时常会出现这种晃动感，误认为不是海在动，而是岛的动。今天又有这种小岛在晃动的感觉。小燕鸥已经斜歪了一沙滩，天上地下的大燕鸥们依然在闹腾。他的脑力和体力都不允许更多地顾及那些蛋啊鸟啊什么的了。只看到胸口那枚白色的心印依然醒目。他坚持着把迷彩服穿上，迈出那沉重而又轻飘的步子，走向守备队的堡楼……

晚上，叶根子听到了一个好消息：后天，上级就要派一条护卫艇过来补给。叶根子可以回家休假了。他那颗藏匿在胸中的心怦怦地把外表的心印顶得直跳。他已经把一切都收拾停当，包括肤色。姜晓告诉他下岛后就去见嫂子，他和嫂子说好了，尽快安排他与她见面。不过，这几天那女孩子心情不太好，成天在家里哭呢。为什么？因为世界杯。世界杯？是啊，世界杯。德国队半决赛输给意大利了。那又怎样？她不是喜欢巴西队吗？不，她改了，她喜欢德国队的一个球员。谁？克洛泽。

叶根子眼前一黑，又觉得岛子在晃，晃得厉害。

漂流瓶

她把手置于我掌心，由着我或轻或重地握，似愿意交一切给我，相守相望；她孩子般赤足戏水，任海水飞溅沾湿白色军衣，粉红色胸衣若隐若现；她笑声咯咯，玲珑飞天，腾挪转身时，秀发拂过我脸庞。一个浪来，很猛，双双被拍倒于沙滩，她直接笑疯。我是要护着她的，却猛然寻她不见……不，我没有精神症状，此类幻觉为何时常来袭？我喜欢这种莫名的来袭，因为她的每一次出现都妙不可言。

远处有一漂浮物，随潮水一起一伏地向沙滩涌来。我认定是一只瓶子，但，不能确定它就是漂流瓶。漂流瓶总是有内容的，无论是玻璃瓶还是塑料瓶，它里面至少要有一张小纸条，甚或一封或长或短的信。这是多么让人期待的事情？瀚海无边，一只小瓶子漂啊漂，漂了十万八千里，来到丰沙岛，里面封着一纸书简……想必世上真有因漂流瓶而结缘的事儿。这种期待多么让人着迷。

杜壮和一众弟兄在远处赶海。一只地瓜参被他们抛来抛去，在相互攻击对方身体的时候，还以它来嘲笑各自的雄性器官——杜壮总是这样嘴上沾腥带荤。他们有空就赶海，然后回来下海鲜面、煮红口螺、炸海蛎子。杜壮在斩获海物后总是大呼小叫，兴奋得像打了鸡血。他容易从大海的这些馈赠中得到满足。我也试图去找到那些可口之物，但总不能提起兴趣，甚至隐隐地认为那样做有杀生的罪恶感。其实，在还没有来海岛之前，确切地说，当我知道被分到丰沙岛的一瞬间，我脑子里就闪过一念——我要去海边找寻漂流瓶。不，不要说我太过小资，或者被某个童话故事附了魂魄，我只是在心里种下一个巨大的期待，期待着从大海深处漂来一只让你心旌荡漾的瓶子。一条石斑、一对海螺、一捧八爪鱼只能给你短暂的口舌之香，而一只小小的漂流瓶，可带你进入一场宏大叙事，打开一个全新世界。倘若真的拾起林玲的漂流瓶会怎么样？我保证我会疯掉。

你会放漂流瓶吗？在毕业之前我问过林玲。我希望你放。为什么？因为我被分配到大海当中了，希望能拾到你的漂流瓶。林玲边抿嘴一笑，边用手遮住嘴巴。她说即使放了，哪有可能会漂到你那个芝麻绿豆大的小海岛？记得航海课上教员讲到过丰沙岛，0.4平方公里吧，海拔4.8米，是吗？她的眼神告诉我她压根不信，即使放漂一千只一万只，也不可能漂流到丰沙岛。你应该放，我对她说，只要放一只就成。万一呢？她问，万一什么？万一漂到你的小岛？这可是趋于零的极小概率事件，比月亮撞地球的概率都要小。你要在那儿痴等一万年吗？我说不要管那个，只要放了就有概率，关键是，你放漂的是一个希望，你知道，在那巴掌大的或者依你说的芝麻绿豆大的小岛上，不能没有希望。听我说这，她不再笑。她转身离去时，几次扭头回看我，眼中流露出暖意。

她并没有说放还是不放。

它终于被浪冲到了我的脚下。我血冲天门了，因为我真切地看清了那只瓶子里有内容。我从海浪里拾起了它，使劲地甩干海水，再用衣角擦去海沙，却并未急于打开它。我将它托起，冲着天空细细端详。

这是只小号啤酒瓶，内里的信纸好像是粉红色。如果真是粉红色，八成它来自一位姑娘，不，少女，少女们爱这样的颜色。天不负我，我这几个月来的期待终于有回报了。拔出木塞，果真是一张用白色绸丝扎住的粉红纸条。我再一次把双手在裤子上蹭干净，小心展开了那一片粉红。一行小字跃入眼帘——你，就是我最后的归宿。我脑子里一连串地闪现着问号。这显然是女孩儿的字迹，稚嫩而工整，带着学生的气息。我该如何解读它？

杜壮跑来，他说邱勇你干嘛呢？你瞧这只地瓜参像不像你裤裆里的玩意儿，真他妈的丑。我说你杜壮能不能正经点，别总那么下流。他哧哧地笑。你手里是漂流瓶吗？不会是哪个小妞儿的吧？来我瞧瞧，会不会是林玲的？杜壮把地瓜参放入他腰间的袋子里，伸手要那粉红纸条。他扫了一眼就把它还给了我。邱勇你知道吗，你拾到了一条人命，一条不知死活的人命……远处传来集合的哨声。杜壮率先跑去，我呆杵在原地。

那夜，风声紧迫，海涛壮烈着意欲击碎千年顽石，却无法击碎这天水间的寂寞。弟兄们丝毫不受影响，“头枕着波涛”睡得豪放。我却辗转反侧难以入眠。杜壮的话让我极度不安，“一条不知死活的人命”总是挥之不走。“你，就是我最后的归宿。”这个“你”是指大海吗？她把漂流瓶送到大海里去，当然可用“你”，但，也有其他可能——谁得到这个瓶子谁就是那个“你”。目前而言就是我喽？而归宿呢？也可以是大海，也可以是那个“你”，如是后者，这个归宿就是我。可如果大海是她最后的归宿呢？我猛地被电了一下，翻身而起，黑暗中，背脊一片湿凉——真如杜壮所说，一条人命吗？她是在作最后的诀别吗？如果是，那她现在已经不在这个世界上了……

凌晨三点，杜壮上厕所回来，凑到我耳边说，瞧你这一夜，烙烧饼呢？我说那条生命会不会真的不在了？他在我裆里抓了一把，你用这儿想一想，如果那妞儿真的要死，还写这破纸条干嘛？直接就投海了。快天亮了，睡会儿吧，别咸吃萝卜淡操心。

我顿悟。是的喽，放漂流瓶是为了让人拾到呀，她是怀有希望的。如此，一个漂亮的生命也许还活生生地存在于这个世界上。漂流瓶就是个宿命，谁知道它会漂到谁的手里？一切就看天意了。如果她知道漂流瓶到了丰沙岛，到了一个当兵的手里，她会怎样想？也许她会重新燃起生命的火焰。如果能让她知道我拾到了她的漂流瓶该多好。我其实是不懂女孩的，因为本人没有正式恋爱的体验，即使与林玲之间，也没有进入到恋爱的境界。班里的弟兄们倒是有一些资深“恋爱狂”，哪一个不是谈了半打一打的？可折戟沉沙的多，伤心伤肺的多，损兵折将的多。屡战屡败之后，他们还得接着谈。他们当中的某一个，如果能找到这个漂流瓶的主人，真的可以谈成一对。可惜，她没有留下联络方式。

我窃笑。因为我自己的人生大事八字还没一撇呢，真叫咸吃萝卜淡操心。我第一次被女孩吸引住的，还是在训练基地，就是那个林玲。全基地唯一的女兵队就住在离我们不远的小院子里。男兵都叫那是“熊猫馆”，她们像国宝一样被护着、管着，门口一块“男兵止步”的牌子和值班的金刚女，就把所有的非分之想给挡在了门外，谁也别想踏进那院子和女兵们套瓷、拉呱、打趣。男兵们就只能眼巴巴盼着下午的体能训练过眼瘾了。每天下午练体能是“混训”，男兵和女兵都在一个训练场上挥汗如雨。短袖海魂衫、藏蓝短裤，这下她们的体型好坏就暴露无遗了，特别是汗水溻湿了海魂衫后，她们内里的文胸也清晰可辨。以杜壮为首的几个男兵会盯住那些颜值出众、身材娇好的女兵跑，尤其在那几个兵花的身后，经常尾随着一串快要流口水的男兵，他们只是紧跟，绝不超越。在为数不多的兵花中，我认为那个林玲最好看。她大约有一米七以上的身高吧，相貌酷肖林志玲。那天，那林玲被杜壮他们跟上了。她晓得这帮男兵的花花肠子，便暗中加速。男兵并不怕她加速，你再快还能快过大老爷们？可是，林玲偏偏是个有过专业田径训练的兵花。估计男兵们的体能出现极点，她把步频加快了许多。几个弯道跑就把他们甩下了。哥儿几个边跑边嚷着别跌份子，哪能让女神给开了呢？于是集体雄起，奋力追赶。眼看要追上时，出现了小小的意外——林玲的体能鞋里飞出了一片鞋垫。她立刻刹车，所有追兵都被闪了过去，而那鞋垫恰恰落在最后一个人脚下，那个人就是我。我乐得有这个天赐良机，急忙替她拾起。然而，林玲接过鞋垫时，竟羞赧万分，我这才发现那鞋垫是一片女性用品。林玲慌乱中揣起那片卫生巾就往“熊猫馆”跑，远远的，杜壮带着几个兵痞在起哄。杜壮这家伙竟把俩手指嘬在嘴里，吹出了尖锐而不怀好意的口哨。

那天晚上，我与杜壮一伙发生了争吵。他们在宿舍里毫不顾及地谈论那只卫生巾鞋垫。甚至说那是特地抛给我的“橄榄枝”，可惜，邱勇你不是她的菜。我实在无法忍受，指责他们不该那么下流，杜壮说你邱勇是不是真的看上胸大腿长的林玲了，就因为那只横空出世的卫生巾吗？可林玲未必看得上你哟，知道为啥不？你从颜值到荷尔蒙不够满格啊。这更让我受不了，于是动了拳头。那一仗打得很不堪，完全不像电影里电光火石般的拳来腿往、飞闪击打，而是我搂住了他的脖子，他抱住了我的腰，像两条病蛇纠缠在一起，其他兵们死活拉不开我俩，只能到队里去报案。第二天，学员旅全体大会上，我和杜壮被“请”到台上亮相。最让我难堪的是，女兵们包括林玲也欣赏到了我的尊容。旅长在训话中只严厉批评了我俩打架一事，却压根不提为了什么打架。这使我很气恼——我本来是主持正义的一方啊。林玲一定认为我是一个操蛋兵，会对我产生严重的误解。这件事最窝心的地方还在于我根本没有机会向她解释。打那以后，我既想见到她又怕见到她……

我再次被杜壮叫醒时，已经不知是几点了。他竟然说我已昏睡了一整天。怎么可能？明明刚刚收操嘛。杜壮闪开，露出指导员俯视的脸，他说邱勇你觉得哪里难受？我不知怎样回答。说不出来，我可能得了先天性难受，哪儿哪儿都不得劲。军医为我测血压、试脉搏、听呼吸、查体温，还让我伸出舌头亮给他看，说没什么，休息一下就会好的。杜壮说你要吃点东西，他端出了一大碗海鲜面。有一整条海参卧在里面，黑乎乎的。我立刻想吐。杜壮又嘿嘿地坏笑，说你别往歪里想，这东西大补。你瞧你这小身板真不抗造，一个漂流瓶就把你折磨成这样，要真上来条美人鱼你怎么能 hold 得住？我“噗哧”就笑了，周围人也跟着放松了面容。指导员说杜壮你陪陪邱勇，老同学有话可说。

让我来给你号号脉吧。其他人离去后，杜壮一脸正经地搭住我的手腕，假装闭眼凝思，念念有词——是喜脉。我说你滚蛋。他说开玩笑嘛，但你一定是被林玲害到了。这一说，我心里竟然就真的咯噔一下。所以，我必须打消你的念头，明明白白告诉你，林玲不是你的。为什么？因为有我这样一位男神在啊。的确，杜壮的相貌一直是横亘于我与林玲之间的一个巨大障碍。他是那种让男人看了都会在心里说一声帅的人。一米八五的身高不说，还有着倒三角的上身，周日穿上牛仔裤时，那饱满而结实的臀部会跃然突显，脸上永远是轻蔑一切的表情，而延长于两腮的鬓角把整个脸部勾勒得形态俊朗。杜壮说你心中住着一个志玲姐，那么一切女人都不成其为女人了。我不能不佩服杜壮，他点中了我的穴位。近几次探家，每次都像是参加相亲大庙会。家里走马灯地展览着各种款式的女孩儿。我严重怀疑老妈前世是专业媒婆，不知她哪来这么大本事，像批发土豆一样率领成打的姑娘来见面。在赔足笑脸之后她总是忐忑不安地用目光征询我的意见。我能说什么呢？她们没有一个能和林玲比。瞧，林玲出现了不是？林玲究竟有多么漂亮，这么说吧，如果我到了八十岁还是孤身一人，那一定是被她害到了；

如果我们队有一半的人恋而无果或婚而离异，那也一定是她“造的孽”。

把药吃了睡会儿。杜壮为我倒了杯水。他边为我盖好毛巾被边说，小爷我啥时候这么伺候过人？也就是你邱勇吧，看在你无法与我争夺林玲的份上。我说杜壮你也别吹牛，你就一定承包了林玲的爱情？他说，当然，除非有一天，你拾到林玲特意为你放漂的漂流瓶。

我好希望这个漂流瓶的主人像林玲——齐耳短发，胸部丰满，绷紧的海魂衫，大长腿，极富弹性的奔跑，一派生机……海魂衫的条纹在波涛里时隐时现，那清秀的脸庞从波纹中淡淡地显现，我看清了，是她，那个满脸绯红的女孩儿，慌张地往回跑着的女孩儿……可为什么她会紧闭双目？她不想搭理我？是喽，多么丢人的登台亮相，她一定认为我是个操蛋兵，粗鲁得只会打架，她是不会喜欢这类操蛋兵的，我一定要对她说清楚，可是总也张不开口。我就使劲地张口，好不容易张开了口，又说不出声来……

我把自己急醒了。

第二天，终于觉得轻松了些。我甚至参加了全天的训练和值班。每个人都善意地与我打招呼，让我多休息。他们的面容前所未有地释放着善意。这让我不自在。这说明他们都关注着我的健康。我百分百相信我的健康不会有问题。我的思维并未混乱，我知道和林玲间隔着一个浩瀚的南海。但，谁也不能阻止我的期盼。如同人类总在探究外太空的奥秘。从哲学的角度说，任何事情都是可能的——林玲可能会放一只漂流瓶，这只漂流瓶可能真是为我而放，它，也许真的会漂到丰沙岛。

一会儿咱俩去海边吧，举行个小小的仪式。晚饭后，杜壮坏笑着对我说。我狐疑地看他。你别这么看我，我还不是为了你？为我你要举行什么仪式？以你的名义放漂一只瓶子，是写给林玲的。我立刻认为他不怀好意。你会这样慷慨？你不是说林玲不是我的菜吗？是啊，她当然不是你的菜，但是，你也有权利追求你的幸福啊，这叫公平竞争知道吗？小二子我都替你准备好了。咱到海边把它喝完，你就写个纸条塞里头，然后就投向大海呗。听我说，她们女孩子喜欢浪漫，最愿意到海边去趟水，林玲她就在基地工作，挨着海。哪一天她真的拾到了你的小二子，岂不是天大的好事？我半信半疑地瞅他。我很爷们儿地拧开瓶盖，很爷们儿地一口就干掉了整整一瓶小二子。杜壮讶异的眼神让我得意，他根本想不到我会这样爷们儿。酒精一烧脑，灵感就喷发，我“嚓”地撕下了一张日历，信手写下了几行英语。我对着杜壮朗读，用纯正的英式音调——

The heart can think of no devotion
Greater than being shore to the ocean
Holding the curve of one position
Counting an endless repetition

杜壮目瞪口呆。英语耶！是林玲说的那一段吧，啥意思？说中文。我气他，你就知道泡妞，英语考试从来都是抄我的。怎样？不会用英语泡妞吧？杜壮服气地说是、是、是，你英语好，快快翻译来听听。这是美国诗人罗伯特·弗罗斯特的著名诗篇 *Devotion*，《忠诚》——

哪有这样一种忠诚
能超过岸对海的痴情
以同一的姿态抱着海浪
默数那无穷重复的涛声

杜壮有半分钟没有缓过神来。你他妈也太帅了，不带这样帅的，你这种泡妞法，还让不让人活了？那次美国海军陆战队来，你就是用这一招抢了风头，要不，林玲怎么会拿眼睛瞅你？

我承认这是我的“必杀技”，是我的“九阴真经”和“葵花宝典”。杜壮说的美国海军那档子事最是他的滑铁卢。因为，只有我能与林玲用英语过招。林玲是全基地的英语尖子，听说她初中就被送到美国交流学习了两年多，并到联合国接受过同传培训，在全国大学生英语竞赛中曾得过第二名。我清楚地记得基地英语大赛上见过的林玲，可谓威风八面。各个环节她都一路斩获最高分，在最后的口语陈述中，她即兴朗诵了一首 *Devotion*，让一群挑战者完全处于下风。我是个不想出头的人，所以，我并没有参加那次比赛，但我也庆幸没有参加，否则一定会完败于林玲手下。她最风光的一次是后来美国海军来访问时出任翻译。她那天穿的是夏常服，白帽、白衣、白裙、白鞋，跟随在一位准将左右。那准将是海军陆战队出身，参加过海湾战争。经过我们队伍时，他突然停下脚步，与我身边的杜壮攀谈起来。别看平时杜壮牛得不行，此时有点不知所措，一个劲儿地用眼神向林玲求救。她小声告诉杜壮不用紧张。准将问，你将来会到一线部队去服役吗？当然。如果有战事，你认为你所学到的本领能派上用场吗？我想会的。如果我们两人在海上作为对手相遇，你认为会怎样？这时杜壮卡壳了。他不知怎样回答才得体。杜壮扭头小声对我说，这他妈怎么回答？我立刻用英语对那个准将说，He said he would be a good opponent（他说他会是一个不错的对手）。那准将哈哈大笑，在他胸前“咚”地擂了一拳，然后，伸出大拇指。林玲用赞赏的眼神看着我。又小声告诉杜壮，你也回他一拳。杜壮不敢，她笑着说，没关系的，试试。于是，杜壮不轻不重地回了一拳，也敲在准将的胸脯上，周围陪同人员都愕然一惊，可那准将却高兴嗨了，他夸张地手捂前胸，来了个滑稽的受伤动作，全场一片欢笑。

Good opponent，你回答得真机智。第二天下午，她在操场边上擦着汗水，对正好从身边走过的我说。这实在是一件天大的意外，她不仅主动与我搭话，还夸奖起我来，我心如鹿撞，有点乱了方寸。如果用 tough opponent 就更好了。她善意地与我说。是的，tough 更合适——难以应付的对手。这词用得既不示弱又没有贬损对方的意思，我当时怎么没有想起来呢？你的发音也很标准，英式，当兵前英语成绩一定很棒。她这么一说，我更加无地自容。我说和你比差得太远。我见过你在英语大赛上的表现，喜欢那首 *Devotion*。她显然也喜欢我这样说，笑吟吟地看着我。杜壮在操场的远处打了一个口哨，一群兵们望着我和她。她并不在意，小声说你是为了我和他打架？见我点点头，她说了声谢谢，转身而去……

那些天我爽极了。她终于知道了我和杜壮为什么会到全旅面前亮相了。男人嘛，该死该活鸟朝上（原谅我因为高兴而说了脏话），只是得死个明白。林玲已然知道事情的起因，那么我就死而无憾了。杜壮也因为这件事而对我有了转变。一方面，他永远不放弃在各种场合表白林玲是他的，我想都不要想，另一方面，他对我也客气了许多。

你还得写下电话号码，要不人家怎么与你联系？杜壮三下两下在诗篇下添上几笔，拉着我就走。走走走，快去海边，咱把你这诗投海里，再默数那无穷重复的涛声。潮水在退，正好可带走那小二子。我俩都为这一创意兴奋无比。杜壮说你得让出三十米距离，然后助跑到沙滩再发力投出小二子。我正要照他说的做。且慢，邱勇，咱俩赌一把，你这个小瓶子如果被林玲捡到，我就把她让给你，如何？我不理他，迅步三十米，“嗖”的一下，小二子被远远抛到浪花里，瞬时不见。杜壮你告诉我，为啥要来丰沙岛。乘着高兴我问他。我知道杜壮有背景，他在海军机关有亲戚，关系很硬，毕业分配时想去哪儿都不成问题。真想知道吗？杜壮的笑依然鬼道。是被林玲打击了。你不信？他收敛起那鬼道的笑。真的。毕业前我在操场堵住她，说我能帮她分到理想的单位，条件是做我的女朋友，让她走过路过千万不能错过。她仰面朝天地想了想，说，好啊，想进中共中央办公厅，如果有办法，直接帮她搞个中央政治局委员什么的，然后就笑弯了腰。杜壮说你这不扯蛋吗？成心涮我呢。她说不是涮你。你有本事自个儿寻个好去处吧，再把你这身膘养得白白净净，像个真正的公子哥儿，只是有一点，别白瞎了这身军装。杜壮说我当时就懵着说不出话。她说像你这样追女孩儿的手段太老套太低级，段位不够。杜壮问你要怎样才能追到？她说你可以试试，去一线，去海岛，上战舰。你把兵当得像个样子了，再来找我不迟。这话他妈的打击太大，太伤自尊，太受刺激，怼得我根本没话说，好像我就是个扶不上墙的烂货。什么叫可以试试，明摆着是拒绝了我。我问杜壮，你就为这到小岛来的？他说争口气呗，让一娘们儿说得一钱不值，多没面子。邱勇，我还是摽着你来的哦。我真不信林玲会看上你。不过……就你那首诗，真的不赖，咱俩放一块，林玲到底会喜欢谁呢？嗯……各有千秋吧。杜壮的坏笑又挤上脸部。

次日清晨的天相殊为奇异。太阳已从东方跃出水面，西边的月亮还不肯退去。一缕嫣红自水际线蒸腾而起，扯出一面绚烂天幕，把丰沙岛海域装点得妖娆无比。老天太配合我心情——杜壮的际遇很让我歪爽，他已被林玲毙得死翘翘了，还一口一个林玲是他的……谁想到，惊喜还在后面。九点多钟，杜壮在顶楼信号台大声喊叫，邱勇，快上来。他手指北方说，十二度，五号舰，只有四海里，舷号都清清楚楚。我兴冲冲往顶楼跑。信号台上已经挤满了兵，都眼巴巴地用望远镜仔细观望咱海军最先进的导弹驱逐舰。突然，甚高频里传来了一个女信号兵的声音：丰沙岛、丰沙岛，五号舰呼叫——是林玲，是她，甜美而清脆。杜壮急忙拿起送话器说，我是丰沙岛，请讲。她回话：

舰队首长五分钟后要与你们队长通话，请做好准备。“乌拉——”兵们跳着脚挥着帽子舞动旗帜与五号舰打招呼。我和杜壮相互目视着。杜壮明白我的眼神，他打开送话器呼叫，五号舰，我是丰沙岛的杜壮，请问你是……丰沙岛，请勿谈论与任务无关的事情，谢谢！林玲的回答很果断。杜壮不死心，又说，邱勇也在，他昨天刚刚写下了那首 *Devotion*，放在了漂流瓶……请勿违反规定，林玲立刻打住了杜壮，请让你们队长就位，首长就要到了……

五号舰的离开像是在撕扯我的心。林玲就在五号舰上，只能眼巴巴看着她远去。那部甚高频电台无声无息，将一切屏蔽开来。我依靠想象，能看见她手执话筒，神情凛然，操控着双方的沟通与对话，一派女中豪杰的样子。五号舰是幸运的，因她而有了灵魂与气息，也有了温度和情感。她是对的，用甚高频不能说什么，两头又有那么多人在听着。好在我知道了她在军舰上，而且是信号兵。我问杜壮，在军舰上工作，能拾到那只漂流瓶吗？他答非所问，别想那么多了，林玲不是你的，也……可能不是我的。其实，咱们才是漂流瓶，随波逐浪，漂到哪里算哪里吧……

五号舰离开不久，我突然头疼欲裂，毫无食欲。杜壮说我又犯病了。他很体贴地为我做了病号饭。我说杜壮你能不能不要再给我煮那种海鲜面，特别不要放那种恶心的东西在里面。杜壮说你得吃，这东西补肾壮阳，它长得像啥就补啥。这个杜壮本性难移。你吃吧，吃完了我会给你一个福利，保准是天大的惊喜。你这坏人能安什么好心？这你就不懂了，男人不坏女人不爱，就因为我坏，我今天和林玲单线联系上了。瞎掰，人家压根没搭理你。甚高频不搭理，我还有其他渠道。我立刻猜到是灯光信号。就在五号舰渐行渐远的那会儿，杜壮一直在发灯光信号。我说不过是发发灯光信号，你还能给我什么样的惊喜？惊喜在这儿。杜壮用食指点点自己的脑门——号码，志玲姐的手机号码在这儿。我心狂跳。三下两下吃完了那碗恶心的面条，双眼直勾勾地盯着杜壮。他说，邱勇你别这样看我。我说过我有了号码，可没说一定要把号码告诉你。我一把勒住了他的脖子，他又顺势牢牢抱住我的腰。他贴着我的耳朵说，告诉你也没有用，五号舰去亚丁湾护航，半年时间，联通、移动和电信都无信号。说这，我松开了手。人一下子像掉进一个黑洞，急速下坠。我挣扎着想摆脱出来，可是做不到。我突然想到海里去，去追五号舰。凭我的游泳水平，看来是难以追上的。但，我依然要去，目标就是五号舰。然而，刚要起身，楼上要我接电话。

电话是妈打来的。不接则已，接过更是堵心窝子。没说几句，又转到了找对象这个话题上来。老妈在电话里的话很急、很重。你何必那么急呢，真是的，就像注定无人肯嫁给我一样。我对那些因父母逼婚而有回家恐惧症的单身男女向来不以为然，而那些租借女友“荣归故里”试图蒙混过关的假戏码更让我嗤之以鼻。可是，当亲人们的山大压力落在咱头上的时候，你不能不经常处于无名的烦躁之中。近两年来，这种压力显然泰山压顶般地砸下来，难以招架。我有时想，干脆不再下岛了，就在这荒岛上度过余生，以免被人打扰。我甚至希望海底光缆让渔网拖断、让锚链钩断、让凶猛海兽啃断，与世界彻底失联一万年，这可以是我最为冠冕堂皇的理由，不必每周一次两次地在电话中听到老爸老妈的絮叨、催促、训诫，甚至用直捅心窝的狠言狠语震动耳膜、毁伤自尊——你会打一辈子光棍的，就像你爸单位传达室那个变态老男人，总靠私拆别人情书过日子。现在谁还写信？纯属瞎掰。难道我成剩男了吗？莫说二十六，就是三十六、四十六又怎样？我邱勇不是那海面上漂来荡去的塑料袋，也不是炊事班剖出来的烂鱼肠和猪下水，往大街上一走，我也是有些回头率的好吧。上次回大陆，甚至有几个穿比基尼的外国妞盯住我看了好一阵子，这说明什么？

……

看来杜壮是接受了队里的任务——陪我消遣。我没有什么毛病，就是先天性难受。他说我们去海边赶海吧。我并无兴趣，只是跟他后面。他低头寻找，我仰头张望。我想能不能张望到五号舰。就这样张望着，一直到杜壮有了一个新的发现，我才回过神来——又一只漂流瓶。它是一只精致的广口瓶。起初以为它是个垃圾，跟那些泡沫板、烂拖鞋、塑料袋混在一堆，大约它在礁盘上搁置了不短的时间，瓶子外层都有了海苔。不想打开一看，却发现了软香温玉——那广口瓶十分精致，内里有一张名片大小的白色卡纸。正面写着：爱，就该这样，纵然漂向远方不知归期，也不会失去等待的勇气。卡纸背面，则是一枚鲜红的唇印。它无疑属于女性，清晰可鉴，连每一条纹路都历历在目。仅凭此，就能知晓它的主人风姿绰约、神情万种。她应该不是小巧玲珑那一类，是所谓的红唇烈女吧？这是一份多么特殊的礼物，一下子使我整个人都醒过来了。杜壮你说这文字像不像林玲的口吻？嗯，文字像，可这唇印实在不像。我说你这家伙不许再拿人家的嘴唇说事儿。杜壮说，咋了，心痛了？

杜壮曾对林玲嘴唇有过极不礼貌的评论。记得杜壮总在宿舍里说林玲，说她身上哪儿哪儿都好，就是嘴唇不够性感。杜壮呶着嘴对弟兄们描述，说女人的嘴要有肉，不能太单薄，也不能太小，樱桃小口并不是现代女性的标配。知道索菲亚·罗兰吧？知道玛丽莲·梦露吧？林玲的嘴就差着意思，小而薄，没有滋味，尤其接吻的时候，哪能唤起男人的冲动呢？当然也不能像姚晨那样一口把你吞了……当时我觉得这小子真他妈下流，你说谁不行，为啥单拿林玲说事儿？从脖子说到胸，从臀部说到腿，如今又单单说人家的嘴。林玲的嘴哪儿不好了？我认为林玲具有现代女军人的标准嘴型，透着知性、坚毅和利落，有着凛然正气与和善品质，毫无风尘感，否则，她不成了站街女了？正因为此，我最不喜欢看到她抹口红。有一次，那是唯一的一次，我看到她化了妆。那天她与一众女兵去逛街。许是大家约好的吧，换去军装的她们个个打扮得花枝招展。林玲算是低调的了，一身素色薄衣，加之高挑身形，便格外清纯悦目。可偏偏她那抹了口红的嘴唇突兀跳跃，与她的整体不搭，特别与她的气质不搭。我远远见到，恨不得冲上去一把替她抹去，却不敢，眼巴巴看她们飞出营门。晚上收假，集合的队伍里，她又恢复了原貌。我这才心中爽然，心道这才是最美的她。那晚，杜壮又在宿舍里大放厥词。你们知道林玲今天抹的是什么牌子的口红吗？弟兄们说这你也懂？是雅诗兰黛，应该是 490 号。哇，杜壮你神了哎，这你都有研究？ 490 不适合她，太本色，应该用 320，欲望珊瑚，她本来唇形就不饱满，用 320 可以挑出嘴唇的丰魅感，而且，她不会化妆，唇线要往外稍稍扩一点，这样才性感。性感知道吗？女人第一紧要的就是性感……然后呢？我实在听不下去，然后穿一件豹纹露脐装和超短皮裙，袒胸露背到路灯下站着，要不要再叼一支坤烟？众人也觉得杜壮说得太离谱，都不作声了。她不是演员、不是空姐，更不是妓女，是个军人，素面朝天、浑然天成。杜壮弱弱地说了句，你不懂女人。我说可我知道女军人应该咋样美。哟哟哟，瞧你能的……那个晚上，杜壮再没有谈到林玲。

今天杜壮没有用唇印非礼林玲。我俩似乎有了心照不宣，都把相思寄托去了亚丁湾的方向。给，发个信息吧。不过，她不一定收得到。杜壮拉过我的手，用笔写下了她的手机号。这使我既意外又感动。望着掌心，似乎已牵她在手。听我说，杜壮露出少有的认真，林玲是个好姑娘，你能不能拿下她，看你的本事。况且，还有我在这儿，我的实力你当然是清楚的喽——I'm a good opponent. 你得加把劲才行呢。我说，tough，知道 tough 吗？ Tough opponent. 我是你最难对付的对手。嗯，杜壮使劲点了点头，咱们骑毛驴看唱本吧。

我给林玲发出去的信息，她一直没有回音，这是我能料到的。诚如杜壮所说，孤岛经年，如漂流瓶般在等待一个结果，结果难料，未来可期。我甚至十分感恩自己还有这样的少年心性。我，还有杜壮，就这样在这个小小海岛上生活着。除了工作，我俩总是一块去海边。他不再为海鲜忙活，而是与我一块寻找漂流瓶。但，我们很少谈到林玲。或许，双方都刻意地把她深藏于心底。半年时间里，我们又陆续拾到了几只漂流瓶。每一只，都能让我和杜壮欣喜好一阵子。听过这句话吗？有一次杜壮在沙滩上说，多少各自牛逼的日子，都抵不过一起傻逼的岁月。我像不认识杜壮了，竟然能说出这么风雅的话语！我们俩？是在一起度过岁月，不过，你比我傻逼N个百分点。但你有进步哈，你现在不仅寻找眼前的螃蟹，还会眺望永远免费的大海。杜壮大笑，你这典型的五十步笑百步，说完，他有力地搂住我的肩膀。我俩啥话也没有，驻足沙滩，从落日熔金到月朗星稀……

年底的一天，全队检查内务，要求不留死角。队长和指导员一块儿来到油机班，让我把工具柜打开。结果，几只漂流瓶当场现形。怪不得看你一有空就往海边跑，心思根本就不在工作上。对指导员的斥责我嘴上不敢反驳，心中老大不服。我从未因此而影响工作——油机没有一天出过问题吧？军事训练不敢说名列前茅，可也没有拖过队里的后腿吧？伙房帮厨炒的菜，弟兄们都说好吃吧？可当指导员拿出那只唇印后，我心慌了。你藏着这么无聊的玩意儿干什么？思想意识严重不健康，哪像一个革命军人？指导员责令我要好好反省，换个时间再具体汇报思想。说完，他要撕那个唇印。不想队长发话了，慢点撕，我看看到底是啥玩意儿。他走到我面前，抵到脸前盯我的眼，盯了好几秒，突然喷笑，你这兵崽子太他妈有意思了，这叫什么来着，叫创意，对，有创意。漂流瓶，世界各地的漂流瓶，不定哪个漂到咱岛上，这他妈太有趣了。你瞅瞅，这几个就各有内容，各有趣味，喏，还有从外国漂来的。咦，邱勇你是怎么处理的，说我听听？我说报告队长，有时我也用漂流瓶给他们回信。好！指导员，我说你们这些个政工干部就知道意识啊、作风啊、工作态度啊，动不动就怀疑这怀疑那，能不能往好处想想。我给你出主意哈，你把这几个玩意儿搁到咱队史室里去，陈列在那儿，这都是咱岛上发生的故事啊，故事就是历史啊。将来你我都离开这里了，后面的兵们可以拿它们说事儿啊。这多么好啊！你先别吱声。队长止住指导员，不仅如此，我建议你在全队开展放漂流瓶活动。大年初一，每个兵写一个新年愿望，再带到海边每人放一个漂流瓶。让大海把咱丰沙岛官兵的美好愿望送到五大洲四大洋，让咱小岛官兵的心和世界都联接在一起……

见指导员依然木讷，队长拿起那只唇印放在鼻子上闻了闻，照着它"叭"地亲了一口。就这么定了——队长大着嗓门往外走，又丢下一句话：以后，凡是拾到漂流瓶的，一律放到队史室。

指导员看了看我，扬了扬下巴，示意我可以走了。

回到油机房，我把自个儿埋在机器的轰鸣里。我想起队长就笑，想起队长就笑，这个队长，太他妈有意思了！

大约半年后的一天，我的手机突然跳出了一串信息。是那首*Devotion*：

The heart can think of no devotion
Greater than being shore to the ocean
Holding the curve of one position
Counting an endless repetition

鹦鹉螺

锚链发出巨大的声响，快速砸入海底，补给舰开始横移，将它的舰艉缓缓挪向码头，整整一船的士兵也随之向陆地靠拢过去。

所有人都涌向梯口，争先恐后想尽快下舰——踏上陆地，才算真正告别海岛。一夜巨浪，个个苦不堪言，尽快逃离这个晃动的铁家伙，是他们此刻最急迫的念头。可是兵们过于心急了，补给舰并没有最后靠好，那帆缆兵显然是个新手，力道和准头都差着火候，他的一再失手惹得众人侧目，经过几次失败并被部门长训斥过N遍之后，才将缆绳撇到岸上。补给舰启动收缆装置，巨大舰体向码头一寸一寸逼近。码头班的小伙子们紧忙乎——带缆、固定、搭舷梯、加安全网……

终于，值更的士兵吹响哨子。柳凡夫嘀咕了一声：“早了5分钟。”他从上衣口袋掏出一只怀表看了看，果然比计划抵达时间早了4分40秒。海军对海上航行有严格要求，按计划航行按计划到达是执行计划的主要指标，但，正负半个小时之内都算“按计划”了。柳凡夫知道自己有点强迫症，一时难改。

待所有人都离舰了，柳凡夫才走向梯口。他在梯口定住，摘下耳机，开始琢磨踏上码头时该先迈哪条腿？“这是件很重要的事儿，别不在乎。你要留神哪条腿先踏上码头，一定要留神。为什么？左腿财右腿色嘛。你要财还是要色？”李福宝曾神神道道地对他说，还特地加了一句“不许双脚跳”。柳凡夫当然清楚，当兵就别指望发大财，期盼一个女朋友倒是实实在在的，二十六岁了，也到了恋爱季节了。他暗自发笑。

柳凡夫决定迈右腿了。他觉得此事重大，得严肃，于是收起了笑，用右手的拇指和食指捏着拎起了右裤腿，稍稍看了看脚面，接着就挺认真地抬起了他那负有重要使命的右腿，迈上了离别三年的码头。这便是大陆了。当他的右脚触及地面的一刹那，立刻有了感觉，这感觉好像与找女朋友没什么关系，与求财更不沾边，倒是感觉踏实了许多。对，就是一个踏实，像军歌里唱的“脚踏着祖国的大地”。在海岛的几年间总是没有找到这种感觉，那是因为他怕——那岛子实在太小，小得就像一粒稻米落在大海上，随波逐浪地漂啊漂，永远在漂。柳凡夫担心常年轰鸣着的巨浪会把小岛给扑倒了、晃沉了。队部有一张南海的遥感照片，去了海水的那种，每一个小岛都像根细长的棒槌直直地戳在海底，时间长了，便时常出现幻觉，似乎大海是静止的，小岛总在晃动，甚至一直在漂移着，就像南极那些漂浮着的巨大冰山。别人总说晕船晕得难受，柳凡夫永远在晕小岛。

他举目四顾，人已散去的码头安静了下来。水兵们按任务区分开始整理舰容、清理杂乱。柳凡夫眯眼看了下太阳的位置，他掏出怀表，指针恰在 9 点 55 分。他为自己订了个简短的计划：先去吃一顿真正意义上的午餐，再去取点钱，然后奔长途汽车站，买票往海口、过海峡……

出了基地一号营门，柳凡夫拐向海边。整个海滩被各类经营者分割和垄断着，游客如鲫。一个小女孩跟着他兜卖贝壳，“帅哥哥，帅哥哥，买一个鹦鹉螺送给阿姐嘛……”柳凡夫并未理会。小女孩不放弃，“送给阿姐她最开心了，开心了就漂亮啦，喏，就像这个姐姐……”恰好一位身形娇好的美女从旁走过，她穿一件纯白T恤，一条浅色七分牛仔裤，赤足着一双白色板鞋。知道小女孩在说她，粲然一笑，又娉婷地走去。在她转身时，一蓬乌发飞扬起来，格外显眼。

柳凡夫停下脚步，目视那极有文艺范儿的背影，又看看这个黝黑的光脚小姑娘，他蹲在她面前，捏了捏那黑黑的小脸蛋，笑笑，他拿出五十元钱放在她的篮子里——他的背囊里有一只很靓的鹦鹉螺，是渔民老陈送给他的。老陈说你留着找媳妇用，当定情物好得很。柳凡夫就把它带在了行囊里。可那个“媳妇”在哪呢？“阿姐在家等你呢，兵哥哥。”正欲走开的柳凡夫顿住脚步，狐疑的眼光看着她，你怎么知道我是兵哥哥？柳凡夫并没有穿军装，大概是挺拔的肩背和古铜色皮肤出卖了他。他朝小姑娘挥挥手，心想，但愿有个阿姐在等着我吧，像刚才那位。

劣质音箱传来一个男子带有哭腔的歌声。一个乞讨者的前胸和双臂结满伤痕，半张脸形如枯槁。地上的图片和文字说明他在一次工厂失火中被大面积烧伤，而企业倒闭后，再也无人搭理他的死活。柳凡夫发现刚才见过的美女正蹲在乞讨者面前，眼泪汪汪地看那些图片，她从手包里抽出一张百元钞票，放在铁罐里，起身时，竟上前轻轻拍了拍那人不堪入目的手臂，拭泪而去。这么美的人有这等善心，难得。“美人心中一定住着一个天使”，他心里念叨着，也往铁罐里放了一张大钞。

海滩的椰树林里排列着无数海鲜食肆。柳凡夫选了一家看起来干净点的门面进去。时间尚早，四五张餐桌大多空着。老板在甩过菜单的同时，甚是热情地推销他家的海鲜，柳凡夫并不理会，也不看菜单，他一口气报出了几个菜名，让老板的脸有了些绿色——炒青菜、凉拌黄瓜、白灼空心菜、烫生菜……

“不来点海鲜？早上刚进的老虎斑和苏眉鱼，新鲜着呢。”

柳凡夫无动于衷。海岛上艰苦得只有石斑鱼了，弟兄们开玩笑说，每天喝石斑鱼汤，浑身上下都有长鳞的感觉了。

“那尝一尝龙虾刺生好了，绝对一等一的货色。”

他馋蔬菜，又点了一份芥菜汤。

老板朝天翻了个白眼，笔在菜单上戳戳点点。

柳凡夫有点不快：“你看，我很久没有吃到蔬菜了，就是想……”

“没见过这么抠门的。”老板拉着脸嘟囔着往后厨去。

“抠门？”柳凡夫提高了声调。

老板依然不让，回身道：“两手攥空气到这儿是好要的啊？没有钱就不要来嘛。”

“不是有没有钱的事儿，关键是……”

“点这几个菜还不够我生火热灶的。”

……

俩人话赶话地眼看要戗起来，门口却传来明亮的女声：“老板，我再点个海鲜怎样？帝王蟹，算我和这位兵哥哥的。”正是那位白衣长发美女。

未等柳凡夫反应过来，那女的已经在他对面坐下，冲他点点头，“一只帝王蟹，清水煮过，把腿拆开，其他拿去下两碗海鲜面就好了。”她对老板说道，眼睛却看着柳凡夫。

“那这位点的几个蔬菜呢？”老板转怒为喜。

“照上，刚从海岛下来，当然要多吃蔬菜才对嘛。”

柳凡夫大惑不解。他顾不得想怎么会两次遇到同一个女孩，只是用讶异的目光询问——你怎知道我是当兵的？你怎知道我刚从海岛下来？你为什么要为我点单？

“光听你点这几个菜就知道是海岛来的，更别说你那皮肤和腰杆……”她冲他眨眨眼。

“可帝王蟹那么贵，没有必要……”

“我哥是当兵的，鹦鹉岛，三期士官，前年退伍。”女孩把话题岔开。

柳凡夫这才注意到她的脸是那么美丽：精致的脸庞清白而线条分明，双眼明亮而深邃，她的鼻梁高挺，在鼻尖处呈水滴状汇聚，有点奥黛丽·赫本的意韵。一副粉黑相间的边框眼镜，既与黑发相搭，又衬得面容白皙，显出文艺气质。脖颈上是一条玉白的珍珠项链。

“你……刚才见过……像明星……”柳凡夫有点语无伦次。

“在哪？噢，卖螺小女孩？”

“还有……那个烧伤的……”

服务员送来一壶热茶，女孩先把两副碗筷拢到一起，仔细烫过，再从手包里掏出消毒湿纸巾，认真地把所有餐具擦拭一遍。她把一副碗筷放在柳凡夫面前，再拿起酱油壶为他倒上酱油。“吃辣吗？”她往他的酱油碟里拨了点黄灯笼辣椒酱，“你们当兵的都爱吃辣。”见柳凡夫满脸汗水，她把一张面巾纸送到他手里，“擦擦，都是汗。”

就在柳凡夫接过面巾纸的一刹那，她手腕上闪过的一抹亮色攫住了他的目光——一只玫瑰金色的女款手表。

“你哥不是在鹦鹉岛呆过吗？”他眼盯着那表问道。

她笑吟吟地点头，“他叫万庆辉，是机枪手。先是在D岛干了两年，因为鹦鹉岛缺人手，就补充到那儿了。那时，他的队长叫什么来……对，叫雷付佳，雷队长。还有个油机班长外号叫范老鬼，每次他俩都约着一块儿下岛，都是我接码头我请他俩吃饭，像你一样，点一桌子绿菜，他们得先把自己绿够了才舒坦，然后就开始给我海聊鹦鹉岛……”

“所以你特地买了这块鹦鹉螺？”他的目光还是不放过那只表。

“你认得？”

“百达翡丽的鹦鹉螺系列，1976年发行的运动款。”

她惊讶得睁圆了眼睛，随即松开表带。

柳凡夫赶紧用湿巾擦了擦双手。当他触碰到鹦鹉螺的一刹那似乎听到了自己的心跳。这是他第一次触摸到这么贵重的名表，那表上还有她的体温和似有似无的体香。表盘周围的拉丝无可挑剔，外侧边缘的抛光均匀而明亮。一缕幽光从表面一闪而出，几乎要迷住了他的双眼。“1976 年罗杰・尊达设计，灵感来自凡尔纳的海底两万里，那里有一艘鹦鹉螺号潜水艇，科学家阿龙纳斯就是乘坐鹦鹉螺号游弋海底，发现了鲜为人知的秘密。在所有百达翡丽的系列中，唯有鹦鹉螺的外形始终不变，不圆不方，酷肖舰艇的舷窗……”柳凡夫如数家珍般的自言自语。

他迫不及待地将表翻转过来，背透的后盖将它的内脏悉数展现。占据半个盘面的摆陀突兀而抢眼，一枚百达翡丽的雪花Logo跃然醒目。一切都无懈可击——那片 K 金的摆陀表明了它纯正而高贵的血统。

“不便宜……”他将表递给她。

“猜猜？”

“少说几十万。”

“七十九万，在迪拜买到的，预订了三个月，坐飞机去那儿又坐等了四天才得到。”她用拇指轻轻擦拭它，戴回手腕，又为柳凡夫斟满茶水。

“百达翡丽一年只做两万多块表，在八个系列中，能给鹦鹉螺的配额少而又少，所以……绝世名表，但是……”他指了指她的手腕，“它不够准。”

“快。”

“快了二十三秒。”他掏出怀表看了看。

“真行，就是二十三秒。好表也不一定准啊，街边十块钱的电子表一年误差不了几秒。”

“但……二十三秒，差得多了点……”

“丁零”，她的手机来了信息。

菜已上桌，她边回信息边示意柳凡夫先吃起来。

在海岛见过吃过各种海鲜，这么大的帝王蟹柳凡夫还是第一次见到。她为他剪开肥美的蟹腿，再放在料碟里，那戴表的手腕在他面前来回晃动，使他吃心不定。

柳凡夫其实不是喜欢表，而是喜欢修表，就像爱捣鼓车的人一样，各类车子玩腻了，总想摸一摸玛莎拉蒂。大多数品牌的手表他都上过手，而“鹦鹉螺”是他从未摆弄过的。中学时代的一天，他与同学进城，被一位街头修表匠的专注神态吸引了去。那天，他从上午一直守着那师傅看，看到华灯初上。从此，他每周日必进城，且只干一件事——看修表。在他那时的认知里，修表是世界上最有智慧的一件事了。小小表壳之内隐藏着上百个零件，修表师傅不仅能将它们丝丝入扣、环环相连地组合起来，还能让表走得准，走得久。看着看着，他也开始动手了。先是他自己购置了一套修表工具，把爷爷的一只英纳格手表给拆了，结果用了两天时间也无法将其复原，只好拿手绢兜着去找师傅。也就是从那天起，师傅开始认真教他修表。师傅对他说，好的修表人和好的外科大夫一样了不起——要准确判断病情，要拿出手术方案，要打开封闭的空间，要把错乱的内脏重新排列妥当，最后严丝合缝地完整恢复。说完这些，他将一只老旧怀表交给他，嘱咐他反复用它作练习。这只老怀表外壳已经斑驳，机芯却无比精准。柳凡夫在一次次拆卸与组装中，把那只怀表调校得分秒不差。这令他的师傅甚为吃惊。说我修了一辈子表，也做不到这么准。也就是打那时起，柳凡夫有了这个特殊的癖好——跟时间较劲。不仅经他手修过的表误差极小，连平时的生活起居都恪守时间。

“你心眼真好……”柳凡夫对她说，她还了个疑问的眼光，“刚才，那个要饭的。”

“不，他不是要饭的，他是工伤，没人管了。那一身的疤瘌，真惨。”她眼圈又开始红，连忙转移话题，“你，探家？”

“是。都三年没回家了。”

“哪儿的人呢？嗯，你先别说，让我猜猜看——陕西？”

“差不多，山西。”

“这俩地儿口音有点像的。”

“是。”

……

那顿饭不便宜，总共花了三千六百元。

“不该让你破费，我得把钱还给你……可我得去取现金。”

“说什么呢，就当请我哥了吧。”说完她起身要走。

“真的，你得给男人一点尊严吧，怎么也不能让你花这个钱。”

“省下吧，就算我孝敬你父母啦。”

“家中只有奶奶了，父母各有家庭了。”

“那就给奶奶买点吃的，算我的心意。”

“这多不好……”柳凡夫嗫嚅着。

“再见，我得赶车了。”她伸出手来与他握别。

在这个熙熙攘攘的滨海城市，满目可见花枝招展的姑娘。许多女孩儿堂而皇之地穿着比基尼漫步于商铺、排档和林荫道，每每与她们擦肩而过，柳凡夫就会想到刚刚分手的她——她们比她差得太远。一颦一笑，举手投足，怎么就挥之不去了呢？这是不是传说中的艳遇。那只踏上码头的右腿真有那么灵光？这多少有些不真实。她是做什么的？从哪里来到哪里去？还有，年纪轻轻就能买得起这么一块表？一切都是云里雾里，无从捉摸。当然，还有那只帝王蟹，以及她的热情她的温婉，让他既感动又深怀歉意。

工商行的 ATM 机对柳凡夫来说像个怪物。他手执银行卡，对着这个怪物不知如何下手。海岛与大陆不联网，与日俱进的生活方式对海岛官兵来说是永远也跟不上的潮流，取钱成了他们踏上大陆的第一道考试题。

“先把银行卡插进这个口。”

猛回头，又是她。

“第一次吧，我来教你。”

她很熟练。在一系列操作之后，说：“这卡上是初始密码，你得输入一个你自己的，六位数。你自己输，我不看。”

“不用避着，你帮我输好了。”柳凡夫想了几秒钟，“525712。”

“为什么是 525712？生日？”她帮他输入。

柳凡夫答非所问：“让你见笑了，海岛几年，不熟悉这个社会了。”

海岛像是个被抛出尘世的小小部落，虽不是茹毛饮血，但所见所闻就是那一片天，那一片海，那一块不长草的白沙滩，再就是手头那点军事上的活计了。说他们是穿军装的鲁滨逊一点都不为过。柳凡夫在头一两年还耐得住，随着时间推移，人开始烦躁了，不要说读书，就是看电视打老 K 都提不起劲儿来。他想起了修表，修表可以让他沉静下来。他从行李包里找出了许久未动过的工具，先说服了同班的李福宝，献出了一只卡西欧。他用了半天时间，把那只卡西欧调校完毕，让李福宝拿卡西欧去跟队长的浪琴表 PK——连续一周，早上七点与中央电台对时。结果，卡西欧完胜。这下队长来了劲，说我这可是浪琴中的军旗系列，好孬也是块中高档表吧，怎么就敌不过卡西欧那种路边货？他毫不犹豫地把浪琴交给柳凡夫：随便折腾，只要干掉卡西欧。那天柳凡夫先是沐浴、更衣、焚香，入定静心，待淡淡的茉莉花香洋溢满室时，音乐缓缓响起。他小心打开那套进口的工具。先铺好一块真皮桌垫，将工具一一排列在左手边，当中的位置搁一台红木表座。他把那只浪琴表表面朝下固定在表座上，用一块柔软的织布包住，以防划伤表壳。他搓搓双手，取出开表匙，将两个脚趾对准缺口，向右稳稳用力，一瞬间，打开了。他把底壳放在桌垫右上方。然后取出钢丝眼罩，夹在右眼——开始对机芯动手。一切都有条不紊，胶钳、取针器、游丝钳、风球……每一步精准的动作和着音响里流淌出来的《哥德堡变奏曲》，柳凡夫和时间已经融为一体。围了一圈的兵们目睹了他的出神入化，一个小时零五分钟，齐活！他收拾好工具，把表交到队长手里，说保证每个月误差不超过两秒。“你这可是做眼科手术啊。”队长边看表边说。柳凡夫想，队长说得比师傅还到位，它的确不是一般的“外科手术”……那之后的一段时间里，柳凡夫像着了迷一样把全队上下的手表拆了个遍，他说他敢保证，本岛的手表平均准确率在全师是最高的。以至于全队上下风靡一时的业余活动是手表大 PK——比准。得胜的无比得意，败下阵来的，就死缠烂打柳凡夫，央求他再给调准确一点，即使只差一两秒的失败者，也不依不饶，一定得干掉某某某的那只表。于是有了许多以劣胜优的经典战例——以几十元几百元的低档表，战胜数千元上万元的名牌表。当然，全队上下，没有一个人能战胜柳凡夫手中的那块老怀表……

密码设定完毕，柳凡夫当场取出一些现金。他拿出三千六百元递给她，“那只帝王蟹……”

她倏然变色。

“海岛，无处花去。这点钱……”

“说过了的，你不带这样的，这会让我很难受。”说这些时，她眼睛里闪烁着真诚。

柳凡夫很为难。他犹豫片刻说：“如果你实在不肯收，就让我为你做一件事吧。”

“什么事？”

“喏，”他指了指她的手腕，“我帮你清洗和调准这只鹦鹉螺。”

她白玉一般的手臂戴着这只走不准的名表，像疥疮一样毁了她的美。柳凡夫算是落下病了，只要可能，他总想和每个人的时间较量一番。

她豁然，微笑着解下鹦鹉螺，递给他。

柳凡夫双手接过手表，如同领受了一个重大任务。他在自助取款机的封闭空间里席地而坐，从背囊里取出工具，一样一样铺开。稍稍平静一会儿，在开始操作之前，他取出一只小小的音乐播放器，手指一点，音乐声起。

她发现，他和时间在此刻凝固了。舒缓的音乐声中，他的神情专注到根本没有她的存在。他把每一个零件小心分解下来，放在一只洁净透明的器皿里，再用清洗液一一洗过。之后，开始上油组装……他进入了他的时空、他的领地，他不是在调表，而是在探索一个宇宙、拯救一个高贵的生命，他期待它的复苏，等待重新组装后的第一声“嘀嗒”，他要让它变成全新的一个存在……他的额头开始冒汗，她拿出湿巾为他擦拭。她发现自己手臂的肤色与他的肤色反差有多么大，那粗糙而泛着油亮的皮肤，是海风和阳光的赐予，这得脱了多少层皮才有这样的质感？可是，他完全感觉不到她的所为，那只鹦鹉螺就是他的全部世界……

“丁零。”

她的手机来了信息：

“拿到了？”

瞥了一眼，她没有回，继续欣赏他。

“嚯！”不到一个小时，柳凡夫长长舒了口气，他把表交到她手里，“妥了，一个月的误差不会超过五秒。”

“谢谢你，柳凡夫。”

“嗯？”

“你银行卡上有签名啊。多好听的名字——不平凡的凡夫俗子。卡可要保管好，这一路人多手杂。谢谢啦，再见！”

“我得谢谢你，第一次见识鹦鹉螺，好过瘾。”

她挥着手表与他告别。

“等等，”他叫住了她，“这只表的编号是5712。”

她愣了一下。

去往海口方向的大巴车在市区缓慢行驶。柳凡夫随车摇晃，两眼漠然地投向窗外。与她分手后的他有点失落，像是少了些什么。大概是一切还未开始就已结束了吧，尽管他明白与她根本就没有开始，也无从结束。一只巨大的城市塑像从椰树林里透了出来，那是只鹦鹉螺造型，颜色明丽而夸张，一群游客围着它拍照。他盯住了它，它即刻幻化出一只表，而那表又叠化出她的脸庞。她的手指很柔软，她给他表的时候也感觉到了……他握住了她的手，到海边去，把鞋脱了趟水，浪打湿了她的裤腿，她咯咯地笑，好惬意……一阵风儿，她的头发倏地扬起，撩到了他的脸上，痒痒的……“兵哥哥，你家的阿姐好好漂亮耶”……

有人拍他的肩膀。“你？！怎么在这儿？”柳凡夫惊讶地张大了嘴，“这也太巧了吧，一天遇三次？”他终于要相信那条神圣的右腿了。

“这儿是一站，我刚上车啊。能坐你边上吗？”车上人不多，到处是空座。

柳凡夫当然希望与她一路相伴。不用想，这会儿，车上的焦点就是他俩了。因为她漂亮，因为她挨着他坐。这一路注定是令人开心的。

“把窗帘拉上好吗？太晒了。”她先去拉窗帘，前胸俯在了他的

前额。柳凡夫感觉到了她身体的某个部位紧挨着他头顶，心中一阵慌乱，急忙躲避，继而又是一阵好闻的香水味扑鼻而来，她的发梢也扫到了他的脸上。他有点眩晕。

这算是艳遇吗？柳凡夫第二次自问，不敢往深处想。他并不相信这种邂逅会带来惊喜，但一而再、再而三的偶遇除了缘分还能代表什么呢？他的战友中有那么几个，真的是在旅途中与女孩一见定情，可大多无疾而终，只有一个浙江绍兴兵李福宝最终牵手成功。那姑娘是东北人，来南方找活干，先是在潜水俱乐部打工，之后进了家房地产公司卖房子。李福宝正是在探家的长途汽车上认识的她，现在人家孩子都有了。今天，也是在探家途中，也是在长途汽车上，也是一个美丽女孩，而且一再地遇见……乘长途车真是个好主意，有多少故事可以发生？

“不想知道我吗？”

“嗯……”

“我在一家私募公司，做市场，就是替公司争取客户。收入没有问题，可压力山大啊。成天与人打交道，而且，都是利益交换，几乎所有打交道的人，都顶着一个钱字来、揣着一个利字去，根本见不到真心真情。知道我为什么喜欢与军人打交道吗？不，不完全是因为我哥，军人都比较简单和质朴，没有太多的心眼和花花肠子。我喜欢海桑的诗，有几句是这样的：请不要把我的日子填满吧 / 我想过似乎单调的生活 / 让心中总有个空空荡荡的地方 / 什么也不种，就让它荒着 / 倘若它自己长出了什么，我就喜欢它。就像今天的咱俩，是自己长出来的相遇，我喜欢……”她顿了一会，“你呢？也喜欢这样的相遇吗？”

“我？嗯……我喜欢的你不一定猜得出来。”

“说说看。”她兴趣十足地看他。

“我喜欢一样东西。它没有生命，却会行走；它全身冰冷却有温度；它是钢铁做成的，但有心跳；它不是人类，却与人常有肌肤之亲。是什么？”

“我猜到了，表，你喜爱表和修表。”

他没有接茬。“枯守海岛好几年，我们的生活才真正叫简单。其实，我们想复杂也复杂不起来了，大海已经过滤掉了所有的复杂，留给我们的，只有几种必不可少的想法——守岛、执勤、训练、劳动。每天看着海面，真希望突然能冒出个巨兽来，像海底两万里，带给我们想不到的大惊喜，哪怕是大恐怖、大惊悚都行，比如海啸，总比平淡无奇要好。可是，回到大陆，又觉得还是简单的好。你看，这么多人、这么多车、这么多颜色、这么多吸引你的事物，立刻就烦，就想逃避。关键是像你说的，要与人打交道，我们这简单的脑子就不够使的了。就说那个饭店老板吧，要不是你解围，指不定会咋样呢……”

“那你说说，为啥会迷上修表？能打发时间？”

“当然能打发时间。但，修表是把人生口子收紧，只朝一条窄窄缝隙往里走。可一旦进入这窄窄的缝隙会发现，它并不简单，像进入了纳尼亚的魔法衣橱，来到一个完全不同的世界，太让我着迷了。如果以为我仅仅喜欢与冰冷的机械打交道，那就错了。师傅说过，一块表，有多少人的智慧凝聚其中！从宇宙历法、天文计时，到设计大师、传世工匠，每一块表、每一个零件，都附载了人类的智慧与心血，都有灵魂、有呼吸、有温度；当合上底盖，上紧发条，传出‘嗒嗒’的清晰而有节律的声响时，那表不也有了心跳吗？这一跳，可以跳上几十年、上百年；再把它们戴上手腕，紧贴肌肤，更是与人血脉相通、亲昵到不行，恩爱夫妻都做不到的亲昵。一只好表，可伴人从青春到终老，甚至成为人体的一部分。所以，当每一块表摆在我面前时，我都会心怀感激，行礼如仪。由此，我愿意为别人修表，每一次都是与活生生的人在对话与交流，乐此不疲……”

“告诉我，修表的时候一定要听那首音乐吗？那是谁的作品？”

柳凡夫掏出播放器，插好耳机，为她戴好。她听见了，是一支舒缓的钢琴曲。

“《哥德堡变奏曲》，”他贴近她的耳朵介绍，“旋律轻缓而深邃，淡淡的情绪中流露出极大的张力。巴赫的东西大多工整而对称，如他的十二平均律，像数学公式的表达。而这一首要自由许多，正因为此，钢琴家演奏它时才是最见功力的。我为什么要听着它修表？因为它会告诉你，静一些，再静一些。你可能想象不到，它能降噪，能屏蔽喧嚣。大海咆哮的声音也听不见了，小岛会静得出奇。那时候，人就可以沉浸于冥冥之中，令你享受唯我独在的感觉……告诉你，我每次修表，也是在与前人对话，不是吗？”

她盯着他的眼睛，听他讲似懂非懂的话，这样黝黑粗糙的一个兵，此刻竟然变得精致和神秘起来。

“别那么看着我，怪不好意思的。咱说说海岛吧。你不是挺了解我们海岛的吗？”他为她调低音量。

她猛然问了一句：“你们岛上撒尿最远的纪录是多少？”说完扑哧笑了。

“你怎么知道？”柳凡夫坐直了身子，来了兴趣，“是，我们岛是比过撒尿……”

“我哥呀，什么不跟我讲？你们海岛上那点事儿，都让我听烂了。沉鱼岛比着数眉毛，谁有多少根眉毛都门儿清，单数单日帮厨，双数双日帮厨，对吧？”

柳凡夫哈哈笑出了声。“知道沉鱼岛谁最牛吗？白建平啊！这白建平头发眉毛在一两个月里突然脱了个精光。真的，一根都不剩。他最牛，他说咱是零，既不是单也不是双，所以，他的使命任务就一个字——吃。别人做饭，他负责吃。”

她笑得花枝灿烂，笑泪洇了容妆。

“都是给憋的，实在是闷得狠了。”

她在意地听着。

“最难熬的是冬天，寒潮一下来，不得了，一两个月都来不了交通。说个真事儿吧。去年，大约十二月底吧，指导员家里来电话说老妈妈病重，快不行了，巴望着见儿子一面。没办法，风大浪急下不去。这你知道。过了十来天，老人家去世了。接到消息，指导员心里那个难受啊，他自个儿跑到沙滩上，面朝北方，面朝妈妈的方向跪在那里抹眼泪。弟兄们在信号台的高处看到了，知道指导员家里出了事，就一块来到指导员身边，啥话也不说，齐刷刷陪着指导员跪在那儿，一群男子汉就在那里默默流泪，海鸥飞过、海浪涌来，整整个把小时，到最后，指导员和大家抱在一起，号啕大哭……”

她的泪默默流下来。柳凡夫说不下去了，他撩起窗帘，让阳光刺痛眼睛，借机把眼泪揉回去。

天色已晚，深邃的夜幕覆盖大地。她渐渐有了睡意，车身轻摇，她顺势靠在了他的肩头，脸上还挂着泪珠。他不忍推开她，就让她靠着。这是他人生的第一次，有一个异性靠在肩头，实实在在。她的发梢又撩到他的面颊，头发散发的香味沁心入脾。这幸福猝不及防，他想幸好她睡着了，否则她会看到他的窘态，那就糟了。随着车辆一次次晃动，她在他的肩头也时常摇过来晃过去。他想要握一握她的手，可不敢，那样的话，我还是“不平凡的凡夫俗子”吗？

“丁零”一响，她手中的手机来了信息。他一眼扫到了：

“宝贝，传来呀。”

她还在熟睡。

叫她宝贝，一定是心上人。她有男朋友了？也可能是，当然，也许是同学、闺蜜、死党，父母也可以叫女儿宝贝呀。是我多想了吗？不过，这跟我有什么关系……

大巴车一个急弯，她倒在了柳凡夫的怀里。他急忙将她扶起。

“对不起，睡死了。”猛然醒来的她面带歉意地说。

“你有信息。”柳凡夫指着手机说。

她略有困意地回完信息，又直接靠在他的肩上，继续睡去。

她像信赖男朋友一样信赖他，把自己交给他，循环放送的《哥德堡变奏曲》旋律悠悠地安慰着她的心底，如婴儿般睡得踏实、安然。

又是一则信息过来：

“我爱鹦鹉螺？宝贝，让我猜谜呢？”

柳凡夫有点懵。为什么？鹦鹉螺说明和我有关……她会不会有其他什么秘密？

柳凡夫醒了。

如果没有猜错，对方手里应该有自己的银行卡号，可为什么还不动手……她依然在身边睡得毫不顾及。

好美的一个梦。有一个坚实有力的肩膀可以依靠，牵你的手，去大海、去高山、去荒漠，或者，就去你那个海岛，把终身交付给你，直视阳光，呼吸明媚，不再担心和恐慌……你怎么样看我？难道不相信我的真心？相信我吧，是真心的，我不会做对不起你的任何事情，不会。因为，你说过 525712，这我当然懂……你在哪里？我看不见，你到底去了哪里？千万别……别离开我……

她猛然一惊，汗水溻湿了前胸后背。播放器在她手里，《哥德堡变奏曲》还在耳中。她的身边空着，一只大个儿的鹦鹉螺放在他的位置上。

大巴车在夜幕中穿行……

唐骁的爱弥儿

事情过去有些年了，小岛的兵们还时不时会提起唐骁，提起那树，也偶尔会提起那狗。而每每提到那个末日来袭般的巨浪时，更会令集体咋舌。当然，无论什么时候或无论多少次说起来，总少不了她——那个穿海洋迷彩的小女兵——就像喝酒总要有下酒的菜一样，岛兵们在岛上说说女孩儿也是十分地可以理解的。经年累月，故事越传越离了样儿，可话题总是新鲜着每一茬守岛人。唯有海边那半截树干总也不语，默默守望海面，时而，从根儿上悄然发出些新绿来。

那是多年以前的一个傍晚，忧郁的阿牛正在饭后百步走，碰到了也在饭后百步走的唐骁。那会儿唐骁也同样地忧郁着呢。他和它的忧郁其实都与那棵叫爱弥儿的树有关。此时，忧郁的唐骁正要去海边看爱弥儿——这是唐骁给那树起的名儿。

几乎每天吃过晚饭，唐骁都要去看爱弥儿。他一般先去机房听听机器的轰鸣，蹙着眉头把油路电路什么的检查检查，叮嘱新兵把油渍擦净，把夜间的用油准备好，很严肃的样子。新兵是很服他的，不仅因为他肩头的杠杠又多又粗，还因为他那杀手级的业务水平和近乎神奇的传说。对新兵交待过后，他便顺北京路走去。五年多了，规定动作，目的地是海边的那棵树。在到达之前，他总是这样，像等待比赛的运动员，鸣枪前要放松自己，待发令枪响再打起精神。阿牛也像块膏药似的跟了这些年。期间，唐骁对阿牛的态度却拐了个大弯——由对它呵护备至到现在一百个不待见。阿牛很是郁闷。

阿牛在唐骁变得冷淡后就更加想讨好唐骁，可总也不得要领。在这个燥热难耐的傍晚遇见他怕是要倒血霉了——唐骁挂下的苦脸表明了这一点。当初唐骁可对它不薄，甚至有救命之恩。那是在一个北方高原的古村落里，当刚踏入世界的阿牛就要被凛冽寒风抽干体内最后一丝热气的时候，当所有路人都不拿眼睛看它一看的时候，是回乡探亲的唐骁解开衣扣把它暖入怀中。之后，它就随他从黄土高坡一路南下，越走越暖、越走越热，他带着它来到了海边，又风里浪里颠簸了几天，来到了这个小岛。于是，它跟一群兵们开始了厮守和厮混的海岛生活，它的地位便在这厮守、厮混中跃升了——可登堂入室地在各宿舍和各战位间游走，甚至可以直接进入队长的官邸，在长官的铺位上撒个欢儿什么的。渐渐地，它从一只脏了巴叽的小柴禾狗长得有了点模样，随之也真正地牛了起来：连部是它的地盘，神圣不可侵犯。班排的狗狗们若要跨入这个地界，得看它的心情，也就是要它的批准。有时相安无事，有时则天翻地覆地火拼一场。这不是狗仗人势吗？说是就是吧，谁叫它受宠呢。它的成长、它的发育、它第一次随着兵们夜巡小岛的经历都与这岛、这兵们有关。兵们都拿它当乐子、当开心果，可对它最好的当然是他，唐骁。不知道为什么，去年的某一时刻，他会突然冷淡了下来，几乎不给它好脸色。

其实，唐骁对阿牛态度挪移的原因很简单：它在爱弥儿的身上翘腿撒了一泡尿！翘腿撒尿的那一刻，阿牛还是很得意的，以为金鸡独立般的造型会博得唐骁的欢喜，没成想，玩砸了！对着那树撒尿就等于往唐骁的脸上、心上、肝上撒尿，还有比这更恶心人的吗？它当然不可能知道这些，作为一条狗，它还没有进化到能看透人的内心世界的地步，它根本不知道，那棵树对于唐骁意味着什么。在被唐骁狠狠爆踢一顿之后，阿牛一边夹着尾巴在海洋迷彩之间落荒而逃，一边告诉自己一条戒律：绝对不要在树边玩什么金鸡独立的造型了。当然，阿牛这狗东西还是有点邪劲儿的，你越不对我好，我越要讨你的好。于是，它照常跟在唐骁左右，只是要多加小心。

在这个可用手来拃量的屁大小岛上，只有一条可称得上是路的路。而这个权且算作路的路有一个响彻中华的路名——北京路。北京路其实很有点看头的，真的。它虽然瘦，却是岛兵们自己铺就的，两米来宽的水泥路面，两侧的椰子树梢已经搭抱在一起，大陆移民来的紫罗兰也茂盛得不行，星星点点的小紫花很让兵们有些异样联想，会心动的那种。但此时的唐骁却了无兴致地空空走着，不为他物所动，而且路过阿牛时，也无任何异样。阿牛仰盯着他的眼，小心绕过，又回望他的背影。一切正常。他竟然没有收拾自己，这倒不正常了。在这等表情之下，一般是要收拾自己的。它倒宁愿被收拾，至少说明他还在意它。它倒挂的眼睑眨了一眨，向路侧稍靠，抬一条后腿，把一泡黄色液体浇灌在那些小紫花上，一激灵地抖蓬起一身杂毛，便尾随着唐骁去了。它依然自信，对金鸡独立的姿态。阿牛其实是那种狗眼看人高的狗，它最大愿望是能巴结上唐骁，最好能让它用湿漉漉的舌头舔一下他的手背和手心，就一下下。当然，如能舔一舔他的脸颊就再好不过了，就像当年能够在他的怀中尽情撒欢甚至撒尿那样。但现在条件不成熟。

树其实很平常，在海边，只是在一群灌木丛中突兀地伫立，遂成为小岛标志物。兵们叫它抗风桐。粗枝大叶的它却有一令人遐想的学名——白避霜花。这名字使人容易想起女性以及属于女性的种种。还有三十米时，唐骁的步点均匀而庄重起来，目光开始聚集，并有了些柔情和深不可测的意味。这意味绝非外人可以知晓，专属于他和她。当然，她并不知道这些。这其实无妨，有树在就好，树就是她，她就是树了。

阿牛当然知道他是去树那边的，每天都去的嘛。于是它找了个凉快点的地方半蹲下，看他。

这几天海面平静得出奇，像西子一样平如镜面。一如往常，这平静的傍晚总有好看的云朵相配合：用浓酽的湛蓝打底，衬出了红的、粉的、黄的和白的云，那树像被镶入海天间的巨大画框中，有了更加性感的风姿，娉婷得有些妖娆了。要是她拍照时也有这气象就好了，会更加美得不可思议。

唐骁的思绪又飞回到他刚入伍那一年。

我要和这树拍一张。那天她轻声说。那玲玲珑珑的话语瞬间就奔了唐骁的心门而来，咔嗒一声，原先灰蒙而苍茫的心室立刻浸润在五色光芒之中。再看她，所有思绪都不管不顾地一飞而空。其实他根本没敢看她的脸，是那宽阔肥大的迷彩服也遮不住的好身材吸引了他。摄影师是基地的小个子干事，让她往前走几步，她不干，倒腻腻地搂住树干，把脸贴上。她娇撒得很可爱，是那种将要成熟又未熟透的女性所应该有的。摄影师很麻烦，前后试了好几次都不合适，还是让她往前走，说否则不好构图。不行，就要这样嘛！她还不肯，还是有点娇，整个人都倚在树干上，连胸部都倚得很紧，双手箍抱着它，像是拥着个恋人。唐骁忘了自己是送水来的，被那女孩的娇美可爱吸引了去。她变换了姿势，后折起右腿摆样子。一只红黑相间的无跟凉鞋很跳跃、很放肆地亮了出来。唐骁的魂半秒钟都不到就被这鞋子给攫了去。那鞋的带子细得几乎看不见，无可遮拦地暴露出她的脚丫子。那脚，洁净而粉嫩，看它便知她是个纯洁得像天使一样的人。女兵总是会在千篇一律之中制造美丽的，原先在领口，现在改脚了。

我要和这兵哥哥合个影。唐骁是在大脑尚处于空白状态时被她拉向树旁的。她的大方令他猝不及防，像犯错误的小学生被老师一把从队伍中拉出来一样窘。他不明白这么多人里为何独独挑中他。她用双手拽住唐骁，身子紧贴着他，继而用她的一只胳膊挽住他的手臂。他感到她把胸部都贴到了他身体的某个部位,心底里立刻再一次轰然了。那以后的一切记忆都被删除了，完全不能复盘。他找不到任何线索来回答自己千百次的问：她是谁？在哪个医院工作？在医疗队她是做什么的？是不是基地演出队的？如果是演员，她是唱歌的还是跳舞的？她是什么时候离开的？甚至连她长的模样也是一片马赛克……以后的事实说明这些都可以忽略不计，唐骁大脑的内存中已有了足够多回味的信息。

唐骁成了白马王子。他能感觉到叶根子、海波还有所有的弟兄在目瞪口呆地看着他与她，姜晓队长也一定在目睹一场核裂变。一个长久处于冰封期的心灵终于在一瞬间醒来并征服了周围的一切。呵呵！这种六合彩不是人人能中的。我，唐骁，中了！怎么样！？中了，就在今天，和她！

此后，树和他都不是原先的树和他了。有点像为他点化和超度的神灵一样，树变得不再是可有可无，他也突脱了缥缈不居的状态，心有所系、情有所属了。就像对恋人一样，唐骁完全不能离开她。岛上其他植物都没有了颜色，只有那树是带彩的，在一片黑白世界中独独地秀出了一株绿色，永远占据他的视线和脑海。浓情蜜意中，唐骁给那树起了一个可心的名字：爱弥儿！爱弥儿有了肤色、有了温度、有了形体、有了表情。连每一缕海风掠过，都会让爱弥儿摆动腰肢、展现性感。于是，守备队的人都能清楚地为唐骁的海岛生活断代了：他、

她和树的合影是一个分水岭，爱弥儿则为唐骁开辟了一个新纪元。这新纪元与卢梭无关，只专属于他和她并专门地为了她。连唐骁自己也不否认，他不再是从前的他。那以后的生活是为了她，为了她，生活变得完全不同。

说到唐骁原先的生活的确很不生活。那是唐骁最为不堪的日子。接兵的胖子张开用茶叶和烟草熏黑的嘴巴对从没见过海的唐骁说了一大堆美丽而浪漫的词语，让他信了海的美，而且是坚信。他对娘说，自己要去海里当兵，要成天看着海当兵。老娘的眼泪都哭成了海，到了还是放他走了。满心喜悦和充盈着期待，他随百十个新兵来到了这里。结果，他感到被骗了。海是好看，可再好看的风景能当饭吃吗？谁说过生活是一条河？在唐骁看来，生活可不是河，至少岛兵的生活就不是河。怎么是河呢？河水不会断流，可岛兵们的生活是被掐断了的。应该是一截木头嘛！瞧，当兵的那一天，你就像一根放在电锯上的木头，一推电门，被锯开或长或短的一截，然后被大力扔到了海中间小岛上。他、他和他与原先的生活还有瓜葛吗？没了，一丝一缕都没了。约等于出家嘛。什么叫出家？出家就是把自己的经历打一个死结，跟原先的生活说一声拜拜，关进高墙，吃斋念佛，别了温哥华、别了霓虹灯、别了 KTV、别了穿吊带裙的小妹妹……也就是别了这样那样的想入非非，连找个地方乐呵乐呵的机会都不给你。

几乎从上岛第一天开始，厌倦就像草儿疯长般向唐骁袭来。那几台康明斯柴油机，成天吼叫着，像一把锈到家的锉刀，没完没了地挫他的神经。唐骁想干别的，队长不让。雷达、通信，那几个岗位早就是有了萝卜的坑，插不进去的。再说了，你唐骁在新兵队学的正是油机啊。唉！这海中间最怕的是失去了想头啊。鲁滨逊和星期五在那孤岛上怕也是这等心情。唐骁感到前所未有的想头缺失。拿什么来填补你，我的心情？迷茫袭来，一轮又一轮。

没想到被锯断的生活又让爱弥儿给续上了。像魔术师在一条绳子中间剪上一刀，最后又变回了那根绳子，一点也找不到被剪断的痕迹。爱弥儿真是人世间排行第一的魔术师！

当载着女孩子的炮艇消失在天边的时候，唐骁已经把康明斯柴油机的所有资料垛在了床头。他搓了搓手，决定要枯坐如僧了。他灵魂深处不断有那玲玲珑珑的声音传来——唐骁，努力！骁骁，努力！我知道了，一定的！仿佛她在说，人最难受的不是饥饿，也不是孤单，是自我卑微。他决定不再卑微。他是那种善于抛开所有旁杂之事而突出人生主题的人。之前的全部主题是空茫，那时他决计让海岛生活空茫着度过，任何让他不空茫的努力都是徒劳的，至少在岛上的生活不再会有激情燃烧的状态了。那次叶根子约他到海边，在一棵将死未死的银毛树下挖出了一瓶红星二锅头，52度，是特地托老陈渔船带来的，在沙子里足足埋了两个月，等生日呢。叶根子用海水洗净了珊瑚沙，咬开了瓶盖先闷了一口，再递给唐骁，让他也来一口。唐骁很不解地看着根子。为什么请我喝酒？没什么，就是想约你喝一口，一起浇浇寡淡的心。我愿意这样寡淡，不想去激活它。那你我就当过节了，行吗？瞧那月亮圆的，今天是中秋对不？来，喝！唐骁还是不喝。这没有菜没有肴的怎么喝？好办，咱们的菜碟像海那样大。叶根子走到海边，用食指蘸了蘸海水，搁嘴里咂吧咂吧，挺美！就着海水的苦咸，叶根子又呷了一小口，然后哈着嘴再一次让唐骁喝。唐骁不领情，不喝。其实根子是有任务的。姜晓让根子跟唐骁谈谈，让他振作起来，别一天到晚打不起精神。做人的思想工作的任务很重要的，姜晓说，换了七八个人都不见效果，都说唐骁油盐不进。姜晓担心唐骁会得什么病，会被送下岛去看精神科。姜晓说如能让唐骁换个模样，你入党的事就手拿把攥了。这也是组织的考验，发展对象嘛，要作为骨干来使。可那瓶二锅头被根子喝得精光之后，唐骁面无表情地走了。还有能点燃唐骁心中干柴的火种吗？叶根子认为没有了，不可能再有了。之后的日子表明，空茫依然是唐骁生活的全部主题。

眼下，他猛然不想空茫了，他要改变那半截木头的日子！

于是，树和她成了他生活的全部主题，当然，还外加那几台过去烦透了的康明斯柴油机。只是他的外表更加的空茫。人的潜在能量真不能小觑，几乎在她走后的一个月之内，唐骁完成了由一个愚顽兵蛋向专业尖子的转化。那一个月是令队长恼火兵们不解的一个月，根本不知道他在干什么，完全在灵魂出窍，巨空茫。他不与任何人说话交流，不再干那些无聊和无趣的事情，除了每天必去看爱弥儿，他把所有的时间和精力都用来与书本和机器较劲。直到那一天在比武中干净利索地把老兵油子们干掉，并把全师重量级尖子选手悉数拿下后，全队上下才舆论大哗。兵们从他历来卑微的脸上读出了爱弥儿赋予他内心的骄狂本性。他站在离机房十米之外，面无表情地用耳朵准确判明了五个故障，然后，以零错误的成绩默绘了康明斯柴油机的全部构造图。师机关的主考官绝不愿承认还有比自己更高明的新兵蛋子，又让他在五杯色泽完全相同的液体中分辨出哪一杯是零号柴油。唐骁根本不用眼，而是更加具有攻击性地微笑了半秒钟，闭目伸出食指和中指蘸过，在鼻孔处稍稍一掠，便毫不客气地把考官震翻过去：第一杯是酱油加可乐，第二杯是王老吉加可乐，第三杯是 0 号柴油加生抽。第四杯是陈醋与板蓝根的混合物。第五杯才是真正的 0 号柴油，但被你们做了手脚——加入了少量白水。小菜！拿这些不入流的把戏来考本兵？秒杀你！可想而知那场面有多么恐怖。考官面无表情地掩饰着内心的惶然，说，应该是……应该是你来考我。第二天，油机班长也就是管唐骁的官辞职去了炊事班打下手，他成了油机房的掌门人……

今天此时的唐骁正灵魂出窍呢。他心有归属，删除了所有的程序，只在心灵内存中调出了那棵树，当然就容不下紫罗兰、椰子树和那只叫阿牛的狗。

爱弥儿！爱弥儿！那树一定听得到唐骁内心的呼唤。已进入幻梦状态的脑海深处传来了爱弥儿的应答：骁骁……骁骁……我的宝宝！于是，唐骁便闭目享受着这如胶似漆般的呼唤了。于是，他轻轻亲亲地把树抱住，把爱弥儿抱住，用臊红的脸颊去感受爱弥儿的温度和心跳，去回味她胸部紧贴着他时的刹那感觉……时间和海浪都静止了！

阿牛有点百无聊赖了。它真的不能体会唐骁的心境。是啊，你喜欢那树，可也不能几年如一日地只唱这一首歌吧。行，你自己玩着吧，我溜达去了。

阿牛没有想到，这一溜达让唐骁的态度有了些许改观。

阿牛走向海边纯粹是为了找乐子。它其实对忽闪出来的沙蟹不怎么感兴趣。只是当唐骁带着它去抓些沙蟹来改善生活的时候，它才应付着逮几只。抓到后还要叼在嘴里送到主人手上，又苦又涩的，难受。它最得意的事是看海浪冲来的物件，每一次都会不同。那次有一只蓝色集装箱搁在海滩就不必说了，就是小来小去的杂物，也十分有趣的。竹竿、木棍、草帽、拖鞋、香烟盒、奶嘴、塑料罐、矿泉水瓶……有一次它叼着了一个布袋子。兵们打开是满满一袋子光碟。这让兵们高兴了好一阵子，都说唐骁的狗腿子真有本事，还会从大海里淘宝呢。

猛然间，一件有些眼熟的东西被一个轻微的浪冲到了沙滩上。是很眼熟，就是想不起在哪里见过。那是一只女性的无跟凉鞋，红黑相间的窄细带子。阿牛像一切狗东西那样，习惯性地叼起了它，先自定定地向远方的海面望了望，继而有些得意、有些炫耀地向唐骁奔去。它估摸着能让唐骁高兴一下，甚或会产生光碟那样的效果都不好说。

第一眼唐骁就被电着了：它分明与她脚上的凉鞋一模一样！五年来，在关于她和爱弥儿的一切记忆里，这鞋是最清晰的。那造型、那颜色、那双雪白的脚……当下，记忆的海水被这只鞋掀起了巨大波澜：

它是否是她的？它为什么会在这儿？莫非她出了什么事情……一股子凉气从唐骁背后升起，直接传导至发梢，他的头皮开始麻酥，眼前的景物虚化、色彩灰蒙。阿牛也从他的脸色中读出了什么，乖乖地把鞋放在唐骁手上，跑一边去静坐观望。

那个晚上唐骁约了叶根子来到海边。可有二锅头？根子说有的。可根子记错了方位，找了好一阵子，才在一棵银毛树下挖出了自己的珍藏。唐骁并不说为什么要喝，只是一口闷下去大半瓶。根子忙着用手捧来一掬海水，说你怎么能寡喝？唐骁用手蘸海水搁嘴里一抿，咕咚咕咚就把个酒瓶喝空了。有啥想不开的？根子不解。唐骁早就过了要别人做他思想工作的时候了。入了党不说，在全队也是数一数二的骨干、技术能手，说出个话来比队长都有号召力。为了啥今晚找我喝酒？唐骁从裤兜里拿出了那只鞋。说根子，记得那女孩儿穿的鞋吗？根子摇头，那谁记得啊？跟这一模一样。你帮我分析分析，这到底是怎么回事？这有啥嘛！根子知道了唐骁心中的结。世界上同样的鞋多了去了。是吗？可这也太巧了吧？根子说，你想，她是军人吧？是。军人是不能随便下海游泳的吧？是。就是下海游泳也不能穿着凉鞋游吧？当然。那好，说明这鞋根本就不会是她的。唐骁心中松快些，但仍有疑问：那要是在海上出了事故呢？事故？那更不可能了。为什么不可能？你想啊，她不可能跟渔船出海吧？是。那就是说，即使出海也只能随军舰吧？是。那好，你去问问雷达班的张神眼，近来有没有军舰在这片海域出事的通报和记录？告诉你，别胡思乱想，她，最多也就是到海边趟个水，鞋让海水冲走了……根子一回头，身边已经没人了。

那次与叶根子的海边闲话之后，唐骁对阿牛多了一点热乎劲儿。可不久，有一个热带风暴悄然生成。

这风暴几乎要了唐骁的命！

如世界末日般的狂风大作，使小岛陷入极端的恐慌中。整整两天，唐骁带着阿牛和全队弟兄都被闷在坑道里，靠方便面和矿泉水挨日子。第二天早上，那风说静就静了下来——小岛进入了台风眼。除了耳朵有些压力外，真是个大好的天气，没有一丝草动，没有半片云彩，瓦蓝瓦蓝的天空，竟有鲣鸟翻飞。趁着这空档，唐骁去看了看爱弥儿。虽然少了些枝叶，可依然挺拔。与周围那些倒伏的植物搁在一起，显得那么俊俏，那么抢眼！姜晓远远地招呼他多加小心，过去的只是台风的前半圆，一会儿后半圆过来会更凶猛。唐骁一心爱着爱弥儿，无心他顾。他把爱弥儿周边的杂草和枯枝清理掉，小心地抹去树干上乱忙乎的蚂蚁和小爬虫，心里边默默地祈祷：爱弥儿，挺住！一定要挺住！

仅仅两个小时，天色突变！下午三点，小岛已在夜色之中。台风的后半圆杀马赶到。那一刻赶上了天文大潮，豪雨如注，狂风轻而易举地就撩起了数十米高的巨浪，朝着岸滩疯狂扑上来，恨不得拦腰盖过只有 0.2 平方公里的岛子。事实上小岛已经被大海占领，海水铺天盖地，将那么一片小沙丘罩得严严实实。风声雨声涌浪声中，爱弥儿开始剧烈地摇晃，她的根部沙土开始松动，不断有枝丫被吹折落下。唐骁预感到了什么，他执意要守住爱弥儿。雨水似鞭子抽打着他全身，他根本不屑一顾。他用双臂牢牢环抱着爱弥儿。意念中，他已经抱牢了她：抱住了那身海洋迷彩，抱住了那柔柔的躯体，抱住了一个女性能够给他的全部。其时，任凭全队弟兄大声呼叫，任凭这四野如雷、天地作鼓，唐骁的耳中却静得出奇。他的心是满足的——这就叫风雨同舟，就叫同甘共苦，就叫生死相依，就叫爱的坚贞吧！

阿牛没有去躲避。它坚持着要与唐骁一起守这棵树。它浑身的毛已经全部湿透，冷得直打哆嗦。近似暗夜的大风大雨中，它只好紧紧地靠在唐骁的腿边，用一声接一声的呜咽表达着对这世界的恐惧和对主人的哀求。唐骁被这阿牛感动了。它真的懂得他的心思。在天地翻滚的大难时刻，它竟然是他唯一的陪伴！

猛然间，唐骁发现海当中有一面墙直立立地朝他行走过来。那墙有几十米高，数百米宽，陡峭如壁，苍厚如山，带着雷鸣般的吼叫平拍过来……他仍然不放手，就是不放手！之后，也就是几秒钟之后，唐骁和爱弥儿一同倒下，在一声巨大的响声中……

风暴过后，万里晴空。

唐骁醒来是在第二天。在这天地作炉的赤炎七月，唐骁的心儿就这样轰然冰裂，碎落一地。他所有的记忆被彻底刷白了——一如一张簇新的A4纸，没有半点内容。对周边的人，队长、根子、海波和军医等人也一概没有反应，从言语到表情。任凭几张嘴在召唤他，他只对天花板上的一只蜘蛛紧盯不放。他甚至记不得爱弥儿，记不得狂风巨浪，记不得康明斯，只是看那蜘蛛自个儿嬉戏……突然，那蜘蛛顺着红黑电线攀爬下来，电线极轻微地晃动起来。晃动的电线幻化成那红黑相间的凉鞋。唐骁起身向床下寻找。

知晓唐骁的叶根子赶紧找来了那只鞋。

阿牛在那场风暴后变得不再轻狂。它目睹了唐骁生死不弃爱弥儿的壮举，也为唐骁之后的状态着急起来。唐骁在最不堪的日子里也没有不起床呀！一屋子的人，阿牛不敢靠近，更不敢进屋。它先去看了折断的爱弥儿，倒挂的双眼久久盯望着，面无表情。它抖了抖蓬乱的毛，嗅了嗅爱弥儿半截躯干，便漫无目的地向海边荡去，一副心事沉重的样子。

唐骁让全队上下紧张了起来。他没有生命危险，这是肯定的。军医对姜晓说，除了手臂被树压骨折了，其他都是些轻微皮外伤，问题不大。关键是他的精神有些不对劲。不吃不喝不说，你看他死抱在怀里的那只鞋……我只能给他输液维持了。

叶根子明白，那树倒了，唐骁的精神也就毁了。他拉着姜晓说，得送下岛去住院，放在这好不了。姜晓半信半疑。他知道那棵树是唐骁的至爱，可至于这样吗？一定是的！叶根子说。树在他就在，树不在，他就彻底垮掉了。没见他手里总攥着那只女式凉鞋吗？别耽误了，快向上级申请交通……

交通艇来的时候，全队弟兄都到小码头去送唐骁。叶根子和海波用担架抬着唐骁往码头去。唐骁用两只手把那只女式凉鞋捂在胸口。

担架上，唐骁似乎在张望着什么。脸上依然毫无表情，但能读出他有事儿存在心里。不知谁喊了一句：瞧，阿牛来了。这一喊，唐骁便懈了下来。唐骁是在找它。

全队的目光都投向了海滩。远远的，阿牛从海滩跑来，嘴里叼着一只女式凉鞋。这是它刚刚在海边的斩获——红黑相间的带子，无跟。

阿牛满心讨好地把刚叼来的鞋子放到唐骁手里。唐骁拿出怀里的那只，竟然是一双！

唐骁眼泪下来了。他用手轻轻亲亲地摸摸阿牛的头。阿牛感觉到了唐骁对它的那份温情又回来了。它战战兢兢地伸出舌头，试探着舔了舔唐骁的手背，唐骁没有阻止。于是，它又小心翼翼地伸出湿漉漉的舌尖，轻轻亲亲地舔了舔唐骁的脸颊。

唐骁热泪奔涌……

紫色海风

1

三级士官海波的心情突然好了起来，脸上有了笑容，但还算不上奔放，是那种刚有了笑的念头，又不肯撒开来的笑——他心里有事。

海波的笑在岛上是有名的，灿烂、爽朗、无拘无束，连偶尔上岛来的渔民都会问："那个爱笑的老兵在吗？我老爸一定要捎条鱼给他呢！"叶根子说他笑起来是很放肆的样子，海波说那不叫放肆叫奔放，队长姜晓说那不叫奔放叫张狂。这话一点都不夸张。海波除了正课时间巡逻、训练和政治学习外，总是笑呵呵的，没谁见他犯过愁。特别是他带着心爱的鸭子们散步时，更是一路笑声，时不时还乐颠颠地唱那首兵们最喜欢的情歌《梦中想你》。姜晓还真喜欢海波这种没心没肺的笑。他说在小岛当兵就要有这种"开心果"的性格，乐了自己也乐了别人，要不还不把人憋出病啊？也就是凭着这或者放肆或者奔放或者张狂或者没心没肺的笑，海波在小小海岛上服役了十三年。

最近海波却笑得少。这让全队上下怪不习惯，因为海波不笑，兵们的心情也跟着落了下来。不仅如此，大家还多了点担心甚至是害怕——他不会得什么病吧？按说他不该这样，节前刚结的婚，接着又把新婚妻子带来岛上。虽然上级有规定不允许带家属来到下属部队的小岛，过去也从未来过家属，但大家都能理解，沟沟坎坎地好容易谈成了个对象，又是新婚。再说海波是岛上最老的兵，有功，把妻子带来住住也不过分，别人不好比的。姜晓为此还专门请示了司令员，司令员特批老兵海波可以带新媳妇上岛。新娘子代爽很漂亮。起先大家对她的漂亮连一点思想准备都没有，在码头迎接时把兵们震呆了，简直漂亮死了——紫色的裙子被海风吹得飘飘的，一头长发在空中舞动着……大伙背地里都说海波福气好，用叶根子的话说，海波谈恋爱像工厂检验员，挑三拣四地谈一个吹一个，那是把“部优”地剔出来，最后收下的却是一个“国优”。是啊，这种情况有什么理由不笑呢？队长姜晓心里明白，海波的情绪正和他的新婚妻子代爽有关。

尽管不肯撒开来笑，可今天海波的脸还是像阴久了的天空见到一缕阳光那样。他仰望蓝天，见一双鲣鸟掠过头顶，“嚯——”地朝空中透透地吐了口气，想把心中的郁闷畅快地呼出去。看着风中的椰树，他在心里念叨着：“今天连海风都是彩色的！是什么色儿的？一定是紫色的，因为代爽喜欢紫色。”他想，紫色的海风真是好看。紫色代表什么？对了，是爱情，紫色代表爱情……

从结婚那天起，代爽就不太愿意跟他说话，除非不得已。海波算过，她最多的一天只说过四五句，有时连着几天不吭气。海波最受不得这种冷战，冷战是最烦人最没劲的，哪怕你跟我吵架都行。说心里话，海波真的想开开心心地和代爽过日子，来海岛后，他好几次主动和她说话，可代爽就是油盐不进，不给他好脸，他说话稍微重一点，代爽就一摔门出去了，他还得满岛子去找，怕女孩子想不开出点什么事情。

“才结婚就这样，这一辈子可怎么打发呢？”海波暗自叹气。

今天早上代爽主动说话了。她突然说她想去海边找贝壳。因为昨天叶根子告诉她海边有许多好看的贝壳，勾起了代爽的兴致。虽然说话时她仍然绷着脸，这已使海波大大地感到意外了，总比不说话好吧。就这一句话，让海波觉得世界又美丽起来。他先去姜晓那里请假。姜晓听说小两口要一起去海边，趁着高兴，就问海波是不是两口子在闹别扭？海波躲闪着说没有。姜晓说得了吧，你还能瞒得住我，自打回来后就没见你脸露过笑模样。海波便不想接茬。姜晓也不再深问，只告诉海波有什么心事来找他谈，不要憋闷在心里。海波感激地应了声“嗳！”

海波找军医要了点防晒霜让代爽抹上，又找了顶阔边草帽让她带上，俩人就出了门。太阳挺毒，但天很蓝，海也很蓝。有一部电视剧里的歌就唱“天蓝蓝、海蓝蓝”什么的，一点不错，就是这样。他想去拉代爽的手，可她没那意思，只好不作声地跟在后面走，只是到了非说话不可的时候才说一句“向右拐”“这儿没有，再往前走一点”。

2

银白的海滩被海水镶出一弯弧线，远处几株高大的椰子树歪斜着挺向天空，一幅很美的海景。

代爽一见海就来了兴致。她今天穿一件紫色的短袖衫，配一条薄型淡色牛仔裤，显得既有色彩又清素。她把凉鞋脱在沙滩上，挽起裤腿趟进海水。细细的珊瑚沙夹进脚趾，又被海水冲去，痒痒得很舒服。她弯下腰仔细地找着，越走越远，全然不顾身后的海波。

望着远远的代爽，海波好容易提起的情绪又有点退潮了。真不知该怎样才能让她开心。

他们俩就像天上的两朵云彩，随随便便碰到一起，随随便便地就结婚了。其实倒也不全是这样，毕竟两家的父辈早年在一起当过兵、打过仗。那年海波的父亲在战场上冒死救下了代爽的父亲，代爽的父亲就说两人今后一定要结成儿女亲家。倒也巧了，两家的后代真是一男一女。虽然父辈们早早退役各奔了东西，但代爽爸爸一直念着要报答这救命之恩。去年得知海波在海岛当兵还未成家，就打电话给老战友，一定要让海波“收编”代爽。海波从来没有见过代爽，只是通了两个月的电话。今年年初休假时接触了一个多月，就匆匆忙忙把婚事办了。

海波如此匆忙地和代爽结婚是有原因的。他是个条件不错的小伙子，身高、长相都说得过去。虽然黑了点，但正是当下女孩子喜欢的肤色，有点像港星古天乐。海波前前后后也谈了几个女孩子，可就是没有一点成功率。第一个姑娘是家乡镇上一个商场的营业员。海波用了一个假期认认真真地把恋爱谈得挺有质量，可一回到部队就傻了，海底电缆突然中断，根本没法和那女孩子联系。半年后电缆接通了，他俩的好事也就续不上了。电话里，那姑娘细声细语地说这谈的是什么破恋爱，大喘气也不能喘半年啊，谁受得了你找谁去吧！第二个姑娘是最漂亮的一个，在一家小电脑行里打工。海波觉得她像香港的影星张敏。在这一点上他一直有点心虚，总怀疑这么靓的女孩子是否真的会嫁给自己，就是嫁给自己能过得长久吗？让他意想不到的是，俩人谈了一年半的恋爱，虽然见面的时间加起来不超过一个月，可她还真的要嫁给他了。海波心里得意起来，看来“古天乐”还是配得上“张敏”的。那次女方是在春节前赶来部队结婚的，人都到了海边却被大风浪给堵住了，北方下来的寒潮没完没了，运输船根本不能出海。她倒也耐得住，铁下心来等交通上岛，反正每天都能到海边去看海。没想到，看海看出了岔子。一个挺有钱的老板每天也到海边看海景，连着十几天，都见这么个漂亮的姑娘枯坐在那里，便看上了她，花高薪聘了去当秘书兼妻子，不，应该是妻子兼秘书吧。那女孩最后也给海波回了个话，说我可是真心要去你那结婚的啊，可咱们有缘无份，要怪就怪老天吧，谁叫它没完没了地刮北风来寒潮，把我挡在了大陆呢？再说了，咱俩就是真的结婚了，不成了“海峡两岸”吗？在那之后，海波的恋爱就有一搭没一搭地谈得凌乱不堪了。虽然还是成天傻乐着，可整个魂魄都散淡了，根本没有了再谈恋爱的心劲。就这么拖泥带水地晃了几年，人也丢下二十奔三十了，不知不觉中加入了大龄青年的行列。每每看到战友们一个个挽着老婆、抱着孩子的，他就叹气，只怪自己运气不好。所以，老爸在电话里说有个老战友要把女儿嫁给他时，他想也没想就说可以。老爸说你也不问问女方的情况就决定了？他说不用问，我找女朋友有了新的标准：第一是女的，第二是活女的。老爸其实也不了解代爽，本想征求儿子意见的，听儿子说气话，知道在海岛当兵累心，找不到女朋友心里更苦，也就不说什么，只把代爽的电话号码告诉他，一切看缘份吧。

代爽在远处突然大叫起来。海波以为出了什么事，急急地跑过去，原来代爽拾到了一只残缺的砗磲螺。她丢掉了大草帽，用两只细白的手捧着砗磲螺给他看，一脸的兴奋，鼻子上都沁出了一层细密的汗珠，一缕乱发粘在脸颊上也顾不上捋。

海波也随之兴奋起来。这是他第一次看到她高兴到了忘形的程度，就借机把代爽的小手捧在自己的手里，她竟然没有拒绝。

“真好看！”海波想讨她的高兴。

“当然，是我捡到的。”代爽盯着手里的宝贝说。

“其实，这不算啥。我给你找几个更漂亮的吧，虎斑贝最好看，这玩意儿不值钱的，又缺了个边……还有……虎斑贝还是……情人贝……”

“情人贝？”代爽好奇地问。

“是呀！虎斑贝总是成双成对的，碰到一只就能捡到另一只……”

“好呀！那你给我找虎斑贝，越多越好，你可不许吹牛啊！”代爽居然有点撒娇的意思了。

海波有点晕。这是代爽情绪最好的一次了，要是再给她搞一些漂亮的贝壳，她一定会更高兴，也许晚上就会让我碰她了。

的确，海波和代爽只在结婚那天晚上有过一次“半生不熟”的肌肤之亲，打那以后，她根本就不让他粘她。他俩只是有名无实的夫妻。

3

代爽之所以匆匆匆忙忙和海波结婚是因为她那浑不吝的性格和一个挺可笑的念头：找一个和别人不一样的老公。

她的家境很好。老爸在海盐的一个小镇子上开了个电器开关厂，生意都火到了国外，家里从来没缺过钱。代爽上中学时就有一辆老式的伏尔加小轿车天天接送她上学，上高中开始家里给她单独请了个保姆，一步不离地照顾她。高三的上学期，因为受不了准备高考的苦，她自作主张退了学。老爸也不逼她，随她高兴。在家里嗑嗑瓜子、看看电视、打打麻将，再不就和小姐妹们逛逛商店，自由自在地过了两三年，又觉得没劲了，老爸就给她在保险公司找了个差事，让她去卖保险。干了没几天，她又烦得不得了，便又回到家里，继续着以前的日子。名义上是工作了，其实和以前没两样。她卖不出去的保单，都由老爸派人给卖掉了，所以她不用上班，每月还可以去公司领一大笔工资。家里的钱、公司的钱，代爽疯玩起来收都收不住，有时玩得太大了，连老爸都担心她玩出点什么事来，就想着快快找个女婿管管她，好让她收收心，安安稳稳地居家过日子。

她被宠惯了，也被宠坏了，在婚姻大事上当然也由着自己的性子走。每次父母催促她找男朋友，她都漫不经心地敷衍着，根本不当回事。

直到两个铁杆小姐妹嫁了人，才走脑子想了想，结论是她们又酸又俗，我可不能随大溜，得找个特别的。瞧，那个嫁了研究生的雪菲不是酸吗？自己最多是个半吊子高中，看到书本都脑仁疼的主儿，还找个成天靠写字吃饭的老公，真酸呐！嫁大款的姐们儿王玲娟就俗了，你又不缺钱花，傍着个老了巴叽的老男人，想想都恶心。老爸就说你瞧着别人酸别人俗，那自己去找个像样的回来我看看。代爽就玩笑着说我要找就找个当兵的，让他穿身军装跟在我后面，走哪带哪，那才叫绝版酷姐！一说当兵的，老爸想到了海波，真就打了个电话给老战友，没想到事情还真成了。

海波是按代爽要求的那样穿着军装去见她的。他身板本来就挺拔，上下刷白的海军服又格外衬人。代爽一见就说："成！就你了。跟我上街吧！"他问上街干吗？她说上街就是上街，不干吗。海波只好相跟着。代爽边走边回头对他说："嗨，听着，我可不嫁人啊。"见海波迷惑不解，就笑笑说："我不嫁男人，是要娶男人噢，懂吗？"

没想到代爽是约了女友的。雪菲和王玲娟在百货公司门口等着，代爽一到就对她俩宣布：这是我的男朋友，怎么样，够酷吧？雪菲和王玲娟就笑，说该给他配一副墨镜，套一身风衣，再跟在你身后打一把黑伞，你就是标准的大姐大了。代爽立刻笑翻了。女孩子逛商店是高手，根本不知道累。三个人手挽手一路说一路走，就像没有海波这么个人，只是买了东西后，才回手交给他拎着背着。海波嘴上不好说，心里觉得挺别扭，这算怎么档子事，我好歹也是个大男人，第一次见面就打发个小二子的差事，往后还不得拿我当下人使唤啊？再说了，我回来是见你代爽的，偏又拉来两个外人，这不是拿我不当回事吗？海波是个好脾气，平时挺能忍事，总是处处让着别人，初次见女朋友就更不好发作。还有另外一层意思——代爽挺漂亮，脸上的轮廓和眉眼正是他喜欢的。唉！这女孩脾气是有些让人受不了，可谁让咱在海岛当兵呢，再挑三拣四的，恐怕一辈子就得当王老五了。想到这，他一言不发地当了一下午跟班扛包的，心里却充满了希望。

本来俩人这次见面没有打算立即结婚的。有天晚上聊天时，海波告诉代爽父母，他当兵的海岛在南海深处，是一个只有 0.5 平方公里的小岛，那儿的风景可是美得没法说。天上有无数只白色的鲣鸟，海滩上常会上来海龟，有一次还有一只三米来长的小鲸鱼搁浅在沙滩上，是他和战友们把它救下海去的……一直在边上看电视的代爽突然回头说那我跟你去海岛玩。海波说那可不行，那是一线海岛部队，规定很严格的，家属都很少去过，别说你只是个女朋友了。“那我这就跟你登记结婚，”代爽随口就说，“结了婚总得让我去探亲吧？”海波根本没这个思想准备，说你开什么玩笑，代爽瞪着眼说我不开玩笑，明天咱就去登记。海波看看代爽，再看看她的父母，不敢相信这是真的。他被代爽吓着了。

第二天果然登了记，春节里果然结了婚。

可是入洞房的那天晚上，代爽哭了。她虽然是个说风就是雨的人，可真到了要把自己彻底交给别人的时候，也不免伤感起来。眼前的男人她不但没有感情，连一丁点的了解都谈不上。原本就想着改改样，不愿走别人结婚的老套路，你们不是都挑肥的拣瘦的吗？我偏不，我偏要那素素的青菜萝卜。可真的来了青菜萝卜，她又犹豫起来了，心想难道我真的就要守着这青菜萝卜一辈子？

代爽坐在床沿上默默地流泪。海波看时间已经很晚，轻声说睡吧，便把她拥在怀里。那晚代爽是顺着他的，她把头靠在海波的肩头，一任眼泪断线一样地淌着。他们就这样耗到了下半夜，代爽实在熬不住了，就说睡吧，你今晚可以抱着我，但不许要我。海波问为什么，她说我来了。海波不知是啥来了。代爽说女孩子每月都要来的，你没有福气。

那一夜，海波几度把怀里的代爽搂得紧紧的，可还是尽力克制着自己。代爽在海波的怀里睡得香甜，就像没有和异性同床共枕一样。再以后，代爽干脆不让海波碰她了，话也越来越少，只是说：“早点去海岛吧。”

刚过初三，他俩上了路。碰巧赶上一条送货渔船，初九便上了岛。

4

代爽沿着小岛整整转了一圈，也没找到个像样一点的贝壳，尽是些破了相的珊瑚石和砗磲螺。她就嚷嚷着叫海波快去找虎斑贝。海波说这东西不是说找就能找到的，早些时候在沙滩上用脚一踢就能踢出一只虎斑贝，这些年都让人给捡净了。要找得到礁盘边缘去找，可第一这得等潮水退了，第二呢，队里有规定不许私自下礁盘赶海。前些年有个战士为了给演出队的女孩子找贝壳，悄悄下海游了出去，结果出了事故，现在还埋在那片树林里呢。

他边说边指着不远处的一片抗风桐。

代爽根本没有理他，更不接他的茬，把手里的破贝壳往海里一扔便扭头往回走了。海波知道她又来劲了，后悔不该许诺给她找虎斑贝。只得讪讪地跟在后面。

代爽心里也麻乱得很。本指望来小岛散散心的，可新鲜了没几天，就实在呆不住了。不说别的，光这单调乏味就让人受不了。她承认自己和海波俩人的生活太不一样了，好像长久地生活在两个不同频道里的主人公，根本不知道另外的频道在演什么戏，在讲什么故事。说实在的，她原先压根想不到在大海深外还会生活着这么一群人。她一点也不了解兵，更不了解小岛上的兵。其实，她也不想了解，每次老爸要说部队里那点事，她都烦得不行，没有一回认真听过，她觉得部队里的事和她无关。当然，从踏上小岛的一刹那到现在，她一直迷惑不解，也生出了十二分的好奇："他们为什么要来这住着？这么个苦地方，干吗要死守着？"在她看来，那么大的一片海，谁会跑到这来占你的地盘？十几个当兵的，拿着国家的工资，成天扛着枪在海边上转来转去，总说是南海前线，哪有什么敌人？在哪呢？可这帮兵们还真是挺当真的。别看平时个个贫得不行，一拿枪巡逻就虎着脸，没有一个大声说话，更没有一个嬉皮笑脸的。她很不以为然。上岛第三天是个星期一，海波早早起来穿上他最干净的一身军装，说是要集体升国旗。她心里就想笑，升旗？你这也不是天安门广场，升又怎么样？不升又怎么样？谁看得见你们升旗，谁又知道你们升旗呢？窗外的仪式举行得有板有眼。海波是老兵，长得又挺拔，当然是升旗手。他把国旗捧在怀里时的神情怪怪的，一副当国家主席的表情。兵们用一个小录音机放国歌，当那片鲜红升起时，个个都盯着它给它敬礼，在绿树蓝天里飘着，那国旗格外打眼。代爽觉得这些兵和她周围的人真的很不一样，简直是两个世界、两个时代的人。好像有个电影叫《秦俑》，是张艺谋和巩俐演的，不就是把两个不同时代的人搁到一块儿说故事吗？就像这岛上的兵们和城市里的人一样，谁也不知道谁。她有时挺替兵们难受的，他们享受过多少生活呢？记得前年有一次她和姐们儿打麻将，一口气打了三天三夜，王玲娟赢了钱，好像赢了七八万，就请客到深圳去玩。刚到深圳，雪菲来了瘾又要接着打，于是姐几个又到香蜜湖度假村没挪窝地搓了四天四夜，结果又是王玲娟赢了。她们又奔了西双版纳。本想在那参加泼水节的，可她们在景宏找了家傣楼住下后就没出门，直到雪菲赢了钱，就接着去西藏。在拉萨的头两天代爽手风很顺，要什么有什么，少说赢了四五万，可第三天就不行了，因为缺氧，姐几个头疼得都要炸开了，只好回了家。想想好笑死了，那日子过的，是有点疯过了头，幸亏是头疼了，要不然几个人要疯到新马泰去了……海波和那些兵们哪能过这样的日子？不要说过，怕是连想也想不到吧！？

代爽越发觉得这小岛上太没劲了。是啊，再好的风景也不能当饭吃。她回头对海波冷冷地说了一句：“我想回家了。”海波说那就回去歇着吧。她说我不是说要回这个家，是说要回老家。

海波明白，早上的好心情不会再有了。

整整一天，他俩再没有一句话。

5

越是着急，代爽越走不出这小岛了——起风了。

苦苦等了一个半月，小岛没来过一趟交通，就连渔船的影子都没见到过。这是她原先没想到的。

其实，不要说代爽了，就连姜晓和海波他们这些老海岛都觉得不可思议。每年的季风转换期是海况最好的季节，寒潮过去了，台风还没来，海上多数时间风平浪静。可今年都快进四月了，寒潮还不依不饶地南下，接二连三，没完没了。每天都能听到海风的呼啸声和海浪惊天动地的拍岸声。海波有空就站在瞭望哨位上看海，可一看浪尖上戴了白帽子，就知道没戏，至少五六米的浪，根本来不了船。上级的补给计划下达了三次，又取消了三次。看来短期内气象好不了。

代爽实在是被困得心烦意乱了。她倒是不急着赶回去上班什么的，就是觉得小岛太闷了，电话电话打不了、电视电视看不清楚，跟这些兵们又说不到一起玩不到一块去，守着个海波吧，也是怎么看怎么不顺眼。越这样她越夹生，性子越躁，时不时想冲海波发火，可又觉得犯不上。讲心里话，海波没什么错，婚是她要结的，海岛是她要来的，当然，更是她让他“守活寡”的，但就是和他好不起来。其实海波也急，他想让代爽快些离开这里。既然俩人根本没有感情，也就没有必要再呆下去了。特别是队里的主副食和淡水都吃得差不多了，多一张嘴就多一份消耗。

晚上队里在椰子树下开会，研究如何解决全队快要断水断炊的问题。姜晓让代爽也搬了张小马扎坐在旁边听。

姜晓先告诉大家情况不太妙，说看这气象，再有十天八天风也停不下来，也就是说，近几天上级不可能派船来补给。今天下午司令员来电话问我还能顶几天，我怕领导着急，不敢报实情。你们想啊，如果说了真实情况，司令员还不硬着头皮派船来，那要冒多大的风险呢？船就是来了也靠不上这小岛啊，出了事故咋办呢？所以不能说，不能给领导添乱。可眼下咱们还真是快顶不住了。大家都知道，淡水还有一吨多一点，柴油也烧得差不多了，大米只剩下半袋，地里的菜和冰箱里的肉早就吃光了，风大浪高又不能赶海，搞不到海货，这几天全靠陈土豆和干海带过日子，一点荤腥都没有。过这种日子，咱们大老爷们倒好说，就是太亏了咱们小代了。代爽啊，咱也不瞒你啊，就是这么个情况。

兵们都回头看代爽。

代爽脸红了。她没想到队长会说到自己，忙说："我没什么，大家能过我就能过，只是给大家添麻烦了。"说完看了海波一眼。海波脸上没有表情，心里想："这话说得还像个样。"

姜晓接着讲："话是这么说，可你一个女同志千里万里地上了咱这小荒岛，怪不容易的，咱一群大男人不能让你吃这个苦不是？再说了，老这样弟兄们也受不了了，怎么着也得搞些海鲜什么的改善一下伙食。我看这样，明天开始，炊事班不再烧开水，省点油，叶根子负责每天给每个人砍两个椰子。注意啊，一人只准喝两个，咱岛上的椰子树少，还不能敞开喝。"

兵们听说有椰子喝立刻高兴起来。岛上的椰子树都是多年来一茬一茬官兵育苗栽种的，结了果的只有那十几棵。加上姜晓历来管得严，说那是战备水，只准在关键时候喝，没有他的批准谁喝谁犯纪律谁就是破坏战备，所以平时大家都难得喝到，只有逢年过节或者来了领导和工作组才舍得砍几个。看来，这事还真让他管对了。

“都给我安静点！”姜晓接着布置说，“队里还要实行更严格的用水制度。淡水只能用来做饭，除了海波和代爽每天一桶淡水，其他任何人不准拿淡水洗脸洗澡，都给我到井里去打岛水用……”

“队长，”海波接过话头，“我和代爽也不用淡水，反正用岛水也一样洗……”

“得了啊，”姜晓以过来人的口气说，“那岛水别人洗着还能过，你们小两口用那咸不咸、淡不淡的水，就没有法亲热了，浑身黏了巴叽不说，还容易得病，你海波不知道怜香惜玉，我们还心痛呢。”大家都跟着哄笑起来。叶根子更是脸上挂着坏笑，用眼瞟着海波说：“队长，待我以后找着了媳妇也强烈要求享受洗淡水的待遇哈。”兵们更笑得停不下来了，搞得海波怪不自在，他有点想哭，我和谁亲热去？我和谁亲热过？这事还没法跟别人说去……

代爽也给了大家一个笑，浅浅的，可突然觉得心里被什么触碰了一下，有点酸。虽然她上岛后几乎没有跟兵们更多地交流，可她看得出他们都对她挺好的。就说这淡水吧，前几天叶根子天天把自己的水省下来给她和海波用，今天姜晓队长又宣布这样的决定，真的是挺有情义的。她知道从姜晓到每一个兵都千方百计地想让她和海波好，其实他们肯定看出了她和海波之间是怎么回事情，个个都揣着明白装糊涂，不去捅破这窗户纸。嗨！这世界上还真有这么一群纯情纯义的人啊！她挺感谢姜晓和叶根子，挺感谢这帮兵的，猛地，也突然觉得挺感谢海波的。

“说完水咱们再说吃的吧。”姜晓看了海波一眼，有点为难的样子，“我们大家都知道，海波养了几只鸭子……”

全队人不敢去看海波，都知道那些鸭子是海波的命根子。代爽也听说过海波和鸭子们的故事，是叶根子告诉她的。海波前两年探家回来时，在大陆给队里买了二十来只刚孵出来的小鸭子。毛茸茸的小东西很招海波喜欢,他边喂着边等交通上岛,结果等了快一两个月才有船。他赶着一群半大的鸭子搭船先上了主岛，一路上风浪大得吓人，全船人几乎都晕得趴下了，海波边呕吐边拼死守护着鸭子们，小鸭子也像一群没有爹娘的孩子，唧唧乱叫着往他身下钻。到了主岛，海波又一边喂鸭子一边等下小岛的船，好容易才赶上一艘值班炮艇去丰沙岛巡逻。在丰沙岛，海波又活活耗了四十几天才有船，等回到自己的小岛时，那些鸭子都已经“长大成人”，快要下蛋了。当时姜晓还是副队长，正为没有肉食品犯愁呢，在码头就要杀鸭子改善伙食，海波愣是不让。他说我把它们带上小岛实在不易，你怎么说也得尊重我和它们的感情吧。你实在要杀就先杀了我吧！海波兵老，姜晓也敬他三分，就没有硬干。从此队里就有了这个不成文的规矩：只能吃鸭蛋不准杀鸭子。其实这么热的海岛上，鸭子们也不正经下蛋。海波就把它们当宠物养。鸭子们也认他，每天吃过晚饭，海波就背着手带它们去散步。只是去年总部演出队来的时候，海波才忍痛贡献了五只鸭子出来，之后让他心疼了好些天。

代爽当初听这事觉得海波挺傻，怪好笑的，那鸭子懂什么感情？生来就是给人杀了吃肉的。叶根子却说这鸭子对海波挺重要，是个想头，要不然在小岛忒闷得慌了。代爽想想也是，自己刚来这么几天都受不了，这些呆了几年、十几年的兵要没个寄托也真不好过。

“队长，”海波站起来冷冷地说，“都到了这个份上了，我那几只鸭子还有什么舍不得的？只是有个请求，明天我和根子去赶一次海，如果赶着海货了，就让鸭子多活几天，如果空着手回来，我就亲手杀了鸭子给大家吃。”

说完，海波没有一丝笑容地坐下。

6

夜。

没有比夜色里的海岛更有魅力的了。空气腥咸，是那种很过瘾的味儿，让呼吸着的人感觉得到它的存在。潮水仍然执着，明知要退去，还一浪浪地往岸上涌，好像只是为了制造轰鸣。鲣鸟们都归了巢，偶尔会发出几句凄冽的叫声。

散会之后，海波就掮着一支步枪巡逻去了，屋里只剩代爽一人。几乎每天都是这样,不是上半夜就是下半夜,海波总要和其他兵们出去，常常带着一身汗水和海水回来，搞得她天天睡不安宁。

猛然间，一发红色信号弹撕破了夜空，接着又是一发。守备队传来一阵急促而尖厉的哨音。

海波带着一股海风冲进小屋，一边往枪膛里压子弹，一边厉声对代爽说："礁盘边上发现两艘外籍船只，靠得太近，怕是武装渔船，也可能会是海盗。一级战备！我不回来，不许开灯，更不许出声。"他顺手关了灯，又爆喊一声："听到没有？不许开灯！"便冲进了夜色。

代爽没有回答，但身体像过电一样激灵了一下，不由自主地抖了起来。海波从没有这样对她说过话。她有点害怕了，真的会出什么事吗？

又一发信号弹冲天而起，屋外响起了凌乱的脚步声。战士们短促而有控制的话语使气氛更紧张了。代爽索性和衣躺下，等待着。等待什么？她不知道。也许会有危险，不过有海波他们。想到这，她倒对兵们有了一丝依赖。有他们在，有海波在，一定不会出事的。

海波一夜未归，代爽也一夜不敢合眼。虽然下半夜再也没有听到枪声，但一阵紧似一阵的海风让她心里那根弦松不下来。每当听到脚步声，她都会没来由地担心起来，又巴望着是海波回来了——奇怪，竟会盼着他回来。快天亮时她慢慢地有些迷糊了，半梦半醒之中，海波向她走来。身穿一件很有形的黑色风衣，是下摆很大腰身收紧的那种，戴着酷酷的墨镜，像美国大片里的男主角，只是风衣里面穿的不是西装，而是海洋迷彩服。身边竟跟着雪菲和王玲娟她们，一边一个挽着他的胳膊。她们很亲昵地把头靠在海波的身上，一副媚样儿，真不地道！她俩还真不把自己当外人，冲着代爽笑，挤眉弄眼地做鬼脸，把代爽腻歪得什么似的。太过分了吧！连我的老公也敢……什么？你的老公？不对吧！？你们俩是夫妻吗？是真的夫妻吗？真是夫妻吗？代爽想说当然，可说不出来，嗓子被卡着似的……

突然觉得有人在解她的衣扣。是海波？是他。代爽没有睁眼，故意的，凭直觉就知是他。想想挺难为他的，结婚到现在也没有满足他。其实结婚那天她根本没有来例假，只是不想就这样把自己给了他。她是担心，为以后，得给自己留下退路。老实说她对以后的生活一点都没有把握，和海波能过得长久还是过不长久，真是一件说不准的事情。解衣扣的动作很轻，能感觉出有些迟疑和不安，听得到粗而急促的呼吸。紫色的衣服和牛仔裤被褪去了，她依然没动，心想就这样给他吧，在这小小的海岛上把自己交出去，不管以后会怎样……

她只剩下紫色的胸罩和内裤了。那是一套名牌，意大利的，镶着蕾丝花边和暗色花纹。海波当然不会认识这牌子，要好几千块钱呢。代爽对自己的身体很自信，对它的白净和形态，雪菲她们说过她是魔鬼身材。她知道这套名牌内衣会使她看起来更女人，或者说更性感。之前她总是穿长袖睡衣上床，从未让他看过自己的身体。荒蛮小岛、意大利名牌、女人身体，已经足够了，还要怎样的浪漫呢？她等待着他把它们脱去，然后实现他们的第一次结合。代爽还是假寐着，呼吸开始加快，脸上也有些热，她知道自己准备好了。

进程却停了下来。海波并没有继续下去，而是拧了把湿毛巾开始为她擦身子。凉意立刻覆盖她的全身，渗透进每一寸肌肤、每一根毛孔，很爽的感觉。她这才想起来昨天到现在还没有顾上洗澡呢。她心里暗笑，笑他还知道做这样的准备。他用的是淡水，因为擦过之后没有那种黏黏的感觉，这是他省下来的，为她省的，他总是把每天分给他俩的那份淡水省给她用，自己跑去洗那咸咸的井水。代爽有意侧了一下身，装着是那种熟睡中的侧身，好让他擦后背。她真的希望擦完之后，他能好好地疼自己一场，长这么大还从来没有被异性这样精心地呵护过。

后背也擦完了。可海波仍然没有像代爽想要的那样做，只把一单薄毛巾被盖在她身上便关门出去。那一身海洋迷彩和肩头的钢枪在门外一晃就不见了。

她哭了，无声的，心儿竟浸润在一股无名的哀怨之中……

7

“嫂子！嫂子！快起来，海波在海滩上抓到一只大海龟。快去瞧吧！”

叶根子在窗外火烧火燎地喊醒了朦胧中的代爽。

“在哪呢？”听说抓到了海龟，代爽来了情绪，穿上衣服就往外跑。

“在南面的沙滩上，队长他们都去了。”叶根子一溜小跑先走了，代爽在后面紧着追。看来海波在家里没有吹牛，这里果然有海龟。

全队人都来了。围着一只硕大的海龟，足有小餐桌那么大。海波很兴奋，笑呵呵地给大家讲着怎么发现这家伙的。代爽从来没见过这么大的海龟，一时竟拉着海波的手欢叫起来。

前几年海龟上来的频，这些年少了。队里早几年就有规定，任何人不许杀海龟吃，抓到了必须放生。姜晓还专门给大家上过环境保护课，说海龟的成活率只有百分之一，也就是说孵出一百只小海龟最终只能长成一只。战士们都挺自觉，没人去伤害它们，更没人偷偷杀海龟做标本，这几年少说也放生了几十只海龟。但今天的情况特殊，好多天没有吃到肉了，这海龟来得正是时候，这么大的海龟少说也能出几十斤肉。姜晓说看来咱们只能犯一次纪律了，对不起它了，就当它为咱守岛官兵做一回贡献吧。把它抬回去吧，海波会收拾，把它收拾干净了，中午吃红烧龟肉，明天咱包龟肉饺子吃。

代爽一直显露着兴奋的神情，不仅因为新奇，还因为官兵有肉吃了。老实说这些天的伙食的确让她受不了，海波他们又天天巡逻、训练，那么辛苦，再不补充点蛋白质怕是顶不住了。海龟长得像甲鱼，甲鱼是高蛋白，大补，海龟肉也一定是高蛋白，有了它怎么也能顶一个星期吧？她一直对这海岛的生活挺不习惯，也感动不起来，总想不通有什么必要吃这个苦。但毕竟是挺难为这些当兵的。世界上有没有人知道还有人过着这种日子呢？怕是根本没有人知道。雪菲和王玲娟她们肯定不知道。这回儿她们指不定在干嘛呢，逛商店？搓麻？不，一定是正在做美容呢。来之前，雪菲和她还商量要去做全身整容。浑身上下要动几十刀，全套下来得花二三十万。代爽劝她考虑仔细了，别花钱买罪受，弄不好还给整残疾喽。雪菲是个爱美不要命的主儿，没准现在正躺在手术台上让人给修理呢。

战士们边起哄边抬着海龟往回走，代爽也在一旁相帮着。姜晓看代爽露了笑脸，就叫着她说话。“小代，在这小岛呆得受不了了吧？”姜晓问。“是有点急人。”她坦率地说。姜晓停下来，想和代爽认真谈谈，代爽也就跟着止住了脚步。

“海波是个好人。”姜晓说。

“是。”代爽附和着，知道姜晓要说什么。

“他是队里的元老，整整十三年与大海相伴，对这小岛有感情，我们都说他是‘岛魂’，有他在，不仅能把弟兄们的情绪带起来，连我这当队长的心里也踏实。别看他是个兵，顶得上几个好干部。”

代爽低头不语。她想起了昨天晚上，心头又气了起来。

“临回家时，海波高兴得几天睡不着觉，他说一个姑娘能看上咱海岛的兵，真难为她。如果谈成了结了婚，他要一辈子对她好。”

“这我信。”代爽轻轻地说，“可……”

“先听我说。我不管你们之间发生了什么，如果海波有对不住你的地方，我这个当队长、当大哥的向你赔个不是。你千万要看在守岛人不易的份上，好好地和海波过几天开心的日子。以前海波可不是这个样，笑得灿烂，可现在呢？打你来后就没见他笑过。我真怕他得了什么病。既然是夫妻，你们还有什么掰扯不开的呢？你遭了不少罪到海岛来，这情这义全队人都看得出来，都记着呢，挺敬重你，也为海波高兴。别扭着也是过，高兴着也是过，那何必不高高兴兴地过呢？听我的，和海波好好谈谈……”

“队长，不是谈不谈的问题，”代爽说，“是我和海波的婚姻不合适。”

“什么？”姜晓吃惊不小。

“我也知道海波是好人。但我觉得他只适合大海、只适合海岛、只适合当兵。要是以后离开这里呢？他怎么过日子？你们这和外面简直是两个世界，他将来回家能生活吗？靠什么生活？是啊，我可以不要他养我，可他得养自己啊，他怎么养？靠什么养？他什么都不知道，都不懂。队长，我越是看到他在海岛上如鱼得水的样子，心里就越担心，因为他，不仅是他，恐怕你们中的大多数人，离开这里就会成为一条离了水的鱼，没法活。”

姜晓哑口无言。代爽说的是实话，他和他的兵们每次踏上大海对面的陆地，都有一种手足无措的感觉。不要说那些没见过世面的战士，就是他这个军校毕业的大学生，一到城市里就犯懵，那么多车、那么多人，看着眼晕。回到家里，同学、亲戚谈的说的都是陌生的话题，常常插不上嘴，正像代爽说的，是一条离了水的鱼。

现在姜晓终于明白了小两口为了什么，明白了海波情绪不高的原因。海波是他最器重的兵，不仅当骨干使用，还亲如兄弟。别看他成天笑笑地过日子，心里特有数，也真讲情义。前年姜晓最亲最亲的老娘急病走了，他疯了似的想回家去看娘最后一眼，给老人家送送行，可二十号台风正面向小岛袭来，怎么下得去？狂风暴雨里，姜晓跑到沙滩上面向北方长跪不起。海波竟也赶来陪他跪在风雨中，呜呜地放声大哭，比姜晓更伤心。这样的人，怎么就享受不到甜蜜的爱情呢？他还想替海波做做工作，又不知说什么好。

叶根子气喘吁吁地跑来叫姜晓，“队长你猜那海龟身上有什么？”

“什么？”姜晓问。

“有字！”

“有字？这怎么可能？”

“是有字！海波用刷子刷掉龟壳上的绿苔就露出几个字。”

“写的啥？”

“海波。”

“海波！？”代爽禁不住叫出了声。

“是海波，是海波当新兵时抓住的。他刻上自己的名字把它放回大海。没想到过了十三年它又回来了。”

大海龟趴在厨房的水泥地上，时不时仰起头张望围观的兵们。它环视的时候很悠然，朝天的鼻孔偶尔吐着粗气，上下眼睑也会慢慢地眨几下，很友好的样子。它的背壳上依稀刻着：海波，1996-6-18。

姜晓说：“这龟也有感情啊，还真吃不得，吃不得呀！咱再困难也不能伤害这只龟！”姜晓沉思片刻，厉声喊道：“海波！”

“到！”

“想法给海龟喂几天好东西，找个日子放它回大海。”

“是！”

代爽有点感动。被这龟、被这些兵。

晚上吃饭，海波给大家端上了啤酒鸭。

8

终于要来船了。明天。

姜晓把这消息告诉海波时，海波不知该高兴还是该难过。他心里清楚，代爽这一走，他们的婚姻也许就结束了。这两个月过得算什么日子？睡在一个屋顶下，却像两个冤家。也好，这名义夫妻总算是熬到了头，倒不如和战友们快快活活地在这小岛上过，起码闹个心情畅快吧？让他既感到遗憾又感到宽慰的是，他始终没有占有代爽——从心到身体——如果他们分手，他至少是对得起她的。

代爽独自一人收拾东西。听说有船，她当然高兴，可不知为什么，心绪突然飘乎起来。她想起那个梦，那个海波被小姐妹挽着手臂的梦，想起自己在梦里急吼吼的样子。结婚以来她一直都感到和海波不会过得长久，在岛上住了那么长时间也还是这种感觉，可真要走了，真要散了，心里也不是说放下就放下的。这些当兵的在海岛上的生活值不值先不说，可他们身上透着一股子东西，一股在别地儿找不到的劲头。这股劲头是什么她不知道，也许就是他们常说的精神吧。这世界也真是太不公平，凭什么单单这帮兵要死守着这份艰苦、孤独和清贫，那么多人却能舒舒服服地赚大钱，享受生活。想到这，她自己脸红了，不要说别人，你自己不也过着那样的生活吗？在岛上住了这两个月，她开始怀疑以前的日子，甚至怀疑以前的生活态度了。不要说别的，那种癫狂的活法真有点对不起这些兵们。也许回去后她会试着换一种活法，至少不能再像原先那样了……

所有衣服都叠得整整齐齐，一件一件码进旅行箱里。最后剩下的是那套意大利名牌，紫色胸罩和三角内裤，带着蕾丝花边，丝质的布料泛着幽光，显得名贵，不时还散发出淡淡的清香，是一种名牌香水的味道。蓦地，代爽脑子里升腾起了一种欲望，心跳有点快，血液明显地往脸上涌。她立刻意识到是一种想把自己彻底交给海波的欲望。怪了，她自己都纳闷，在一起待了那么长时间，甚至在一张床上睡了那么久，连一点感觉都没有，一点事情都没发生，临要走了，怎么会……她努力克制着，告诉自己不要心软，和海波不会长久，犯不着的。但她依然不自主地拉上了窗帘，一粒粒解开衣扣，褪去了所有的衣服，再细心地穿戴好紫色的内衣。是为了海波，也是为了自己，为自己的第一次。

晚饭时，代爽显得很异样。为了给她送行，队里特地想办法加了两个菜，拿出了最后一箱啤酒。队长举起酒杯说了些祝她一路平安的话，代爽竟举着啤酒瓶回敬大家。她说我吹完这一瓶大家随意。在兵们惊讶的目光中，她真的一口气喝完了一瓶啤酒。一群男子汉拼命鼓掌要她再喝一瓶。代爽说要喝可以，我和海波俩一块儿喝。海波觉得奇怪，今天她是怎么了？难道人要走了性格也变了？他架不住大家起哄，只好用牙开了一瓶，呆呆地等着代爽。代爽说我和海波喝交杯酒好不好，兵们当然高喊好。她拉过海波，右胳膊绕过海波的脖子，在他的左肩头咕咚咕咚地往嘴里灌酒。泪水和着啤酒把海波的肩头浸湿了一片。官兵们还在欢呼着，她拉起海波奔出餐厅。

回到小屋时，代爽已经满脸通红。她是有意要那么喝的，也不知为什么，就是想喝，也许因为要走了，也许以后不会再有这种机会和兵们这样喝酒了吧，也许只是为了给海波一个补偿，就在今天晚上。

代爽当着海波的面褪去了外衣，褪得只剩下意大利名牌。洁白的身子、紫色的内衣，多么性感的组合，绝版！海波会无动于衷吗？绝对不会。她脑子已经腾云驾雾，眼前的海波也变得不那么清晰。“你要我吗？”她眼光散淡却很温情地问海波，“今晚帮我擦身子好吗？你帮我擦过的，我要你擦、要你擦嘛，擦完了我们就结婚……”她边说边倒在了床上，自言自语地说着些旁人听不懂的话，人已经不清醒了。

海波在一旁却格外清醒。床上的代爽很近，伸手可及，绯红的脸庞、雪白的身体、紫色的内衣、空气中弥漫着的香水味，一切都在向他暗示着什么，可是他没有去触碰她。他不是不想，代爽的样子很诱人，再说他俩也是夫妻，没有什么可顾虑的，可他还是一再告诉自己，不要去碰她。他硬是克制着自己。他早就感觉到了与代爽之间的距离，此时，他更加清楚地知道这距离有多么巨大。代爽不属于自己，自己也不属于代爽，那张结婚证也说明不了什么。代爽是对的，一个喜欢享受生活的女孩有什么错呢？她不想与一个当兵的生活也是没有错的，因为自己不可能给她带来快乐和享受。代爽是现实的，现实是不能指责的，指责现实的人自己就是不现实的。在海岛这十几年里，自己过得挺开心、挺充实，是其他任何人体味不到的一番经历，这就足够了，就值了。要说遗憾，就是自己和社会远了，甚至有了点恐惧感，明知以后一定要回到社会中去，可总不想去面对，以至于每次服役期满时，总要想法再转下一期，总想在岛上再多呆两年，目的就是再晚一点重返社会。可时间越长就越不习惯、越不敢，甚至是越害怕。这几年探家从来没有在家住满一个假期的，每次假期过了一半就呆不住，急着想往回赶，只要一上岛，人立刻就神清气爽。真是怪了，别人都说海岛苦，可我感觉不出它苦在哪？

醉酒后的代爽处在半昏迷状态，她不时地动弹手脚，双眉间显现出痛苦和烦躁的表情。起初脸是红的，慢慢地从脖颈到脚趾都像被染过的一样，是那种通红通红的颜色。海波从桶里打出淡水，为她细心地擦身子。之后，小心地放下蚊帐，转身出门，走向墨黑的夜色和夜色里的大海。

他要为代爽做一件事。是他答应她的——找虎斑贝。

9

今天应该涨大潮。

礁盘上还没有上来海水，到处可见坑坑洼洼的积水。裸露出来的珊瑚沙滩很好走，一点也不陷脚。沙滩上不时会有响声，是小生物在沙子里吐气的声音。远处的海浪声比往日小了许多，节奏也慢，很舒缓、很慵懒的样子。大约是农历十八、十九，月亮还没有升起来，但借着天光，能隐约看见远处一道白色的水际，那是礁盘的边缘，再往外走，是几百米、上千米深的海沟。

海波本不想违反队里的纪律，可为了代爽，决定冒一次险。倒不是为了要感动代爽或挽回点什么，他只是要兑现自己的承诺，也为了让代爽高高兴兴地离开海岛，他忘不了那天代爽见着贝壳时高兴的样子。毕竟她来了一次海岛，而且来这一次挺不容易，就算是作个分手的纪念吧。他特意穿上了海洋迷彩，把裤腿扎得很紧，带了一把铁叉、一把防水手电和一只网兜。怕被发现，他小心地背对着瞭望哨使用手电，仔细地在沙滩里寻找。

他很快有了收获，一只老鼠贝。这一点他很骄傲，每次队里组织赶海，他总不会落空。他经常担任总指挥，最多的一网竟围到二百多斤鱼，有鹦鹉鱼、鲷鱼、线鱼和石斑，全队足足吃了半个月。他把老鼠贝放在网兜里，继续找着。

代爽还在睡，但已安静了许多。她梦境里又一次出现了那个穿风衣的海波。这次没有雪菲和王玲娟，是她自己挽着海波。海波很高兴，一会儿把她揽在怀里，一会儿又吻她的额。她像一只小鸟依偎在海波宽宽的胸膛上。过一会儿海波的风衣又变成了海洋迷彩，脸色黝黑黝黑地放着光，有点像美国NBA的巨星迈克尔·乔丹。他的墨镜哪去了？该戴着，那多显酷。雪菲突然窜出来，也是一身海洋迷彩，墨镜在她手里晃悠，一脸的坏笑。怎么又是你这个倒霉的雪菲，快把墨镜还给我，是海波的。雪菲非但不给，还跑。代爽开始追，可怎么也跑不动，眼看着要追上了，海波却把她拦住了。嗨！你这个海波怎么帮着她呀……代爽一下把自己急醒了。忽地坐起，真的不见了海波。猛然想起喝了酒，立刻感到头疼，便无力地倒下了。酒劲还没过去，可思维异常活跃。她很奇怪海波为什么丢下自己不管了，为什么没有要自己，这完全不符合道理。他是不是个正常的男人？是正常的男人就没有理由在我面前不动心的。难道他真的是心死了吗？她伤心起来，眼泪止不住了。

海波发现一只砗磲螺，可他没要。砗磲螺要大，大到一抱来长，那就是珍品了，小来小去的没什么意思。沉鱼岛过去有个特大的砗磲螺，听说送给香港展出去了……他突然觉得海水没过了膝盖，是涨潮了？是涨潮，远处那海浪的轰鸣声也比刚才大了许多。他继续朝前走，右脚触到一个硬物，伸手一摸觉得是一只美人鲍。果然是美人鲍。美人鲍也没太大意思，名儿叫着好听，形状和砗磲螺大同小异。今晚怎么运气这么不好，到现在还没有碰到虎斑贝呢？一定要找到虎斑贝。按说涨潮了就不能赶海了，可海波不甘心，他一定要趁着潮水还不太大时找到虎斑贝。他干脆深吸一口气，打着手电筒潜进海水，急速地寻找着。终于，他发现一只又大又漂亮的虎斑贝。这大大激发了他的信心，又继续着往前游……

涨潮中的海水来得很快，一会儿就没过了海波的胸。他有了不少收获，这使他忘记了危险，不知不觉中，连摸带游地来到了礁盘边缘。当他又找到一只虎斑贝时，一个来势汹涌的浪头把他打翻了。海波挣扎着要找回平衡，在喝了几口苦咸的海水后，终于站立起来，可他突然动弹不了了，他的一只脚被下面的礁石死死地卡住了。他立刻意识到了危险！海水还在上涨，如果不能尽快脱离，他就会被活活淹死。他试了几次，一点效果也没有，脚腕子痛得钻心，不能有半点挪动。他想憋口气潜到水下看一眼，可慌乱之中早把手电和铁钎都丢掉了，只剩下腰里拴着的网兜……

海水又上涨了。他试着大声喊叫了几声，可队里根本不可能听到，他的位置离沙滩的水线至少有一百多米，从水线到队里也有一百多米，加上海浪声，不会有人听见的。恐惧向他袭来，他的呼吸变得困难了，拼命地挺直身体以使头部能露出水面。又是一个浪，把海波的意识给打懵了，他完全失去了挣扎的能力和勇气，就像一棵海里的植物，随着海浪摇摆晃动着。海水终于没到了他的头部，他放弃了任何动作，听由海浪摆布。好像是代爽朝他走来，穿着那套紫色的短袖衫和淡色牛仔裤，她边走边脱外衣，脱得只剩下紫色的胸罩和紫色的三角短裤，是有蕾丝的那种，很名贵。她好像喝了酒似的，脸色通红，走路都不稳了。这样子好看……紫色，紫色真好看，我看到了海风的颜色，是紫色的……风的色彩很美呢……代爽向他走来……穿着紫色走来……是爱情色……

又一个浪。

10

当这世界再一次展现在海波眼前的时候，已经是第二天上午了。

那只防水手电筒救了他的命。它像一只漂动着的灯标，被海水冲到了滩边。恰好叶根子带着两个新兵巡逻路过这里，见到了这只冲天亮着的手电筒，一眼就认出是海波的。他马上意识到海波出事了，立刻对天鸣枪，并让新兵赶快回队里报告，自己脱下军装纵身跳进海里。幸运的是，他竟能像装有雷达那样毫不偏离地游到了海波的身边……

代爽把海波紧紧地抱在怀里，不断地用脸去蹭海波的头发和脸颊。从昨晚到现在她一直在哭。海波微微地笑了，他无力地看着代爽，看着姜晓，看着叶根子和其他战友……

汽笛响了。交通艇就要离码头。

代爽不得不走了……

11

海波背了个行政记大过处分。

在他的档案里有一个二等功和四个三等功，还有数不清的嘉奖。这个处分让他有一种“快天亮了尿炕——晚节不保”的感觉。不过他很服，一点没有怨言。以前每次立功受奖都会觉着受之有愧，好像偷人拿人的不好意思，这回领了处分反倒心里坦然——该得的，谁叫你违反规定呢？守备队二十几年的荣誉差一点就毁在你的手里，一个记大过处分算什么呢？只要不除名，只要还让我在这小岛上干，给啥处分都行。海波对小岛实在有感情，一个十七岁的生瓜蛋子愣是在小岛上熬成了老兵，把最最青春的年华搁在了这无人知晓的天水之间，怎能没有感情。尤其经历了这一番生死，他更舍不得离开了。这生命搁在哪不是搁？搁在这小岛上比在世界上任何地方都舒坦，只要部队允许，我可以干到老去，最后把自己埋在这小岛都成……一想到这些，海波立刻会觉得心里轻松了许多。

当然，使海波感到轻松的真正原因还是代爽的离去。再不用费神去讨她的高兴了，也不用受那“守活寡”的煎熬，更不必用生命去挽救什么。海波有时也会想起代爽的漂亮眉眼和迷人身材，也会想起那套紫色内衣，还有代爽长发飘飘、香水淡淡给他带来的梦幻一样的遐想，有时他甚至觉得代爽性格里有那么几分可爱。在海波的眼睛里，迎面吹来的阵阵海风仍然带着颜色，是代爽喜欢的那种紫色，这颜色只有他能看得到，也只有他能欣赏它。但他不再把她当作妻子，他知道他们永远不会成为真正意义上的夫妻。他们属于不同的世界。

他想透了。

既然想透了，海波也就把心放到了肚子里。于是他便又开始了他的笑，那种或者放肆或者奔放或者张狂或者没心没肺的笑，便又开始琢磨再弄一批小鸭子上来养，一定要找回当鸭司令的感觉。

一切都回到了原来的状态。

代爽常来电话，海波很少去接听。既然都过去了，就不想再婆婆妈妈地没完没了，明年探家办个离婚手续就全结束了。代爽只好找叶根子传话,说她已经报名参加成人自学考试,还托老爸在为自己找工作，说她要换个活法，希望海波不要不理她……

终于有一次，海波被叶根子强拉硬拽地接了代爽的电话。代爽完全没有了当初那种满不在乎和居高临下的口气，她急切地想知道海波现在是怎么想的。让她没想到的是，海波在电话中的声音很开心，是那种完全撒开来的笑，这是他俩认识以来从未有过的。这让代爽感到海波离她不是更近了，而是更远了。

“海波，”代爽主动说，“咱们再结一婚吧。上次不算，我们再来一次，等你下次探家……”

“代爽，”海波认真起来，“把咱们的命运交给大海吧！”

“交给大海？”代爽不解。

“记得那只海龟吧？”

“当然，还刻着你的名字。”

“我在那只海龟背上又刻上了你的名字。我已经把它放回了大海。如果有一天那只海龟再回到这小岛，我就回去找你。”

代爽无语。

列兵江上眠

南极·北冕号邮轮·2017

2017 年 11 月 27 日下午，当地时间 17 时，法国庞洛公司的北冕号邮轮缓缓驶离火地岛乌斯怀亚码头。当它进入宽阔平静的比格尔水道之后，团友们都涌到上层甲板大呼小叫地观光拍照。此时，位于邮轮五层酒吧的阅览区，有三男一女置两岸奇异景色和众人的喧哗吵闹于不顾，静静围坐，手执威士忌酒杯轻声交谈着。这种状态贯穿于南极之行的许多时段，甚至在穿越德雷克海峡狂浪区的那两天，四人也偶尔在此相聚，以至于许多人都怀疑这几人是不是去南极旅行的。当然，团友们都认得其中的一位，他叫江上眠。江上眠是本次旅行团队的领军人物——“极越国际旅行家俱乐部”董事长。

四人能聚首于此，连他们自己都难以置信。他们之间时不时会相互盯望，面带不可思议的表情。十多年前，三位男士是南海深处的守岛军人，隶属海军南海舰队某部。年富强是碧波岛守备队队长，樊伟松是师政治部组织科科长；江上眠当时是列兵，碧波岛守备队的机枪手。女士方云，则先是年富强的女友，后为其妻。之后，三位军人在经历了一次不大不小的事件后转业退伍，星散四方。经年一瞬，此番聚首，当然是缘起于当年的那片海、那个岛、那些事，特别是因为江上眠的出现和存在。这一点，江上眠自己都笑着点头说是。

樊伟松每每用意味深长的眼神打量面前的三位，总会想到当年作为组长带领调查组进驻碧波岛的情景。樊伟松不仅对年富强和江上眠的“前生今世”了如指掌，甚至，关于方云在两个男人之间的情感经历也了然于心。从那时起，他就对江上眠保持着长久而深厚的兴趣。他一直记得在厚厚的调查笔记本的扉页上曾写下过这样一段话：江上眠到底是个什么样的人？官兵们众说纷纭。一千个人心中，有一千个哈姆雷特。可他江上眠自己却说，万千人中，本尊的灵魂独此一款。

这几个人凑到一块儿，太有意思了。

南海・碧波岛・2012

年富强（碧波岛守备队队长）

实话实说，那一纸转业通知抵达时，我像坠入吸力巨大的漩涡，心情极速下降而不能自控。“不是如你所愿吗？”我无从看到电话那头方云的表情，但话语的频谱是揶揄或嘲笑着的。递交申请之初就知我会失望于她从而令我们的关系更加危机四伏。是的，生米熟饭，苦果自吞，开始逞一时之快要争口气，真的来了却不甘承受……方云在电话里一声叹息，“不听劝，一意孤行”。接下来是足足几分钟令人窒息的无言以对，直到她轻柔一句打破两头缄默：“回来，把婚事办了吧。”这大大出乎我的意料，难道她能坦然接受我放弃军旅？

方云起初并不情愿的。她哥哥与我同学，认识她时她还小，枯瘦如麻、风吹草摆的样子，谁知几年后出落成仙，令人心向往之。但我只是她哥哥家境平平相貌平平才学平平前途平平的同学而已，也属于她走过路过不会留意的一类。及至我考上军校进入军中，她才接受他哥哥的建议，与我交往。如同有些明星是被戏捧红的一样，我的这身军装、我肩头的军衔及海岛的经历甚至我这张黑得不成样子的脸庞让我的形象有了些色彩，在她心中立住了。我军旅发展的远大设计是得到她认可的。“嗯，就这样干下去好了，我觉得你特适合行伍，简直就是为军人而生的，熬出个将军吧，说不定呢？”她半真半假的玩笑让我开心。当将军是奢望，能走多远走多远是愿望。我自知实现愿望要靠实干。我的确下了力了，干得很辛苦，一路干到碧波岛守备队长，副营职。坦途在前的我，却遇上了江上眠这个兵。我总在想我该怪谁呢？是上天派来克我的吗？方云曾说江上眠这个兵不好带。当时我还不信，信心满满要为他“改头换面”，谁想我的人生轨迹硬是被他扳了道岔，像一只领头雁被小雁仔撞了腰折了翅，坠离雁阵。转业未必不是好事，许多想转业或被转业的人都会如是说。可我难以承受的是，原先的理想和万分热爱的军中人生戛然中止。我唯有将一个理由拿来安慰和说服自己——基层带兵已然列入高危职业：擅自离队、逾期不归、赶海溺水、打架伤人、损坏装备、错情漏情、聚众酗酒、柴油换鱼、伙食超支，还有比武成绩垫底、行政管理混乱、支部建设无力、宣传教育不落实……样样都能毁得你三生三世翻不了身，谁叫你是个头儿要负领导责任呢？江上眠是个小小列兵，不也将我毁到了如此地步吗？唉，是福不是祸，是祸躲不过。只有想到转业后能不再为这些事而烦恼，我的心口才稍微松快些。

樊伟松（师政治部组织科科长）

碧波岛的耐克鞋事件是我去调查处理的。事情不复杂，很清楚，对年富强的处理也不能说重。至于后来年富强因此事而提出转业，我始料未及。

十二月初的一个早上，有一只大号集装箱从一艘航行于南海的商船上坠落海中，漂到了碧波岛的沙滩上。海上漂来物件的事情常有，小到漂流瓶拖鞋泡沫箱，大到木板树木烂船帮子，甚至大商船搁浅的事儿都发生过，但集装箱还是少见。碧波岛官兵们打开了那只 Evergreen 集装箱，是满满一货柜最新款耐克鞋。问题出在，第一，他们没有及时报告上级。第二，未经请示擅自打开了箱子。更为严重的是第三，他们拿了一百多双鞋去跟渔民老陈换水换菜换各种海货。

如果事情到此为止也就罢了。哪想到渔民老陈回大陆后，拿耐克鞋到市场去摆摊叫卖，被工商稽查人员抓了个正着。不仅以扰乱市场之名将老陈羁押了一个星期，还把“案情”通报到了警备区。而警备区又将此事汇报到省军区并一竿子捅到了总部。这下海军和舰队就被动了。在总部的严厉追问下，海军要求舰队严肃查处这起“擅自倒卖高档涉外物品案件”。

王政委派我代表纪委到碧波岛调查此事。

我先找的是战士许小放。许小放是第一个发现集装箱的人。许小放说：“那天我值下半夜的班，累了一夜，想到码头抽烟，吹吹海风，呼吸点新鲜空气。那会儿天刚麻麻亮，我一出院子就看到靠码头东面的沙滩上有一个黑乎乎的大家伙，仔细一瞧，是个集装箱。科长你知道吧，咱在小岛待长了，见这大家伙老兴奋啦，我喊着叫着往队里报告去……”我对许小放说：“这些都不用讲，你告诉我，是谁打开的箱子？有没有人用鞋子换东西，都是谁？”许小放眼神躲着我，好几分钟不说话，我说：“你不能知情不报，否则一旦查实了，你也得挨处理。”许小放还不想说。这时有人敲门，随着一声“报告”，进来了列兵江上眠。这个江上眠我认识，曾与他打过交道，挺另类的一个兵。

他说："樊科长，这事是我干的"。我就让这个江上眠具体说说。江上眠说："很简单，是我用油机班的大号管钳、扳手和铁锤开的集装箱，用了半个小时。打开看到全是鞋子，具体有多少双没有细数，至少几千双吧。年队长是后来的，他看了后就说谁也别动先封起来。第二天一早是我值班，我去扛了几箱子，大约有一百双，找渔民老陈换了五十斤石斑、两大桶淡水、二百多斤蔬菜还有几十斤鱿鱼干。"我问是谁同意你这么做的，他说："没有人同意，是自己的主意。"我问："队长不知道？""不知道。""为什么要擅自做主？"江上眠说："为了生存。已经两个多月大风浪，上不来补给。全队人只剩下半袋大米，连续十几天就着盐水吃白米饭。弟兄们请示去捉一两只海龟来改善生活，年队长又死活不同意，他这人执行上级命令太死性，您说说我们该怎么办？大风浪，军舰进不来，人家老陈顶着风顶着浪玩命过来了，咱不换他的换谁的？"我说："那你也不能动那些鞋子啊，都是名牌，价格不低啊。问题还不在几个钱，关键它还是涉外事件，这不知道？娄子捅到了总部，后果你该清楚。"江上眠回答的语气仍然平缓，但显然也是寸步不让："上面把伙食费控制得死死的，基层根本见不到现钱，拿什么买老陈的货？让战士出工资买？合适不合适您知道。要不然就拿柴油去换，人家老陈也愿意啊，但这又违反了油料管理规定。再说，所有海上航行的商船包括它们载运的货物都有商业保险，这个集装箱根本不会有人来寻找，找到它加上处理它的花费远远超过商业理赔。二十世纪七十年代搁在这儿的那艘船再也没人问过，不是最后也割掉卖废铁了吗？'涉外事件'从何谈起？放着几十条人的生命您不关心，反倒追查这些耐克鞋，您不觉得您不人道吗？"

我盯着江上眠肩膀头上的列兵符号，已经怒火中烧了，哪有新兵敢对我堂堂一科长这么说话？我把本子一摔，大声喝道："你太放肆了吧？！"不想他不吃这一套，反而冲我一笑，说："樊科长，冲动是魔鬼，别一冲动，忘记了我军尊干爱兵的光荣传统，是吧？”我说：“江上眠，你别跟我贫，倒卖耐克鞋性质严重，你不怕受处理吗？”他说：“我得纠正您的说法，倒卖？这不成立。如今什么年代，倒买倒卖的罪名从《刑法》中都拿掉了，您想欲加之罪吗？”我说：“我可以按条令条例处理你。”他更加不屑地说：“三大条令，请您从头翻到尾，我用鞋换食物犯了哪一条？一条都找不到。法无禁止即可行。而且，这是特殊情况下的无奈之举，当年红军在紧急时刻不还给老百姓打过白条呢吗？”

这个兵的态度过分了。我正要与这小子好好说道说道，有人敲门了，是队长年富强。年富强到底是干部，进来后不仅姿态端正，礼数周到，而且说话得体，保持了对我，不，对上级机关干部应有的尊重。他身体笔挺地立正站着：“报告樊科长，用鞋换食物的决定是我做的，请不要责怪江上眠同志。江上眠，你对首长说话太不礼貌，赶紧认错检讨……”

江上眠丝毫没有认错的意思，只是不再说话。年富强看看冷场了，示意江上眠和许小放出去。俩兵出去后，我问年富强：“这个姓江的兵怎么这样？”年富强说：“他就这脾气，但还算是个不错的战士。”

年富强（碧波岛守备队队长）

樊科长问江上眠怎么样，我带的兵，好坏都是自己的孩子，我能咋说？

江上眠那批新兵是2002年1月底上岛的。当时的印象，除了这个兵长得挺高挺帅之外，就是他脸上总写着满不在乎的表情。那天护卫艇送来十几个新兵，他们在码头列成一队，我照例要说些欢迎之类的话。一队之长嘛，以足够庄重的表情面对新兵是必需的，新兵们因此而惶惶地盯着我，眼神中流露出敬畏感。带兵人需要这种眼神，它表示服

从和认可我所拥有的权威。可独独这个江上眠不是，一双眼睛四处张望，似乎我是个无足轻重的人。我问他："你叫什么？"他说叫江上眠。我对着花名册查看了一下——江西南昌人，高中学历，父母都是新闻工作者。再问："我讲的你听进去没有？"他说："听进了，是些欢迎之类的客套话。"这近乎无礼的"客套话"让我很不舒服。新兵初来乍到就不懂得尊重，今后怎么管？但我压住了火，我记住了他的那张还算帅气的脸和满不在乎的表情。我不是个记仇的人，但对这个江上眠，我得用心来对待他。因为咱的职责就是带好兵，越有问题的兵越得下劲带出个样子来。如同不能挑选自己的孩子一样，当领导的也无法挑选你的士兵。上级把名单一划拉，好兵孬兵一箩筐都交到了你手里，你能说要这个不要那个？咱的职责就是尽心尽力地培养他们。头两批兵里，真有些被我成功"改造升级"的战士，而这个江上眠呢？当时我就觉得这个兵怪特别。

冷霜（碧波岛守备队雷达兵）

那个樊科长反复启发我，让我讲到底是谁的责任。那我能说吗？打死都不能。年队长我不能说，江上眠的事儿我也不能说。不仅如此，我和几个小弟兄还挺佩服江上眠，这事儿干得漂亮！

我和江上眠是一批的新兵，开始对他一点好感也没有。他特善于占领居高临下的位置，俯视弟兄们——忒牛！在训练基地开头一段他根本不理人的。但凡长得帅点的都这样吗？一米八三的个子，白净的脸庞棱角分明，鼻梁挺拔，鬓角清秀，嘴角总斜歪着，一副对全世界不屑一顾的样子，要么一两天不说一句话，闷头看书或听音乐，要么海阔天空地侃侃而谈，旁人根本插不上嘴。时间长了，都知道这小子肚子里有货，脑子也快，就是不怎么合群，比较孤傲吧。半个月左右，因为一件事使我俩成了好朋友。新兵班长阮发奎死活看不上我的队列动作，在无数次纠正我后，有一天他终于失去了耐心，咬着牙说：“你，冷霜，给我做两个小时俯卧撑，中间不能歇。”奶奶的，这是个不可能完成的任务。我做到一百来个就撑不住了，阮发奎就说：“做不够时数就不要吃饭。”他接着对全班新兵发号施令：“这个冷霜如果完不成，你们统统陪着他一起饿肚子。”阮发奎话音刚落，江上眠就大喊一声：“报告”。阮班长双眼一瞪，不让他说，江上眠却大力出声，“你这是军阀作风、野蛮带兵、株连无辜……”阮发奎一双眼睛瞪得快要落到地下，小新兵蛋子反了不成？“你，江上眠，向前一步走！”江上眠听令出列。“你，也做两个小时。”江上眠目视前方，纹丝不动。阮发奎面子上搁不住：“你做是不做？”江上眠还是不动。阮发奎这就要动手。江上眠面无惧色，一转身奔向了操场尽头的军务科长。阮发奎气得浑身发抖，转眼看我还死猪样躺在地上，便一迭声地暴吼，“你——给我做——做——做——”边喊着边抬腿对我肚子就是一脚，恰恰这一脚被江上眠带来的军务科长看到。那阵子，训练基地正抓文明带兵呢，阮发奎撞在了枪口上，当场被撤掉了班长职务，到勤务连站岗去了。

第二天双休，江上眠找到我说：“哥们救了你一把，怎么表示？”我说：“请你吃哈根达斯吧，香草、果仁、巧克力随你挑，还有抹茶。”他说：“哈根达斯太小儿科了，至少得去趟小重庆火锅城呀。”他看我面有难色，说：“别不痛快，这叫投资，懂吗？我找几个弟兄助兴，几杯啤酒下肚，不就成了朋友了？往后，你知道哪片云彩会下雨？说不定用到谁了呢，这都是人脉，是社会资源，懂吗？”那一顿，五六个同队新兵干掉了我五百多块，要知道我一个月的津贴费才二百多。过后的一个晚上，都睡了，江上眠往我枕头底下塞了四百元钱，说：“我知道你心疼那顿火锅，给你补上。”说完在我头上抹了一巴掌。我问他“哪来的？”“发了点小财，你拿着就是了。”后来听说，他托人从香港带回几十台双卡手机，靠着一张嘴，倒给了电子城的小商户，每台赚了几十元。瞧，他这脑子！

周之鹏（碧波岛守备队机电兵）

要不要把实情告诉樊科长，这挺纠结。按说我可以实情实说，就是他江上眠干的嘛，但会不会牵连到年队长？可不说实情，年队长不是更倒霉吗？所以，在樊科长问了足足半个小时之后，我才说了第一句话："江上眠这人不怎么样。"樊科长问："怎么个不怎么样？"我说："贼精。"他说那就先说说怎么个贼精吧。我就先把江上眠如何替冷霜出头，然后又讹了五百元钱的事儿讲给他听。樊科长说："这事儿前半截属于仗义执言，敢于同不文明的带兵行为做斗争，后半截讹钱属于趁火打劫，不地道，虽然找补回来，可倒腾手机也有悖于军人品行。"听他说这，我又跟他说了另一件事。我们刚入伍到训练基地的第一天开始，就整夜的不能睡觉，为啥呢？楼对面五十多米处有一个工地彻夜施工，怎么睡？熬了几天实在受不了啦，我们就反映到队里。新兵队副队长出面去交涉了两回，可施工方根本不搭理，照样在半夜把机器开得震天响，铲车运石料的声音更是折磨人。有一天我提出咱们队全体出动跟他们干一仗，荡平工地。一众弟兄一听都来了劲，嚷嚷着要出手教训施工队。江上眠躺在床上边看书边不急不忙地说："革命军人打架多不好？"我说你别躺着说话腰不疼，有种你想个辙。江上眠说："放心，打个电话，明天晚上就能搞定。"我说："你江上眠咋这么能吹牛呢？"江上眠眼不离书，慢悠悠地说："咱打个赌呗，一千块？"同宿舍的弟兄们都起哄。我俩当时就各自签字画押。第二天晚上十点，喧闹的工地突然安静下来。所有人都起身看江上眠，问："你背后有人？"江上眠并不回答："周之鹏，现在是二十二点整，对面工地是不是停工了？是，就把一千块钱搁这儿，大老爷们，不至于毁约吧？”他手里拿着那张纸，得意地看着我。没办法，生生被讹去一笔。樊科长听得眼睛也大了，“他真的打一个电话就办成了？”我点头说：“是，他给基地政治部值班室打了个电话，说对面工地的头头很牛，不仅到处吹牛说这是基地王司令侄子包下的工程，没人管得了，而且还说他们给这个司令员至少送了五百万，这事儿连周边卖香烟卖槟榔的小商贩都知道。这电话还真管用了。樊科长你说，他损不损？”科长呵呵笑了几声，说：“这事儿江上眠做得不算太离谱，挺有脑子，至少没让你去打架吧？”他看我不说话，问：“那这次耐克鞋的事，也是他的主意？”我说：“科长，是不是他的主意还用问吗？别人谁敢那么想那么做嘛！还有一点我敢保证，事情与年队长没关系，找老陈的时候是下半夜，全队人都在睡觉呢。中午又是江上眠帮厨，端上来的海鲜热气腾腾，没人顾得上问哪来的，都抢着下筷子去了。事后才知道是江上眠拿了耐克鞋去换的。”

江上眠（碧波岛守备队机枪手）

上面来查耐克鞋的事我本来根本不往心里去，多大的事嘛！可真查起来后我有些担心年队长，怕连累他。没想到他还挺身而出，在樊科长面前大包大揽。这演的是哪出嘛！他完全没有这个必要。我江上眠什么人？扛得住！你年队长可不行。

上岛这么长时间，我和年队长总不在一个频道上。有点像啥呢，像就着大蒜喝咖啡，别扭。最初就是新兵座谈会那次。他说：“座谈会嘛，就是请新兵同志们讲讲心里话。谈谈为啥来当兵？怎样对待海岛的艰苦环境？怎样树立远大的革命理想？说一定讲真话，要讲心里话啊。”他这么一号召，许小放、周之鹏、冷霜他们都争着发言，把我听得那个恶心啊，直想吐。有点实话不行吗？从海南乘军舰过来这一路，许小放就一直抹眼泪，冷霜倒是没哭，却闷头睡着不起，一看就知道他后悔得不行。周之鹏竟然开始打听，有啥办法能调到广州部队去，去不了广州到海口也行。按说有这种情绪和想法也正常，人嘛，总有个七情六欲，到海岛服役也得有个适应过程，关键是这会儿竟然唱出高八度来了，说守岛不苦，守岛光荣，说老早就向往着到这里来磨炼自己，还“宝剑锋自磨砺出，梅花香自苦寒来”，妈呀，假不假啊？年队长插话说：“守岛的确光荣，但不能说不苦，要实事求是。但革命军人嘛，字典里就得把那个苦字抠掉。苦不苦？想想红军两万五，累不累？想想革命老前辈……那谁，江上眠你说说，亮亮你的真实想法。”我就问队长：“你要听真话，还是假话。”他说：“当然说真话喽。”我说：“我来当兵真没有那么高尚的念头，也没有在部队长期干下去的打算，我就是为了圆一个梦才来的。”年队长说：“你说说啥梦？”我说：“我记得特清楚，是四岁的那个冬天，我跟我妈上街走丢了，在外面晃了一整天，最后派出所的民警把我送回家的。那一天我爸妈肯定是急疯了的，而我却是从未有过的开心。我走丢后并不急着找大人，却自己逛开了。先在百货商场转了几圈，然后顺着城里的大街一路看五金店、瞧杂货摊，还盯着打气球的看热闹，最后，走到了公园。那天，公园的企鹅馆正好开馆，我人小，也不要票，就钻了进去看企鹅，一直看到下午肚子饿了，才想起来回家。那天晚上我做了很长很长的梦，全是各种好玩好看的东西，一醒来我告诉自己，你以后得把这个地球走遍。喏，这就是我的梦想，也是我来这儿的原因。接兵的刘营长到我家说出国容易到海岛难，说南海美得不得了，那我干吗不来？看不着企鹅看海豚也行啊，就来喽。”年队长和所有的班长都像看猩猩一样看着我。别啊，啥眼神啊？你们不是要听实话吗？其实，当时还有些实话我没说，我当兵还是被老爸硬逼来的。为啥？他管不了我。从初一到高三的这六年，我只干两件事儿，一是玩魔兽世界。年队长他肯定不知道魔兽世界这款游戏，玩它的瘾头跟吸毒差不多。老爸给我的学费和零花钱都让我玩光了，玩得黑天昏地不能自拔，经常玩失踪，记得最长的一次有两个星期既没上学又不回家。老爸着急上火，到派出所报案，说儿子失踪了。派出所听了情况说，你放心，他保准在哪个网吧或图书馆。到底是警察，在网吧找到我时，还在昏睡着，一直被送到家都没醒来。第二件事是读了许多杂书。游戏打累了，就在市图书馆泡着，有时干脆带个面包睡在里面。我对学校里课堂上的东西压根不感兴趣，每次考试都是同班哥们儿帮着过。但不是吹的，我读过的书，能抵得上读两三个大学。当然，这种玩法要考大学根本没戏，于是，顺从了老爸的意思，来当兵吧，也算是条出路。当兵以来，年队长也好，班长也好，总找我谈心，希望我上进、当标兵，还要我向组织靠拢。这挺好笑——我没有不上进啊，关键你按什么标准来要求我。我说你们看我这种情况，能划到哪一类呢？按队里的要求，我肯定算不上积极分子，年终评奖什么的，我压根也不指望，或者说，不感兴趣吧。那我就不骑马不骑牛，骑着毛驴当中游，行吗？这话肯定又不顺耳，他们不愿意听。

周之鹏（碧波岛守备队机电兵）

樊科长说到新兵座谈会上的事，我记得的。那次年队长听完江上眠的话，脸就挂下来了。你江上眠心里是这么想的也不能这么说啊。咱虽然到部队时间不长，可规矩总是知道的，领导喜欢听啥，不喜欢听啥，哪些能说，哪些不能说，总不能四六不分吧？老百姓说话了，逢人只说三分话，未可全抛一片心，部队里也一样。江上眠在新兵连时替冷霜出气告了那个阮班长，后来咋样？阮班长的老乡还当班长啊，总也不给江上眠好脸色，处处给他小鞋穿。我就不喜欢江上眠那种自以为是一副浑不吝的样子。好在后来他找补了一下，他说："年队长别担心，我虽然没有他们的觉悟，但人毕竟来了不是？不管抱着啥目的来的，就是根木头桩子戳在这儿，咱也是岛上的一份子，一个兵，我做不了经天纬地的大事，也总归要‘晓战随金鼓，宵眠抱玉鞍’，大事业做不到，十里一走马，五里一扬鞭还是能做到的。尽力而为吧。”樊科长问,江上眠平时表现到底怎样？我说他在岛上的确不怎么突出，但也挑不出大毛病。除了这回耐克鞋的事儿。

冷霜（碧波岛守备队雷达兵）

耐克鞋的事，是事出有因的。江上眠还不是为了弟兄们？许多事他为大家出了头作了主，解了一时之困，不能反过来怪罪人家，拿他当冤大头耍。其实我就爱他的这种性格，本真，一点都不做作。这一点也害了他，总让领导不待见。要我说，他是碰到了年队长这样的领导，要不然会很惨。大概是第二年，官兵们加了一次工资，从上一年的七月份补起，多的拿到手有一万多，那几天人人干活都浑身是劲。队里要搞个“三感”教育，感谢、感激、感恩。队长先讲了一个多小时，说党、国家、军队可没亏待咱们，对咱有多么关怀，又讲守岛爱岛意义伟大，咱不能辜负了领导对咱们的这份关怀。讲得弟兄们昏昏欲睡。然后，有几个人不着边际地胡讲了一些表态性的话。队长说，回去每人写一份一千字的心得。第二天，所有人的小文章都贴在了走廊里。其实那就是做样子的，谁也没去认真读它们。巧的是师里的樊科长正好来队里蹲点，他竟然细细地看了所有人的表态稿。看完后就集合全队的人，说这个江上眠的思想有问题。当时气氛很紧张。科长说：“你年队长一点政治敏感性也不讲，江上眠的稿子有倾向性问题，你不审查就往墙上贴。”江上眠不干了，说：“樊科长，这事与年队长没有半点关系。您说我有倾向性问题，先说个道理出来，别以官压人。”樊科长说：“你说要感谢爹妈、感谢人民、感谢你自己，咱搞的三感教育是这个意思吗？”这时候，我们都有点小兴奋，想看看一肚子学问的江上眠怎么戏弄这位大科长。他说：“科长大人，我是这么说的，军人待遇提高了，的确要有感恩的心。我认为，咱首先得感谢咱的爹妈，是他们把我们养大，又在家里操持家务，支持我们在一线服役。然后呢，要感谢劳动人民，是他们创造了财富，我们才有粮吃，有装备用，才有这样的待遇。最后呢，咱也得好好感谢自己，咱们队里，老张、阿华、小黑他们，最少的也在这七八年了，最长的肖班长都十五年了，人生最好的青春年华放在了这个荒岛上，我们理所应当得到这样的报酬和奖赏。”我相信，当时在场的人都会认可江上眠的话。“你细细看看我最后一段——劳动人民拿这一笔钱也不容易，咱得对得起这笔钱。站在小岛看世界咱看不到，只要把岛守好，全齐了。”江上眠话音一落，有几个竟然鼓起了掌，见年队长使了个眼色，又刹住了。樊科长脸上挂不住，“你首先感谢谁要搞清楚，是谁给咱们发的工资？”江上眠反问：“樊科长，我问您个常识性问题，军人工薪属于一次分配还是二次分配？”樊科长一时有点懵，“这可是马克思的基本原理喔，你看完了咱再来讨论，好吧？”当时场面那个冷啊。樊科长对年队长说：“你们要整顿，就这个兵的思想搞个整顿……”说完，气呼呼地出去了。樊科长刚一出去，掌声又起来了。年队长苦笑着看大家，没有制止。细想想，江上眠说得在理，没啥毛病。但我们都明白，这么一说，显得樊科长没水平了，再加上一鼓掌，直接把他给虐了，科长的脸面没地方搁了。

方云（高中政治课老师）

直到富强转业命令下来了，我才知道耐克鞋的事儿的。原先总感觉江上眠这个“不安定分子”会给富强带来些麻烦，但没想到会是这样一个结局。

我是去碧波岛时认识江上眠的。那时我正和富强谈恋爱，上岛去看富强。在码头接我的就是新兵江上眠。其实他是出公差去卸船的，别人都在搬货时，他却冲我走过来。“是年队长的女朋友？队长在搞训练，派我来接你。”他并不显得多么殷勤，却也不失礼貌地替我拎起行李。“看你的脸色没有晕船啊，行，瞧那帮爷们吐得跟菜鸟似的。”我没有吱声。“咱年队长哪辈子修来的好福气，怎么找到这么靓的女朋友。”我听了这话心里就嘀咕，你这么说叫我是高兴还是不高兴？好在他的长相令我还有好感，也就笑着跟他去了队里。年富强正领着兵在后面沙滩上搞训练测验，让江上眠先把我领到队里的小招待房住下。结果江上眠直接把我送到了年富强的宿舍，说：“到这儿了，别再独守空房了吧，今晚干脆合床吧，一会儿找俩弟兄，给你们拼一个大床。”我一个姑娘，怎么好意思这样做？江上眠却说：“我相信年队长也不是柳下惠，空守枯岛这么长时间，巴不得呢，你说呢？”我满脸发热，不再吱声，部队怎么还有这样的人？一股子痞气。没想到，住了短短的十来天，我对他的看法变了，以至于后来被他深深地吸引了。有天晚上，江上眠来找年富强谈事，是为了种菜的事，最后与年富强发生了争执。我从旁听了一会儿就明白，虽说江上眠这个新兵有点胆大，但说得还有道理。他说：“队里下了那么大力气种菜太不合算。”年富强说：“上级给咱定了指标，蔬菜种植面积和自给率要达到标准才行，否则年底考核通不过，不能评优。”江上眠说：“定这种指标本身就不科学。蔬菜生长的最合适温度是 25 度左右，最高不能高于 28 度，可咱岛上长年 30 多度，最热时都在 40 度以上，沙滩上大中午都有 70 多度，你看这菜长得像三毛的头发，怎么可能达标呢？再说，这珊瑚沙种菜也是胡扯，弟兄们探家一袋袋从大陆背土回来，好容易置换一遍，浇几次岛水，又全部盐碱化，还得再弄。”年富强接话说：“上级指示，有困难也要坚决执行。能不能种成，是水平问题，种不种是态度问题。”江上眠不高兴起来：“都什么年代了，你还要当那个挖山不止的愚公？依我说，你这才是态度问题。我听说每年上级考核前，你都要让老陈从大陆带菜来补种，应付检查，这和‘大跃进’时期往一块田里堆稻子有啥不同？”年富强不高兴了，“咱还不是为了队里的荣誉吗？”江上眠说：“是吗？达不了标、评不上先进，也会影响到你个人的荣誉，不是吗？”年富强很不高兴地让他走。江上眠看看我，看看年富强，把想说的话压下往外走，到门口撂下一句话：“虚荣心是军人最大的性格缺陷。这是在平时，要打起仗来你试试……”

江上眠这句话的确触动了我。我对富强说：“这小兵说得有点道理，不该为了应付上级检查……”话还没有说完，富强突然爆嗓子冲我嚷起来：“你懂什么你？你根本不了解情况，别跟着瞎起哄。一个刚来三个月的新兵蛋子，也忒放肆，上岛来就没消停过，总对我指手画脚、说三道四，实在是个操蛋兵，从上岛那天起，我就……”气头上的年富强突然收了声，他看我眼泪快下来了，只好不再说什么。这是我俩认识以来第一次不愉快，竟是为了这个江上眠。

那以后，我有意到菜地去转了两次。有一次碰到了几个战士在劳动。防晒网下，长了点不成样子的青菜、西红柿、茄子和辣椒，稀稀拉拉、蔫了吧叽。江上眠坐在荫凉底下拿杂志当扇子扇风凉，他冲我苦笑一下，说：“不计成本地往这儿投入，时间花得比训练多。”我说：“江上眠你那天说的是对的。”他似乎找到了知音，“你真这么认为？”我点头。他露出开心的一笑，说：“有脑子的人都会这么想。别说不该种这个菜，连守备队都应该撤下去，别让咱在这儿活受罪。”我说：“你这话可说过了吧？你们撤走，谁来守这片海和这个岛？”“直升机巡逻啊，”他干脆站起来，认真地对我说，“喏，咱一个守备队驻扎在这儿，住房、装备啥的不说，光维持人员的生活一年得花多少钱？遇到大风浪，连命都难保。现在是什么年代？Being digital……”我问“你说什么？”“《数字化生存》啊，你不知道？尼古拉·尼葛洛庞蒂，太牛叉了。”江上眠来了劲，“听我说，咱在这岛上布上红外探头，别说人，上来只海龟也逃不过去，定期不定期地用直升机巡逻，不仅节省经费，效率也高，一天可把十几个岛巡察一遍，你说说，哪样合算？”我对他的想象力感到讶异，他说：“这完全可以实现的，不是吗？《数字化生存》出版于二十世纪九十年代中期，那时看它是科幻小说，现在再看已经是历史书，老尼的预言不是都成为现实了吗？告诉你，再过几年，遥感技术用来监控各岛，坐在中控室里便可知晓各岛情况，这不是天方夜谭，真的。”我笑着说：“真有你的江上眠，你读的书真不少。”他问我：“方云你在中学教什么的？”不像其他战士叫我大姐或干脆叫嫂子，他就直接地叫我名字，显得随意而亲切。当得知我教政治课后，他很不以为然地说：“哈，三大来源三大组成部分？毛概马哲还有社初？”我点点头。“有劲吗？”我说：“我干的就是这份职业啊，当然喜欢啦。”江上眠擦了擦额头的汗水，说：“好好好，你喜欢就好。瞧这儿……”他拿铲子在地上写下 C+V+M。这我当然知道了，资本的价值构成嘛，“咋了？”我问他。“这个 M，咱们有吗？”他在套我，我不能说社会主义国家有剩余价值，我说：“当然不存在了。”江上眠笑出了声，“没有 M，咱扩大再生产个鬼啊？”这个问题我对学生也说过，咱们叫价值剩余。“嚯，价值剩余，”江上眠露出不屑的表情，“一碗豆腐，豆腐一碗？好了，我不为难你。我再问一个，马克思说劳动创造价值，而复杂劳动又是倍加的简单劳动，对吧？资本主义企业管理者的劳动是不是复杂劳动？”我点头，“那么，为什么不能算作价值构成中的一部分？”这个问题我可真没有想过，我的学生也从来没有提到过。我只要求他们会背那些概念和定义，考试的时候不出大的偏差。江上眠深吐一口气说：“我早知道，你的教学，不会引发思考，不，是不允许学生思考。知道马克思主义最伟大的贡献是什么吗？”我一时无语。“生产力与生产关系这对矛盾运动规律……喏，”他指指海滩，“只要你不能阻止潮起潮落，这个规律永远成立……

这才叫科学。”说这些时，他脸上是轻松而快意的。

菜地之论，像鞋窠子里有一块石头硌着了我，这个江上眠让我领教了，没想到这荒岛上能有这一路神仙，不盲从，不随大流。也就是从那时起，我对我自己从事的工作或者叫事业开始认真检视起来。我问富强：“你读过《数字化生存》吗？”他茫然。“岛上有几个兵的阅读和思考水准能达到小江那样？”富强不以为然地说：“是，他有小聪明，但太不扎实。在这岛上当兵，还是吃苦耐劳的人靠得住，江上眠脑子太活泛。”我说：“思想活跃不好吗？你想要什么样的兵？”富强想都不想说：“吃苦耐劳，听党指挥。”我差点笑出了声。“依我看，是不是好兵，得放眼二三十年看。”富强不解地看我：“在你眼皮底下一个个小绵羊似的，见到你们领导永远都是是是！对对对！你当然怎么看怎么顺眼。碰到个小江你觉得另类了。那些小绵羊放到社会上去呢？你把江上眠放到社会上去试试？他准是条龙。为啥？他的素质在你的碧波岛无人能比，而且……”“而且什么？”富强不太高兴地问，我顿了顿，说，“富强，我不懂你们军队的事儿。但我想，以后打仗是‘小绵羊’好用还是有个性的兵顶得上，你可想过？”末了，我加了一句，“江上眠这样的兵，你带不了他。”富强问为什么？我没说话。

江上眠（碧波岛守备队机枪手）

我在码头第一眼看到方云就觉得顺眼，怎么个顺眼？俩字：清爽。女孩子清爽很重要，干干净净，大大方方，不能搞得像浓妆艳抹的风尘女子，拿腔拿调，扭捏作态。另一方面，听她的谈吐，也绝不是窝在家里的生娃机器和免费保姆。我总认为女人全都高喊着解放，冲出家门去当娜拉真是个悲剧。不是讲和谐社会吗？家庭才是社会和谐的最基本单元。男人上一天班，回到家里有人递上一双皮拖鞋一杯热茶，再把娃娃抱着亲上几口，多和谐？所以，专职太太是家庭和谐的主导方面。都去工作了，家庭就成了不办入住手续的客栈。另外呢，社会上本就有限的工作岗位，又让女人们抢去了一部分，大量过剩的劳动力稀释了原有待遇，那只好低工资、低福利，个个累得喊“做女人难……”，你累你难，回家去啊，男人用高工资养着啊。少数有志向有素质的女性，可以从政。方云可以。她比薇薇强。薇薇总会跑到网吧或图书馆找我，说去蹦迪吧、去步行街吧、去撸串吧，再不，陪我去美甲吧……有次我说我在研究天钩病毒呢。什么病毒？她不知道也不关心。我说一周内世界有百分之八十的终端会中毒。那快去找医生呀。这个薇薇，我不上学可在看书啊，她不上学就真的成僵尸了。方云和薇薇，云泥之别啊。吹个小牛吧，从上初中开始，追我的女孩子数不过来，可没见到一个像方云这样顺眼的。

樊伟松（师政治部组织科科长）

在碧波岛的调查过程中，我逐渐关注到江上眠这个兵。不是因为写“三感体会”和耐克鞋这两件事，而是对他这个人。这是我当兵这么多年从未见过的类型。是，他说话冲，不懂规矩，几乎所有当头儿的听了都会恼火，可又不得不承认这人思维独特，很有些内涵。这也跟另一个问题有关：十几个战士谈下来，我隐约感到了年富强女朋友方云与江上眠之间存在着某些关系，恐怕这与江上眠的独特个性有关，尽管年富强绝口不提，还有意无意地为江上眠说着好话。他如果是为了自己的面子而不提可以理解，但他为什么还要为一个危及自己感情生活的战士，甚至可以说是第三者说好话呢？

也许是好奇心驱使吧，在年富强的转业命令正式批复之后，我打了个电话给碧波岛，我找江上眠。我问他：“你退伍之前，能来一下吗？”他沉默了一会儿说：“好吧。”

南极·北冕号邮轮·2017

年富强（江西某县政协办公室主任）

方云当年说他是条龙。果然，我俩双双被这条龙缠到南极来了。

邮轮从比格尔水道进入德雷克海峡后，西风带发威了。六到八米的大浪直往甲板上扑，狂风呜呜地往客舱里钻。方云倒是睡得很静，可我久久无法入睡。不仅因为邮轮大幅度颠簸，还因为江上眠——这个谜一样的人物，让我越来越看不懂他。倏忽十余年，这个当年的列兵变成了这样一个人。他是在把一切定好之后，让我无法拒绝地随他奔往南极。“还记得上碧波岛时说的话吗？”他在电话里说，“用现在的话——世界那么大，我想去看看。你不想吗？喏，下个月跟我走，我请客，咱到南极看看外星世界，还有方云，”他稍有停顿，“放心，我不会横刀夺爱的，哈哈……”他还是当年的语气语调。这辈子咱就没敢想过到南极去，连个念头都没有闪过。是他江上眠点燃了我的情绪，或者说，帮我，不，是拉着我实现了这样一个未曾有过的梦想。我知道他退伍后就开始搞旅游，没想到，他把事业搞成了这个规模，成了上市公司的CEO。“是旅行家俱乐部，高端。”他几次纠正我说，“咱可不是赶牲口一样的旅行社，是高端的会员制俱乐部，我有一个庞大的超级客户群体，即使在结束行程之后，他们依然在我的结构之中，微信、QQ、邮箱，还有旅行家学院和各地的会所。”我看出来了，两百多人的团队，包下了这艘豪华邮轮，去往人迹罕至的冰雪世界。我问过他，这一趟能净赚多少钱，如果是商业秘密可以不说。他笑笑：“这么说吧，我每年交税两千多万。”这令我震惊。“对国家，你有功。上眠，没想到你会做得这么大。”上眠说：“嗯，举着小旗帜，用小喇叭带着游客强制购物，然后上车睡觉、下车撒尿、到点拍照、回来啥也不知道？咱可不是草台班子，品质为王，没有品质怎么混？队长，你刚才说我为国家做了贡献，也是也不是。首先我想赚钱，想赚钱就得为消费者考虑。我只有为消费者考虑才能赚到更多的钱。瞧，个人利益和社会利益高度融合了，双赢。在这个意义上说，我既是为自己也是为客户，也是为国家。这叫‘激励相容’，对了，方云应该知道这个经济学概念。眼下又进入消费升级时代，再不是消费者需要什么我跟着生产什么，而是消费者不知道怎样去消费，我来告诉他们怎样有品质地消费，让他们跟我走，我来为你们安排好一切，因为我比你专业啊，保证出乎你的想象。我在全世界开发了两百多条线路，当下有十一个团近两千人同时在世界各地行走，我用一套全新的理念来引导客户进入他们未曾设想过的消费领域。更重要的是，我做的事又是我所喜欢的。噢，对了年队长，过了海峡，除了每天两到三次的登岛和冲锋舟巡游，还要开始高端讲座，都是国内一流的学者，你和方云一定要听。”

还记得方云当年说，江上眠这样的兵我带不了。那时，我嘴上不愿意承认，可后来越来越不知道该如何带他。我从当战士到考军校再到部队从排长干起，所受的教育都是制式的，模板式的。有一次，上级下发了一个教育计划，就某些官兵超额消费进行教育。那次我刚刚传达上级的教育计划，江上眠就喊了一声“报告”，我知道他又有话要说。我说你等我传达完了以后再说不行吗？他忍住了。一直到最后，我才让他开口。他说：“这个教育的主题有问题，‘克服资产阶级思想，树立无产阶级消费观’，问题是，资本家比我们节俭得多。台湾的塑料大王王永庆喝咖啡都要用水把包装袋冲干净，绝不浪费。”我有点生气地说，那你说，这个主题应该怎么定？他说：“很简单，就叫‘养成良好的消费习惯’。”我让他展开说说。他真就跑上台，在黑板上划出了一个坐标系，有模有样地开讲。他说：“人们最合理的开支方式是理平收入流。啥叫理平收入流呢？喏，比方说，咱们岛杀了一头猪，净出肉两百斤，咱二十来个人一时吃不了啊，就借给环沙岛一百斤，等到过两个月，环沙岛也杀了猪，再还给咱一百斤，这种消费方式就叫理平收入流，它比一顿吃光喝光的幸福指数高得多。所以，有计划地消费，把当下高峰期收入的一部分放到未来低谷期去消费收益会更大，效用会更高，因此，你们也会更幸福……”江上眠的一番话，我真的不知怎么评价，有一种说不出来的味道，这味道是什么？地气！对了，我不得不说他讲得接地气。可是，与上级的教育计划完全不同啊。哪个有效果呢？对战士的未来谁的帮助大呢？过去我真的没有想过。方云和江上眠启发了我开始思考。眼下的江上眠已活脱脱成了江上龙，我心中当然是感慨万千的。

方云（IT 公司副总经理）

说显摆也罢，说本事够大也罢，总之，两百多客户被江上眠领到了这里，展示在我和富强面前。这两百多人绝非草台班子，除了常在电视大讲堂露面的几大名嘴，拉出几十个上市公司老总和一二十个银行家，挑出十来个世界五百强，再选出若干中国巴菲特绝非难事。在乌斯怀亚第一眼看到这条邮轮就被她迷住了——像个待嫁新娘静候在码头，金黄色夕阳把她涂抹得撩人心肺。江上眠得意地远远指着：“我包下了她。”法国的服务团队在舷梯口毕恭毕敬，冒气泡的香槟和冰爽宜人的黑鸦片香水毛巾是第一份见面礼。每人的房卡早已齐备，比咱身份证都制式。富强到处找行李，人家已经送到各个住舱，他伸伸舌头，惊叹这么妥帖宜人的安排。过程有条不紊，所有人都兴致盎然。我迫不及待打开豪华舱室的拉门，冲到观景阳台上拼命呼吸乌斯怀亚的新鲜空气。江上眠正在阳台下方的码头打电话，表情生动，连腰肢都在配合着。他边熟练地拽着英语，边向我和富强眨着眼睛，然后用手指指电话，意思他在忙公务。我虽不能全懂，但知道他成竹在胸，与对方磋商得十分合拍。富强先回了屋。他总是这样，在我面前避而不谈江上眠，我知道他的心里装着油盐酱醋。这个兵干成的事儿显然惊着他了，人家又出钱请咱俩来，商务舱、五星宾馆、豪华海景房，诚心诚意的，不能说是施舍，但他心里定然不爽。当然，还有我和江上眠的关系，他别扭在心的最深处。倒是江上眠，我看他根本没有往日的阴影和顾及，坦荡着呢。

在碧波岛，我对江上眠确实有了好感，但仅此而已。没想到年富强不对劲了。他总说你不要替江上眠说话，在碧波岛还没有遇到这么屌的兵，我不信收拾不了他。我对他说："江上眠有缺点，但也有优点，看你怎么看待他，人，要允许他有个性。"富强说这里只有共性没有个性。富强不了解，江上眠有自己的精神世界，任何人改变不了的，只要他能服从管理，完成任务，就 OK 啊？富强则非要对他实施"改造工程"，可又无从下手。事情的变化还在我和江上眠的一次同行。

我在碧波岛结束休假返回时恰好与江上眠一同下岛。大概因为他的个头和长相，被上级挑中去参加八一阅兵训练。那次开船不久，我俩站在船尾看风景，他对我说："其实他对参加阅兵根本不感兴趣，下去晃一圈就找个理由回来。"我说："参加阅兵是好事儿，多光荣啊，别人巴不得去呢。"他说："有什么好的，脸上毫无表情，被人拿秒表掐着你的步点，像机器人一样机械运动，一时的心潮澎湃口号震天，过去了该过啥日子还得过啥日子。再说，我在碧波岛只打算待两年，一下去训练两个多月，这不瞎耽误工夫吗？""既然不乐意，那你为啥还下岛呢？""为了你呀。"我装作没听懂。这个江上眠的痞劲儿又上来了，他突然说："你信不信，我可以把你娶到手。"我心里一慌，别过脸去躲避他的目光。"不信？要不要试试？我估计他年富强不是我的对手。"这么大胆的话让我一时无法应对。没想到他一把把我搂住，在我的额头使劲一吻，旋即放开，说：“别怕，我真要娶你，就不是吻这儿了。”我满脸通红说：“江上眠，你放尊重些，我可是你队长的女朋友。”江上眠笑着：“在爱情面前，没有上下级之分，别说你们还没有结婚，就是夫妻，也还能‘资产重组’啊，要小心哦，今晚咱俩可是住一个舱室呢。”那一晚上我是担心的，虽然同舱室还有七八个男男女女，但这个不按规矩出牌的家伙，谁知道会干出什么事来呢？好在那晚他并无更过分的举动。我久久不能入睡，一直觉得额头热热的。

那次航行很幸运，风平浪静。我起得早，见江上眠已经在前甲板读书了。这时的他，无半点痞相。录音机播放着英语，手里却拿着一本威尔·杜兰特的《哲学的故事》，他的目光被文字深深地吸引，周围的一切仿佛都不存在。难道他可以一脑两用？一缕暖色阳光投射在他的脸颊，勾勒出金灿灿的轮廓。这个兵，不，这个男人身上，有种说不出的魅力。

江上眠（极越国际旅行家俱乐部董事长）

“是五味杂陈吗？”我问年富强，是问他手里的那杯酒。邮轮在景色奇异的南极半岛穿行，巨大的冰山不时从旁掠过，外甲板上的人们热闹非凡。我们四人又静坐在观景休闲区。灯光柔和而温暖，伴乐的钢琴流淌出让人着迷的莫扎特 A 大调协奏曲第二乐章的旋律。高脚酒杯在我手里悠悠地摇晃，威士忌透着迷人的晶莹，几只冰块沉浮于其中，时而因相互碰撞而叮当作响。他并不看我，只把两只手握住酒杯，似乎要把冰冷的酒暖过来。“温度高了口感不好，”我说，“这和碧波岛米酒大不相同，杂陈的可不止五味。喏，法国的威士忌加南极亿万年的老冰，这冰在海面上漂浮了数万年和数万海里，空气已被压缩干净，高盐分海水浸泡，又被鲸鱼巨大尾翼无数次横扫过，还有企鹅、海豹、贼鸥、磷虾的吐沫和屎尿，你在半月湾登陆前不是闻到了那股子骚味吗？当然，还有人的味道，你别不信，每年来这几千人，总要留下些什么吧，还冬泳，对了，你冬泳吗？要不在南极挑战一把？”

法国人的调调很足，在这冰冷的世界，也能制造些意外和小小的惊喜。探险队长带回一块万年老冰，由吧台 waiter 敲成碎块。这引起极友们的哄抢，整个酒吧嗨翻了天，人人把自己喝成了红脸关公。而年富强，则永远不会参加此类的狂欢。

我想他是断然不敢挑战极地海水的，故意逗他。在碧波岛他也不敢。倒也不完全是不敢，他是严格遵守上级的规定。他就是这样，优点是执行上级指示不走样，缺点是太不走样。有一次中午，我说想下海游泳。这可把他吓坏了，跳着高说不允许，出了事咋办。我说：“我从小在体校训练过，找北面的浅水滩下水，不会有问题。”他说上级有严格的规定。我反驳他：“上级下发的年度训练大纲规定每个战士必须学会游泳啊，没记错的话，及格成绩是徒手游 1000 米。你说过，训练大纲是法规，到岛上这么长时间，你队里从来不组织游泳训练，是不是违规？现在有几个战士游泳成绩能达标？怕出事故，怕出事故就不训了？要么修改训练大纲，要么认真组织训练，搞好安全措施就是了嘛。”其实，那天我也不是真的要下海，就是要将他的军。此类有法不依、有规不循的事儿太多了。超时间工作、值夜班不补休、无法按规定探亲、双休日、误餐根本不补助什么的，你要在战时那另当别论，平时总这么侵害战士利益，却习以为常。这些当然不能全怪他，上行下效，有法不依的事太多。

“瞧见探险队员的讲解了吗？”年队长看看我，“他们没有虚套子，一步一动。他们说上冲锋舟必须踏三步，你就必须三步，否则他们真让你回去再来一遍。说水手握就水手握，你别拿咱中国人的握手方式去对他们，人家真给你怼回来。话说回来，只要你做到了，就一定安全。

这叫职业规范。南极条约组织公布的关于南极的科研也好、探险也好，规范条文具体而细致，我花了两年多的时间才吃透，而考下它的探险领队证书，足足用了五年时间。你要真正按职业规范做，首先人要有职业操守。咱们在碧波岛这两年，包括你对我们的教育，上来就是一套高大上的东西，根本不说职业操守这个概念。啥叫职业操守？最简单的一句话：拿这份钱，干好这份活。不要扯那么多没用的。不错，我这一趟趟往南极跑，收了大把的银子，可你得对客户负责，要安全，要拿出高品质的产品。昨天打电话看到了吧？给罗马南极条约组织总部，给庞洛邮轮总裁，跟他们谈条件、谈要求，为的是给我的客户争取最大的利益，提供最好的服务。把该给人看的东西看到，把该去的地方去到，把餐厅的餐饮和酒店客房保障到位，让每个人乘兴而来，满意而归。这是我的职业操守，而在职业操守的背后，是一种精神，这个精神与什么主义、理想无关。”年队长不解地看我。“四个字——契约精神。”我说。

樊伟松（投资公司执行总裁）

我们四人的谈话当然会围绕南极。她是个遗世孤绝的空间，与人类无涉，只与这个星球息息相关，直至时间的终点。当年，她的被发现真要感谢那些冒险的人们。而冒险的人，需要生长于特殊的文化之中。年队长，在你的守备队中，最敢冒险的战士多吗？……

“瞧，樊大科长总也离不开南海了。可这儿是南极。你们先聊着，我得去看看讲座安排得怎样。”江上眠总是要亲自过问一些关键性的问题。

“知道萨福德和罗奇福吗？”江上眠离开后，我突然问年富强。他摇头。在碧波岛耐克鞋事件之后，我总愿意拿江上眠和美军中途岛作战中的情报功臣作比较——两个举止怪异、不修边幅、趿着拖鞋，凌乱于风中的发型让理发师都会崩溃的人。然而，美军容忍了这两个不像军人的军人。恰恰是这俩“泼皮”，拿住了日本人的命门。日本人不可谓不强大，不可谓不勇敢，忠诚度没得说，加之军国主义的洗脑，在亚太地区一路高歌、所向披靡。可最终结果呢？它当然是败在了与美国巨大的实力落差上，但，从某种意义上说，日本人败在了两个痞里痞气、吊儿郎当的美国大兵手上，或推而广之，是败在了人的个性上——刻板与绝对忠诚输给了既有组织又有创意的团队。所以，尼米兹的军功章里应该有他俩的一半……年富强听得专注，他插话说，一支军队，包括你们办一个公司，恐怕真得有江上眠这样的人。方云则说，当然不可或缺。重要的是，你怎样让江上眠和非江上眠共融于一体才是本事……

讲座是高层次的。名牌大学的名牌教授轮流上台，《大航海时代与当代世界格局》《犹太文明与犹太人的商业智慧》《哲学、宗教与现代文明》《未来十年中国经济走势与投资战略》……只有江上眠才能做到如此高端。十几年过去了，他的路数越走越与众不同。我跟过不少旅行社，哪个不是把你的钱装进口袋，然后逛景点、合影、购物……我相信，江上眠的个人品格深深地影响着这个团队，也影响了随行的所有客户。

方云（IT 公司副总经理）

每次聊天，江上眠的眼睛总在我和富强之间扫来扫去，樊伟松也有这样的眼神，这让我颇不舒服。我最终还是嫁给了年富强。但，这经过了非常痛苦的抉择过程。那次随江上眠下岛后，我们一同乘大巴车过海，继而赶往广西。没想到在山区被山体滑落的巨石堵住了。夜黑雨大，一车四五十人被困得死死的。江上眠说：“这样等下去不是办法，你在车上等着，我去想个招。”他独自下车，冒险前去寻找交通工具。大约两三个小时后他回到车上，说："在前面租到一辆大巴，豪华、带空调。"车上所有的乘客都欢呼起来。江上眠说："租车每人得出两百，少了司机不拉。"有乘客喊贵。江上眠说："嫌贵可以不走，在这里等待救援。但说不准要等多久，半天？一天？也许是几天。愿走的现在交钱……"到柳州分手时，他交给我一台诺基亚手机，说是多余的租车钱买的。我说你多收钱了？他说："那开车的开始是要两百，我还到了一百，余下的钱咱俩见面分一半。"我气不打一处来。我说你怎么发这个财？他不在乎地说："劳动价值论不是吗？我冒着危险穿过落石区，大雨里徒步十几公里，我在最困难的时刻解救了他们，难道我没有付出劳动？难道我不该得到报酬？这钱是干净的，符合经济学原理。"我说："你是军人好吧！"说完，我一扭头走了。他追上我说："你怎么和年富强一样？"我真的来火，我说："当然一样，要不怎么会和他谈恋爱，以后我俩还会结婚，还会生孩子……"他猛地抱住我，嘴唇已经凑到了我的唇边，却刹住了车。我拼命挣扎，挣脱不开。他盯住我的眼睛有十几秒，轻声说了一句："你俩不一样。"他把手松开，理了一下我额前的乱发，把那只诺基亚塞进我的包包里，走了。

到家当天，手机上传来一条短信：我认为你应该辞职。之后要做三件事，第一，用一年时间学通计算机；第二，进入一家 IT 公司，从最基础的工作做起，争取用两到三年把互联网搞明白；第三，依托互联网建立自己的公司。

我没有回他的短信，但却被他搞得心神不定起来。这个江上眠到底是个什么鬼？一个让我既讨厌又无法从脑子里抹掉的家伙。仔细想想，他做的每件事，或者每一个想法，都那么天马行空地严重不靠谱，却都在情在理，你还不能说他做错了什么。不知怎么了，我开始拿他和年富强放在一起比较，越来越觉得，两人太不一样了。年富强是好人，忠厚、踏实、肯吃苦，对战士也掏心窝地关心爱护，对我也没话说，可是与江上眠比起来，缺点东西，缺什么呢？江上眠的脑子更活吗？更有知识吗？胆子更大吗？未来更有发展吗？不全是。有一天，突然有两个字跳进我脑子——有趣。对，这个人有趣。这么说吧，富强像块石头，刚毅、沉稳，因而会让你觉得踏实可靠，可是没有温度。江上眠呢？他像一棵树，有颜色，会摆动，年年在生长……

年富强（江西某县政协办公室主任）

下午登洛克罗依港。在那个英国人的考察站里，江上眠给我和樊伟松各买了一顶帽子，给方云买了一条丝巾。然后拉着我和方云到后面的小屋里，说："给你们自己写一张明信片吧，南极寄出的，从这儿到智利再到英国，地球转一大圈才回到中国，有意义。"写什么呢？江上眠说："你写给方云吧，勉励的话，她的事业还才开始呢。"方云笑着说："都老太婆了，什么事业不事业的？"江上眠说："你瞧你说的，人生六十才开始，你才哪到哪啊？"

方云是那次从碧波岛回去后开始折腾的。本来，你一个女同志，稳稳当当做个老师多好，她却说要辞职。开始我并不知道为什么，好好的辞职干嘛？后来从每天的电话往来中听出，她是受了那个江上眠的影响。我说你不能这么干。但没有用，也就过了两三个月，她把学校的工作辞掉了。为这，我们有半年多的时间在吵架。最严重的时候，她可以一个多月不接我电话。我知道她开始动摇了，不仅因为工作，还在我和江上眠之间作选择。这个江上眠，一个士兵，竟然会做出这样的事情。如果方云真的与江上眠有点状况，我这个队长可怎么当？那之后，虽然我们恢复了联系，但一直不冷不热。她在做什么也不跟我说。也许，她与江上眠之间会有交流。由此，我和江上眠的关系变得十分微妙和敏感。工作中，我一直按原则和规定要求他，他也一如既往地按他的作派行事。大毛病没有，小事情不断。终于有一天，他又一次闯进了我的房间，张口就说："年队长，你是不是个男人？方云是个好姑娘，你必须得娶她。你放心，第一，我和她没有任何见不得人的事情。第二，我会尽力促成你俩。"我说："江上眠，我们俩的事儿你能不能不掺和？"他笑开了，边往外走边说："年队长，我要是掺和，还有你什么事儿吗？"

一只阿德利企鹅一摇一摆地从我们四个人面前走过。江上眠提出给我和方云合个影。他边取景对焦边说："以企鹅的名义起誓，你俩的爱情天长地久。"方云说："江总你贫不贫啊。"江上眠说："别总啊总的叫好吗？你不也是个总吗？"我说："她倒是个总，还是个副的。"江上眠说："别急啊你，哪个老总不是从副总干出来的？"

方云辞职后虽然一开始不顺，但很努力，几经磨难，终于干出点名堂。在下海的第四个年头，成立了自己的公司，代理国外的几款软件。这些软件中有的与互联网有关。前几年，她的小公司与一家实力雄厚的互联网公司合并，她升任该公司副总，主管互联网软件开发。应该说，由于她的努力，我们家的经济条件大为改善。但她说还没有达到自己的理想状态，她还有更大的想法。结婚后，她从来不提江上眠，但我知道江上眠时时刻刻在影响着她。这次，江上眠打电话邀请来南极，令我吃了一惊。

方云（IT 公司副总经理）

我当时第一个反应是，不去。南极那么远、那么冷不说，就与江上眠的关系而言，太别扭。我和江上眠一般是在公司里上班时有联系，在富强面前，我从来不提，小心翼翼地维系着两人的关系。但他竟然让富强也来，还加上个樊伟松。这就难办了。他在电话里说："你放心，年队长那里我来做工作，于你而言，不是一次简单的旅行。你成天陷于公司的业务之中，需要到一个不一样的世界换换脑子，更新一下‘版本’。”这话有点触动我。那年他劝我辞职时也说过：“人家已经在玩比特了，成功升级为人类2.0版本了，咱还是1.0玩原子呢。”那么现在呢？江上眠当初所说的Being digital已经成为Been digital了，我该如何往前走？江上眠还有一份心思我也明白，他总觉得是他耽误了富强，想要补偿他。当年，也就是因为那个事件毁掉了富强在部队的前程，我才怨恨江上眠，才觉得富强委屈而嫁给了他。

南海·碧波岛·2012

许小放（碧波岛守备队信号兵）

我是这样一个人，到什么山头唱什么歌，既然来当兵，咱就把这个兵当好。江上眠不是，永远不着调，满脑子想的和嘴巴里说的，都是些云里雾里的东西。晚上熄灯后，基本是他的专题讲座。他讲每条鲸鱼尾部的斑点都是不一样的，像人的指纹，具有唯一性。所以，海洋动物学家正是根据这些斑纹了解鲸鱼在南北两极间的迁徙。他说信天翁翼展有三米，它在空中可以不用动作地连续滑翔一个月。他说你们知道海豹能下潜多深吗？两千多米，这太神奇了，咱们的潜艇最多也就三百来米……这些离我们十分遥远的事情，他特别有兴趣。岛上的事儿呢？他并不太下劲去做。特别不能容忍的是，他缺少集体荣誉感。有次海南遭受风灾，损失惨重，上面下通知号召大家捐款。全队同志都踊跃参与，唯有他不干，队长说：“江上眠，你为啥不捐。”他说：“你宣读的通知上说，自愿捐款，自愿，就是可捐可不捐，可多捐可少捐。”年队长说：“通知后面还有补充啊，干部每人掌握在五百，士官三百，义务兵一百，你至少得捐一百吧？”江上眠说：“前面说自愿，后面规定数额，自相矛盾。你干脆说这是强行摊派得了？”

后来渔民老陈说，江上眠悄悄托他给灾区的一个小学寄了一千元，还指明了要捐给救灾受伤的校长。你看，他非不按常理出牌，把年队长气得没有办法。这位樊科长来调查鞋子的事儿，我真的想把他给供出来，算他有种，自己找上门来承认了。耐克鞋的事儿，他真是把咱队里给黑了一道，后面年队长受牵连也是他造的孽。

江上眠（碧波岛守备队机枪手）

我没有想到年富强会如此仗义地替我顶雷。当时那个樊科长瞪着年富强一个劲地问："是你吗，真的是你吗？"年富强很肯定地说："我是队长，当然是我作的决定。"樊科长又扭头看我，用眼睛问我："是真的吗？"我这个人，缺点就是不怕事儿，优点是特别不怕事儿。我说："樊科长您有点脑子好不好，年队长别说打耐克鞋的主意，他连抓海龟都不敢干，怎么可能呢？"年队长说："樊科长，别听这兵胡说，不仅是我决定的，还是我亲自拿着鞋子去找的渔民老陈。"显然，他真是想保护我，要把所有责任揽过去。我说："队长，要是你亲自干的，那我问你，一百双鞋都是些什么款式？是什么颜色？是高腰还是低腰？"年队长脱口就说："全都是乔丹系列，高腰，一色的中国红，不信咱去问老陈。"我吃了一惊，依他的见识，是不可能说出乔丹款的。我说："队长，不带这样做功课的，那老陈早回海南了，上哪找去？"年富强对樊科长说："科长，别折腾了，我一队之长，当然要负责任。你们怎么处理我都接受。"

樊伟松（师政治部组织科科长）

一个队长、一个士兵，两人在"推功揽过"，有点意思，算他俩有种。年富强"护犊子"，江上眠挺"格路"。

回到机关好几天，就如何处理碧波岛耐克鞋一事颇费了点心思。

如果只处理江上眠而不处理年队长，莫说王政委不让，上级机关也通不过。即使不是他年富强亲自干的，也要负领导责任。如果处理年富强，那么江上眠或可幸免，要是两害相权取其轻的话，只能处理年富强。年富强主动揽事儿也是为了保江上眠。我对政委说，年富强虽然有责任，但事出有因。而且，在这件事上，他年富强不推诿，有担当，这在带兵人中很难得。政委说，处分一定要给，可按最轻的给吧。通报时说明一下，让所有单位都知道往后该如何处理这类事情。

处分通报下发没几天，我接到那个江上眠打来的电话。他说："第一，你们只处理年队长而不处理我，太不公平。执纪不公比执纪不严危害更大。第二，您不仅冤枉了年富强队长，也坑了他，您知道他已经决定转业了吗？这下他在部队的前程就彻底毁了。"这我可没有想到。年富强在全师算是个不错的基层主官，也是优秀后备干部，正要考虑他的提升。他在碧波岛没有政工主官的情况下，身兼两职，工作作风非常踏实，况且，任副营职也有两年多，不出这个小意外，提正营蛮有把握。从海岛部队的情况分析，他干到团职也是没有问题的。我对江上眠说："受个处分也不至于立刻转业啊。有没有可能改变他的决定。"江上眠说："改主意的可能性不大……但是，科长，据我所知，干部的档案都在你们政治部手里管着呢……"

江上眠（碧波岛守备队机枪手）

从樊科长那儿出来我就冲年队长发火，他一声不吭。我说："我一个当兵的不在乎什么处分不处分，退伍回家又不要组织安排工作，又不想进入体制内混饭吃，给我一个处分背着，两个挑着，没有半毛钱的影响，可你不一样啊，你不是还希望爬上去的吗？即便回到地方找工作，那档案里的处分决定能压你一辈子，干吗要干这顶雷的事？你让方云……"说到这儿我顿住了，知道走嘴了。他却还是不急不火。

他说："江上眠，你走脑子想一想，你是我的兵，出了问题我不站出来谁站出来。喏，即使上面认定是你干的，我逃得了干系吗？还是我没有教育好管理好啊。告诉你，你一个人扛不下来，怎么可能只处理你不处理我呢？唉，江上眠，你拿鞋换食物得两说着，一方面你解了队里的燃眉之急，另一方面也做得不地道。你至少该跟我说一声吧，我年富强就是自己出工资买老陈的鱼货，也不能让你去干那事儿啊。这下可好……"他顿了顿，"冲这，我也恨你。平时没少说你，怎么样，捅娄子了吧？"

我是捅了娄子，我承认。特别是年富强决定转业这件事让我挺自责的。毕竟他是想在部队干一番事业的。这里还有一层意思，就是方云。方云与年富强的关系本来有些问题，这里多少有我的原因，这下又因我而转业了，她会怎么想，他俩的关系会有什么变数？从心里说，我挺喜欢这个方云。漂亮、聪明，说话办事挺得体，有女性的柔美，也有些胆识和魄力，这些都比年富强强。但，朋友之妻不可欺，连黑社会都懂的规矩咱能不知道吗？更别说年富强是我的领导，平常说归说，做归做，但我绝不会把他俩搅黄了。正在琢磨怎么跟方云解释的时候，她打了个电话给我，火气很大，"我已经知道了年富强要转业的原因，你害人不轻啊，你毁了一个人的前程，知道吗？年富强有很强的事业心和进取心，他认准了一条道，就是要在部队长期发展，这下可好……"

方云（高中政治课老师）

江上眠就是个灾星。原先以为他浑归浑，可出不了大格，哪想到会这样。我太了解富强了，他这个人离开部队就找不到感觉，一辈子当兵就是他的信念。他之所以提出转业也是太在意自己在部队的形象了，有政治洁癖。实说，富强这种类型的人挺适合在部队上生存，忠诚、服从到呆板的程度，有一条道走到黑的蛮劲，部队需要这样。虽说观念旧一点，可够用了，守那个岛那片海，又不要太多的想法，能把一众小弟兄带好了就成。再说，他回来能做什么？党政机关当个小科员，朝九晚五的一辈子，他受不了这些。地方上人事关系的复杂和黑暗他根本无力应对。加之档案里有个处分，今后很难再有大作为了。正是因为这，我再怎样也不能往他伤口上撒盐了。那次他打电话告诉说转业命令下来了，听得出他的不舍和沮丧。我只说了一句话："回来吧，咱把婚事办了。"无论怎么说，跟年富强过日子尽可放心。

年富强（江西某县政协办公室主任）

很奇怪，我转业后，从考试、打分、选岗再到报到上班，没人提到我受过处分那件事，连打分排名时都没有受影响。组织部找我谈话时也没提，相反，那个女的副部长还对着档案一一细述我的每一次立功事迹。她说："你不得了，当兵十四年，嘉奖六个，大小功就有四个，其中一个二等功，这在咱们小县城还从来没有见过。哎，这么优秀的干部，怎么就回来了呢？不行，我们得好好安排你的工作。"立功受奖加上特类海岛加分，我打分排名第一，六七个岗位任我选。副部长特地提示我，到组织部最有发展。但我听了方云的意见，选了政协。她的理由是，咱们一家两制，你找个安稳的清水衙门，我出去打拼。我成功了，养着你，我不成，退回来你养我。这话有道理。那以后，我放弃了所有的"野心"，不争不要不抢，完成分内的工作。下班回家，买菜做饭，为方云当好后勤。也正是这种平常心吧，单位也不忍心亏待我，如今，搞了个正科，就心安理得地等退休了。方云呢，风生水起地做了些事情。她为咱家做的贡献挺大。只是我俩一直也没个孩子。她却说，丁克家庭，有啥不好？想得开。

转业以来，我和她从来不提江上眠。只是在一次过年喝多了，我问她："你还惦记江上眠不？"她没有回答，反问我："你还记恨江

上眠不？”我说：“我从来没有记恨他。早说过，就像孩子降生在你家里，好孬都是你的命。你的命运不就跟他连在一起了吗？从他分到碧波岛起，他与我无论怎样，都是‘命运共同体’了不是？我只是恨自己，当时没有好好教育他，以至于……”方云说，早说过你教育不了他，你们不在一个频道上。我对方云说：“其实，江上眠真的不是个坏孩子，有思想有本事，在岛上没有太出格的事儿。鞋子事件，也不能全怪他，他也是为了全队人的生存。现在想想，毛病只是出在没有及时报告上级，可那几天，海底电缆中断了，无法联系。唉，方云你说，我那个处分决定谁给拿去了呢？”方云劝我别想了：“都问了八百遍了，一切都过去了。”

南极·北冕号邮轮·2017

方云（IT 公司副总经理）

这天早上只有我和江上眠起得早，在一张桌子早餐。我习惯于西式早餐。

“你搞这个行当，是想升到哪一个版本？ 2.0？ 3.0？还是 3.01、3.02？”江上眠并不急于回答，他把一剖两半的全麦面包抹上黄油，再小心地倒上一点盐，接过 waiter 送来的冰咖啡呷了一小口。他说：“这是最美味的法式面包吃法。”我真的无法把他和碧波岛上那个美少年联系到一起。眼前的他更像是谍战片里的男主，到底是个什么人，费尽心思也揣测不透。

“你现在要做的事儿，是把计算机终端、把互联网系统忘掉，忘得干干净净。老尼的功夫在计算机之外，他是从技术出发，发现了技术以外的东西。”他说这些时并不看我，但他知道我又在目瞪口呆。“你别不明白，3.0 大放异彩的时候，正是它要过气的时候，当你最得意的衣服已经烂大街了，还穿得出去吗？该共享的都共享了，难道要共享厕所？嗯，也没准儿，刷微信上五星级厕所也能成。告诉你，4.0了，智能了，你想象不到的事物又会扑面而来，到时候别干瞪眼。拉你到南极这么原始的地方来聊这些问题，是不是很搞笑？别，目的是让你把脑子出空，空得一干二净、一清二白，整个归零，然后嘛……”他让waiter替他端来一碗康师傅方便面，把一并送上的老干妈挑了一大勺拌进面里。“怎么，与法式餐厅不搭？”他自嘲地问，“我的团队专门托运来的。”

樊伟松一贯不吃早点。富强因为昨天爬雪山太猛而醒得迟，这会儿刚刚晃到餐厅来。菲律宾的waiter先为他添上英格兰红茶，再送上冒着热气的牛奶、面包和果酱。说什么呢你俩？他看看江上眠，又看看我。“不会又捣鼓我们家方云再折腾点什么吧？”“人活着不就是折腾吗？人就是折腾的动物。”江上眠对着富强打趣。“怎么样，到南极有什么感想吗？”富强瞪眼看着江上眠。我知道他想罗列几点说说，可一时又说不出来。江上眠说：“别听那些人瞎掰，简单得很，就是来看新鲜。不有那句话吗？旅游就是从自己呆腻的地方，到别人呆腻的地方去看看。那些企鹅还觉得奇怪呢，这地儿有啥好玩的，费那么大劲到这来。”富强说：“你不是在南海时就想着南极吗？我还记得你四岁就迷上企鹅了。真来了你有啥感觉呢？”江上眠并不正面回答，“旅游是个高度富有弹性的消费品。公众的收入每增加一个百分点，旅游支出就会增加三个、四个或更高的百分点，”他把面包塞进嘴里，“我就是冲着这个弹性而来的”。

年富强（江西某县政协办公室主任）

“上眠，咱们在南极再回望一下南海。坦白直言，你是我遇到的最难带的兵，我声明，绝不是因为耐克鞋事件影响了我，而是在两年的时间里，我根本就不知道怎样与你相处，怎样做你的思想工作。方云说过，我带不了你。今天我正式承认，我真的带不了你。特别是看到你今天的成就，我就更加这样认为。”我说这些时，是认真的。

江上眠看了一眼方云，说：“队长，到南极来，别那么一本正经好不好。其实那时，我不知道什么叫服从。顺心顺意地听从命令好做到，违心地听从却是最难的，军队却需要这种服从。我现在带这个团队更明白了。我说的话如果是错的，我公司的员工也必须服从，不服从，特别是敢于站出来反驳的，我会很不舒服，弄不好我会开除他。这一点，我现在明白了许多。但，当时我和你之间，并不完全是这个方面的问题。你记得我说到浪花了吗？因为各不相同才千姿百态。我们再看看外面，你看，几十座冰山在那里漂浮，形态各异，你不能要求他们完全一样。它们只要遵从大自然的法则就成。我说过规则意识和职业操守，我对自己的要求是在条令条例的规范内行为，你可以想想，我哪一件事情不是在规范之中，并没有出格，即使耐克鞋一事也应算作特殊情况下的应急之举。而你要求我做一个我根本不可能做到，甚至大多数人做不到的事情，问题就来了。瞧，那有一些企鹅在浪花上跃行，仅此而已，最多跃出水面半米高、一米远，你要让企鹅像信天翁一样飞翔，它们做不到。相反也是，那只信天翁的领地在天空，它不能潜入水下去生存，道理就在这儿。当兵前，我爸骂着打着要改变我这一身的顽劣习气，可越这样越不成。到你手下，也和我爸一样的较劲，结果呢？还有，你只看到了我现在的企业、赢利，看到每年做到多大规模，却没有真正理解我的骨子里想什么、做什么？马克思所说的自由、全面发展的人，是很高明的，也很高级，做到却难……”

话未说完，广播响起。全体人员到后甲板集中，准备登陆梦幻岛。

方云（IT公司副总经理）

梦幻岛是一个环形的火山岛，进入其中，像一个圆形澡盆样的巨大水面，平静而瑰异。数十年前的一次火山喷发，毁掉了岸上所有的炼鲸油设备，也吞没了不知多少人的生命。但，这灾难不是坏事，至少拯救了数不清的鲸鱼，因为从那以后，这里不再作为炼鲸油的基地而存在了。巨大的储油罐和房舍废墟使苍凉的南极显得更加无以名状的冷寂。

当所有人员登上岸滩后，二十多个男女勇士准备下水。探险队用六艘冲锋舟围在周围，防止意外。男人们大多已经中年油腻，中部崛起的腹部显现出十分不雅的形态。倒是女士们还有些看点，特别是几位年轻些的，竟然穿着比基尼冲进水里，要胸有胸要腰有腰的，让老外们也瞪大了眼睛露出惊喜。我是不敢的，怕南极海水的冰冷要了命。

突然，富强从一座巨大的铁制构件后走了出来。他竟然事先有了准备，躲在那铁家伙里脱得只剩下三角游泳裤。他伸胳膊踢腿地走到水边，把海水撩在脸上和身上，使劲搓。幸好，他的身体在众人面前还不丢人，肌肉，特别是腹肌有得看，这与他多年来以军人的习惯坚持锻炼有关。当他一个纵身跃入水中的时候，岸上响起一片掌声。老外们用录像机录下了整个过程，虽然只有短短的几十秒，但，富强的意外之举已经让我吃惊不小。我在岸上用一块大大的白毛巾将他包裹，然后，紧紧地抱住他，希望能尽量多地给他温暖。我的目光突然也与江上眠碰到了。他在远处的冲锋舟上竖起了大拇指，冲我笑。

晚上，我和富强面对面地吃提拉米苏。江上眠突然出现，打开一只牛皮本夹，内里是富强挑战南极海水的中英文证书，制作精美而有特色。江上眠也要了份香草冰淇淋。他对富强说，我没有想到你能下南极的海水，钦佩，钦佩！他说就应该这样，让自己疯狂一下，哪怕一次也值得，让人生的曲线来个跳跃，如果一条平行的心电图有多可怕？

我问："你为什么不下？你可比富强要年轻好多。"江上眠说："已经下过八九次，而今天，我得盯着不远处的海豹。你们没看到那只海豹吗？”他呷了一小口冰淇淋，“去年有一个老外就在这个梦幻岛被海豹给撕了。”我和富强互看一眼。“别紧张，海豹一般不攻击人，可能那老外在它的领地撒了一泡尿吧，哈哈……”

这种带着痞劲儿的笑让我想起了碧波岛上的他。我问：“江上眠，你现在打算往几点零奔？也就是说，你这样的一个企业将来往什么方向上走？那么多的黑科技给你这个行当带来了什么呢？”江上眠的回答却出人意料：“我得往回走了。”富强好奇：“往回走是啥意思？”江上眠说：“说到底，智能技术不就是提供了更多的方便吗？方便就是解脱了咱们许多繁杂的事务，交给机器去做了。可是，有些东西智能技术永远不能代替人，如，美学思考、艺术欣赏、哲学思辨和……和什么呢？”他端起杯子，“像这样什么也不做，过一种空灵清寂的日子，智能技术只是提供了这种可能，发呆、傻坐、静思，这些都还得自己来……所以，我人生的沙漏已经漏完了上半部分，现在得倒过来再漏一遍。这一遍，既不是 3.0，也不是 4.0，而是 0.0，我得回到本来的我，过一种最为简单最为纯朴的生活了。”

年富强（江西某县政协办公室主任）

邮轮尾部的豪华剧院正举行本次南极行程的最后一个活动：拍卖一张海图。海图是此次航行的作业用图，有收藏价值。那个老外主持人会中文，他说有钱的捧个钱场，没有钱的捧个人场，引来全体中国游客的哄堂大笑。起拍价是两千欧。出价很踊跃，一路飙升到六千欧，主拍人兴致大发，他说中华民族是一个战斗的民族，他们勤劳勇敢能吃苦，他们不仅是目前世界上最富有的民族，也是最富有爱心的民族，随后，他拽出一位水手，强行脱下他的制式毛衣和海员帽，说，这位帅哥已经三天没有吃饭了，你们大家可怜可怜他吧……现场简直嗨翻了，出价又爬高到九千三百欧。就在主拍人要高喊成交的那一刻，江上眠举手了，一万欧。我的天啊，主持人双手捧住脑袋，太不可思议了……

江上眠接过那张图，又接过话筒。他说："这一万欧是我代表全体团友对北冕邮轮团队的一点谢意。这个团队将用这笔钱，奖励优秀的员工和帮助其中有困难的部分人员。我还要宣布，这张海图，我要送给一位女士，她叫方云，就在我们中间。"我身边的方云一脸惊讶和不解。"我为什么要送给她，这和我的一个决定有关。这是我作为公司董事长最后一次南极之旅，我已经做好了所有方案和准备，回到国内，我将本公司百分之八十的股权转让，对新接手的公司提出的唯一条件是，该公司必须聘请方云女士为公司副总，并兼任南北极旅游项目的总经理。至于我自己，也许，我以后会作为一名普通游客，出现在某一个团队当中，与你们同行……到时候，请方总多多照顾。"

方云（IT 公司副总经理）

他完全没有与我商量，也根本不考虑富强的感受。这就是他说的"归零"？一派为所欲为。在乌斯怀亚森林公园的泛美公路起点，江上眠指着一块图板说："我将会从这里出发，骑哈雷穿越整个美洲，到阿拉斯加 17848 公里，计划用时嘛……小半年，对！所以，这张海图用不着了，你留着，和年队长作个纪念。"他把海图套送到我的手里，又附上一句："知道接手并购我公司的那家 CEO 是谁吗？喏，你向后看……"

身后，樊伟松正对着森林公园的美景摄影。

回到国内，我和富强一同打开了那张图。图中有一大块空白处，那是德雷克海峡的位置，在那里有一行钢笔字：

幸福的真谛，不是想干什么就能干什么，而是不想干什么可以不干什么。——江上眠

附录

心中一曲嘹亮的歌

2011 年 5 月的一个凌晨，我接到母亲电话，说她从欧洲旅行回来了。话语爽朗、笑声灿烂，说她这趟旅行如何开心、如何过瘾；说你再赞助我去趟台湾看看好不好，最好和孙子一块去……全然没有越洋飞行的疲倦，更无八旬老人的迟钝。这就是我的母亲，一位快乐如云、童心依然、坚毅如钢的母亲，那位给我巨大精神力量，伴我找寻人生高地，用高洁品质引领我走过 44 年军旅生涯的至亲至爱的母亲……

少小离家，母亲心如刀割
为与儿一见，她以刀余之身奔走千里
母亲对我的疼爱，是那种“很疼很疼的爱”

1969 年初去当兵时，我刚过 14 岁生日。我行大，又是家中唯一男孩，母亲自然是万般不舍的。不仅因为我还小，更因为作为曾经的军人和军人妻子，她深知从军之路有多么艰难与不易。可那时全国都在停课闹“革命”，一个大院里几百号孩子无学可上，又不够工作或上山下乡的年龄，成天啸聚着胡乱游戏、散荡着无所事事，大人也因此十分担心。正巧，沈阳军区到无锡招兵，便答应“照顾”兄弟部队，带一批大院的孩子走。这下孩子们集体“疯癫”了，无论条件够与不够的，都齐齐地铁了心要参军去。母亲知道拴不住我了，更怕别人说她拉孩子的后腿，便默默为我准备行装。她那“临行密密缝，意恐迟迟归”的神情至今在目。

离开无锡是个雪花飘落的傍晚，天气阴沉而凄冷。母亲和两个妹妹到车站为我送行。在哭成一片的送行人海中，她一直面带笑容，用镇定和坚毅目送着列车缓缓远行。可回到家里，她却捧着我换下的衣服号啕大哭。一连十几天，母亲一遍一遍地含泪整理我留下的物品。看到我玩过的弹弓、矿石收音机、老虎钳就掉泪，捧着我的鞋帽不知搁在哪里才合适，遇着熟人就祥林嫂似的念叨我。家里做了好吃的她要留上一份,幻想着我会突然回来,就是放坏了也心里踏实……那会儿，心都飞了出去的我，正坐着闷罐车飞驰在千里之外的雪野上，哪能体会到母亲心中钝刀割肉一般的疼?

一年左右，母亲突然查出了乳腺癌。刚刚经历了手术重创的她，尚未拆完线就匆匆地去东北看我。她唯恐时日不多，与儿一面的急迫心情可以想见。那时我正随部队在辽宁阜新参加国防施工。她以病痛之躯扛着两个旅行袋的核桃、大枣、糖果，经北京、锦州两次转车才到达阜新，之后又徒步二十多里摸到我们驻扎的小山村，其艰辛和痛楚可想而知。少不更事的我，在与母亲短暂相聚的几天里，竟然丝毫未能察觉她的病情。短短数日，母亲很快与我的战友们聊熟了，她把我和全班战友的被褥都拆洗一遍，所有磨破的衣服都细细补好，还帮着炊事班做饭炒菜，就像为自己的儿子在操持着一切。星期天，母亲带我去阜新市里，精心选购了我喜爱的竹笛和口琴。在餐馆里，她盯望着我狼吞虎咽地吃着寡淡无味的饭菜，心中的酸楚无以名状。临走之前的一个晚上，母亲说她累了，想早点休息，让我随部队去看露天电影。谁知她约好了军医为她的手术伤口拆线、换药……

临别时，全班战友都去车站送行。透过车窗，我平生第一次看到了母亲的泪水。后来知道，她一直从阜新哭了上千里，不知就里的临座旅客怎么也劝不住。

三年以后，营部军医告诉我母亲的病情。军医说："我看你妈是一个坚强快乐的人，我估计她能顶得住。"

是的，母亲顶住了。这一顶就是四十多年！期间，她先后数次手术，身上大小刀口二十多处。为了让我安心工作，每次手术都千方百计瞒着我。

这是一位母亲对儿子真正的"疼爱"！

"穷家富路"五元钱
批满红字的信
她助我完成人生"三级跳"

母亲是有文化的人，解放前毕业于福建省幼儿师范学校，参军后当了一辈子老师，带过的孩子数以千计。她懂得教育之道：爱，却不溺爱。她知道真正的母爱是让儿子懂道理、走正路、长本事。

母亲是一个可以把自己的一切都拿来助人的人。可当初为了给我带多少钱去当兵，却和父亲商量了好几次。那个年代虽然贫困，可穷家富路，即使农家子弟参军也要想法带上一二十元钱，城市里的孩子则会带得更多些。我父亲是军官，母亲任部队幼儿园主任，家中生活并不拮据。但临走时，母亲还是决定只给我五元钱。她教育我说，养成良好的消费习惯比带多少钱更重要。自己花钱要节俭，但对别人万万不能小气。到了新兵集结点，我又领到了六元津贴费。这十一元钱是我人生的第一笔“巨款”。我记住了母亲的话，从入伍的第一天开始，就处处精打细算，不抽烟、不吃零食、不下馆子，一分一分地把钱攒起来，比农村的战友更加省吃俭用。我学会了补衣服、缝被子、上袜底，甚至能自己打毛线衣领，洗头、洗脸就抓一把洗衣粉。到了年底，加上内蒙施工每月的三元钱补助，我把攒下的七十元钱寄给母亲。母亲手捧七十元钱，如同捧着儿子的一颗心，从邮局一路哭着回家，逢人便说儿子懂事了，知道节俭、懂得孝敬了。然而，母亲并不是个吝啬的人，她总是慷慨解囊、倾力助人。记得当兵第二年，一位四川籍战友母亲病重，我悄悄给他家寄去了四十元钱。母亲知道后高兴地称赞我懂事。一位战友得了白血病，父亲和母亲四处奔走，急购药品，连夜到车站托北上的列车员带往部队。母亲为战友办事尽心尽力，从不计较花了多少钱。我后来当指导员、政治部主任和政委，每年都要给新入伍的战士讲《把亲情珍藏在心中》这一课，让他们懂得孝敬父母；讲《养成良好的消费习惯》这一课让他们懂得节俭；让每一位新战士把他们踏入军营的第一笔津贴费寄给家里，报答父母的养育之恩。

从到部队开始，母亲又多了一份责任：批改家信。“文革”之初停课时，我小学五年级没有毕业，小数点乘除法还不会算。每次写信都错字连篇、别字满目。母亲深深为我的文化水平担心。她知道文化知识对我的人生成长多么重要，每次写信都要求我努力学习，尽快掌握更多的知识。她告诉我开会记笔记要抓住重点，发言时要打好腹稿，把要讲的问题分清层次。尽管她工作繁忙，又要照顾工作更加繁忙的父亲，但总是抽时间认真为我批改家信。她把每一个错别字挑出来，用红笔改过，再注上拼音；把病句划出来，告诉我应该怎样写才正确、通顺；最后再把改过的信寄回来。这些“万金家书”成了我在那个年代的文化读本和精神食粮。我抓紧一切时间向文化水平高的战友学习、请教，天天临摹他们的字迹、揣摩着他们的文章。进步发生于悄然之中。记得当年年底，母亲在收到我的一封家信后，曾发来一封电报，问我为何让别人代写家信，是否因为冻坏了手。我心中万分得意——字迹大好、文笔通顺，母亲竟怀疑别人代书。这正是我努力的结果！从此，劲头大增，学而不厌，全团都知道八连有个小家伙字写得不错。团政治处大部分材料都找我去誊抄，干部的命令都是由我刻钢板印发。有那么几年，我右手中指的关节部位因长时间书写而长着厚厚的茧子。

正是在母亲的鼓励下，在这日夜抄写之中，我对文字、对文章有了感觉。可越有感觉越觉得底子浅薄，学习的渴望日渐强烈。我主动为连队出黑板报、为演唱组创作快板书和评书、帮助营长写自传、为不识字的战友写家信，甚至还替他们写过情书。同时，我还阅读了大量中外文学作品。一个偶然机会，我得到一本由徐禾主笔的《政治经济学概论》，便半懂不懂地读了起来。有一年多时间，无论在军事演习的帐篷里、千里拉练的漫漫长路上，还是到农场插秧、去茫茫雪野上施工，我始终带着这本书，有空便读，一遍一遍地读。最后竟然读懂了！在此基础上，我开始了更具“野心”的计划——阅读《资本论》。恰巧团党委要找人辅导政治经济学，让我“出山”。年少无知的我壮着胆子应承下来。记得那是在东北农村老乡家里，屋外大雪纷飞，屋内热气蒸腾。团首长盘腿坐在火炕上抽着旱烟，我这个十六七岁的小战士，站在地上有板有眼地讲着“商品、货币、价值、剩余价值、资本循环与周转……”那些打过仗的首长竟然听懂了我的课，夸我讲得好！母亲知道此事，比我高兴万倍，她在来信中不吝词句地大加鼓励。我心中更加升腾起无比的成就感。我后来在部队、院校和社会上给许多基层官兵、军校学员、高级将领、大学生、奥运会选手和中央电视台讲过千百次课，在全军的授课比赛中也取得过第一名的好成绩，但那一次讲课却终身难忘。因为自从那时起，我这个小学生有了勇气，有了自信，也找到了人生的方向。而母亲为我所做的一切和投在我背后的关注目光，是我须臾不可离开的精神滋养和无尽动力。

1977 年，我手术养病时得到了恢复高考的消息。我抑制不住地想上大学，可担心文化底子太差，不敢报名，母亲却鼓励我去拼一下。她说许多事情不在于能不能，而在于敢不敢，在于有没有决心。她帮我分析了自身的情况，认为文科知识差距不大，关键是数学，建议我把复习的重点放在数学上。两个多月时间里，我每天只休息三四个小时，从小学算术开始重新学习，用最快的速度把初中、高中的数学学完。母亲则全力提供“后勤保障”，每天都要为我调整食谱，变着花样为我改善伙食。高考三天，母亲日日倚门相望，心中为我念念期盼。终于不负苦心，我考取了河北大学经济系，搭上了人生的“末班车”。在那个时代，以我当时的年龄和学历能考上大学，内心的兴奋自不待说，可要说最大的喜悦，还是能为母亲心底增添一丝快意和欣慰。我没有辜负她！

二十世纪九十年代中期，我已经是海军指挥学院的副教授。教学科研一路高歌、家庭生活甘之如饴。正在春风得意、前程大好之时，我却动了心思去考博士。征求母亲意见时，她只说出了两个字：去吧！这平平常常的两个字如出征号角一般。这又是一次背水一战，又是一次上阵“母子兵”。为了专心准备，我从小家搬回母亲那里。半年时间，我边上课、边拼命复习。每天背二百五十个新英语单词、阅读一万字以上的英语材料、做一百道英语练习题，加上专业等课程，学得天昏地暗、日月不分。母亲一如当年，默默为我做着一切，甚至连晚上的洗脚水都为我暖在炉上。获知考取博士，母亲欢天喜地，她嘱咐我放心去学，说她身体还扛得住，孙子的事情她可以帮得上手。北京国防大学，三年辛苦不寻常。当著名的肖灼基教授宣布我的博士论文获得“优秀”、当我戴上博士帽成为我国第一个国防经济学博士，我第一个想要告诉的就是母亲。电话中她欣慰地说了一句话："我会告诉你爸爸的，他的在天之灵一定会知道的。"那一刻，我眼泪断了线般地淌着，怎么也止不住。因为太难、太苦、太不容易，更因为有这样一位母亲给我以力量。小学、大学、博士，我完成了常人难以想象的三级跳。有谁知道，这力量来自母亲批红的家书、深情的关注和永远的喝彩！

没有你的坚忍，哪有我的坚持
为了看球竟闹着出院
她一生都在向我"传染"坚强和快乐

军中生活的严酷超出常人想象。对于我这个家庭生活优裕、正在长身体的孩子而言，炼狱般的训练、施工、生产任务更是巨大挑战。当高强度的野营训练将耗尽我所有能量，每每想要放弃时，母亲总会给我力量。这不仅来自她每信必有的鼓励话语，更来自她自身的坚强和快乐。没有她的坚持，哪有我的坚持？！母亲是我战胜任何艰难困苦的楷模、榜样！

二十世纪六十年代初，母亲就罹患脑垂体肿瘤，视力也因肿瘤的压迫而急剧下降，有一只眼睛几近失明。那时还无法手术根治和有效控制病情，只能吃中药，这一吃就是二十多年。母亲忍住病痛，顽强坚持在工作一线。暑天，她每天要带领老师们为几百个孩子洗澡、洗衣，挥汗如雨地骑三轮车去拉冰块为孩子们降温；冬天的早上为几百个孩子穿衣服，成年累月为孩子扣扣子，大姆指都扣破了，现在每到冬天还裂口子。每到星期天，因家长工作忙而不能回家的孩子，都"收容"到我们家。家里又成了孩子们的天堂，母亲却要付出更多的辛苦。生产劳动，她担水担肥，抢最重的活干；腰病复发，她跪在田里割稻子；美尼尔综合征发病时，她一边呕吐一边细心为大班、中班和小班的孩

子们操劳着……

母亲乳腺癌手术之后，身体又陆续出现了一些状况。我和妹妹久久不能抹去心中的担忧，可她却从未表露出一丝的悲观与失望，她永远把乐观和坚强写在脸上。许多次手术前，她都不让妹妹通知我。每当麻醉醒来后，她都会忍痛在电话中以玩笑的口吻告诉我："老妈又过了一关，怎么样，了不起吧？下一次手术，一定要找个儿子在身边的机会再做，让你也孝敬孝敬。"她把手术当作赴宴一样稀松平常，可下一次她依然守口如瓶。记得她刚做完白内障手术后，兴奋地在电话中对我说："我能看到对面楼顶的小鸟了，它们一会儿进去，一会儿出来，看得真清楚！"那语气和神情一如对世界充满好奇的孩童。2002年韩日世界杯外围赛时，她刚做完静脉曲张手术，腿部七个刀口还未拆线，可怎么也忍不住地想看比赛。她找医生诉苦说病区没有电视机，强烈要求请假回家去看球。医生正告她：病人不得请假，特别是像你这样七十多岁的老人，更不允许。没有想到母亲干脆办了出院手续，让我妹妹开车接她回去，在客厅摆上一张床，愣是躺着把世界杯外围赛看完了才回医院去拆线。医生护士都笑喷了，从来没见过这等球迷老太太。她得意地说："这不见着了吗？"

母亲的快乐性格有着十分强势的感染力。二十世纪七十年代，部队每年都要野营拉练，我用双脚走遍了辽宁大地。强度最大的一次是在二十四小时之内强行军二百六十五华里。这是一次创造我军纪录的大奔袭。五六十斤的负荷，每小时十四华里以上的行军速度，最后四十华里的长跑，我始终记得母亲的乐观与坚强，记得她告诉我的：流血流汗不流泪，掉皮掉肉不掉队！最难熬的时刻，甚至会在头脑中出现幻觉，似乎母亲在后面为我鼓掌加油！行军上万里，我没有掉过队，没有叫过苦，没有让别人为我背过枪。二百六十五里强行军，我与尖刀排一同冲到终点，为部队创造了新的纪录。博士毕业后在海岛工作生活的十年里，工作异乎寻常的繁忙，经常会有身心疲惫的感觉。每当电话中听出我的情绪变化时，母亲总要“忽悠”我。她说怎么了？情绪不高？嗨，还不如我这个老太婆呢！她说没有过不去的坎，你老妈身上有二十多处刀口还乐着呢！有一次我正随扫雷舰在茫茫大海上夜航，严重的晕船把我折腾得死去活来。母亲打来电话，声音铿锵：“告诉你，中国女排和韩国女排正比赛呢，现在领先一局，待一会儿再通报战况。”说完“啪”地挂断了电话。我竟笑出了声来。仰望夜空，繁星点点，犹如母亲在向我眨眼逗乐，晕船的感觉似乎轻了许多……母亲的笑容中，有我一生可以依靠的力量！

从小到大，我的所有爱好，母亲都是最坚定的支持者。小学期间，她每天中午率领我们兄妹三人去学游泳。大夏天的，她在岸上戴着草帽“光说不练”，逼着我们一直能游到上万米她才放手。其实她是为我们保安全。艺校打腰鼓，她会凌晨为我备好饭盒，摸着黑、冒着严寒把我送去训练。十岁刚过，她就常常天不亮把我从被窝里拽出来，让我跟着父亲冲进漆黑之中去练长跑，搞得我在部队和大学里多次充当长跑冠军的角色；知道我任大学排球队长并参加全国大学生排球比赛，母亲便喜欢上了排球。从郎平那一茬运动员开始直到现役国手，她几乎个个能叫上名来。改革开放之初，她手把手地教我和妹妹跳三步、四步交际舞，时常骄傲地说起五十年代，在迎接志愿军代表团的舞会上，她是最耀眼的“舞星”。当兵之前我就接触了摄影，母亲时常会送我胶卷作奖励，哪想到我日后成为中国摄影家协会会员、中国新闻摄影学协会会员，在全国、全军屡屡获奖。2008年底，武汉交响乐团来海军工程大学演出，我上台执捧，指挥一首《瑶族舞曲》，母亲也兴味盎然在台下观看。在如雷的欢呼声中，我分明听到了母亲的掌声和喝彩。近些年来，她又开始玩起了微信、视频聊天、iPad……这真是“母有所好，儿必甚焉”“儿有所爱、母必趋之”！

真不能小看了快乐母亲对我的感染和影响。从军四十四年，经历了严酷的军事训练、生产施工、艰苦学习，上高山下海岛，远赴亚丁湾执行护航任务，甚至奔赴战场，乐观向上的精神一直陪伴着我，帮助我战胜无数艰辛，让我激情常在、春风永驻。这些个爱好还成了我带兵的“利器”。上台一展歌喉、指挥部队合唱、在球场上激情争斗、荷枪实弹越野长跑、在大海上搏击风浪，还有写作、摄影……许多事情拿得起放得下，与官兵们水乳交融、息息相通，再调皮的兵，我都能处得好、带得好。许多人都说我不像五零后的人，我说关键是我有一个永远青春的母亲，我身上流淌着母亲的年轻血液，加载着母亲的快乐基因！

她用坚毅的目光和从容的微笑送我上前线
用诗作鼓励我扎根海岛
她每天要把亚丁湾的地图查看数遍
她说“当官一阵子，做人一辈子”

1969年2月，在我踏入军营的第二天，珍宝岛突燃战火。地处东北的沈阳军区首当其冲，军营里的气氛立刻紧张起来。我虽然与其他新战友一块儿写了上前线的请战书，但未敢告诉父母。谁想母亲在来信中言词凿凿，要求我在国家安危之时，不应惧怕牺牲，当以身报国！后来虽未如愿，但母亲的教诲久远不忘。二十世纪八十年代中期，原所在部队赴老山前线作战。已调任海军指挥学院任教的我，决意去老山亲身体验战场生活。去前线之前，我回无锡看望父母和幼子。父母对战地死生了然于心，却绝不阻止和规劝我，甚至没有说过一句担心的话语。母亲顿顿做我最喜欢的饭菜，默默为我买好车票。临别，她抱着三岁的小孙子到车站为我送行。还是在当年参军离别的那个车站，神情还像当年送我参军时那样从容。胸怀大义的母亲，用她的目光和微笑向我传递着信念、意志和决绝。

然而，父母怎能不担心？

岂止是担心，我的生死与他们晚年的幸福息息相关！战场月余，他们是如何度过这段煎熬的日子我不知晓，可我知道在临近返回的十几天里，他们天天抱着小孙子到数里外的汽车站等候，尽管根本不知道我会在哪一天出现在他们面前。白发父母翘首盼儿的情形，至今想来我都会心酸不已。

1999 年博士毕业之前，我做出了到部队去任职的决定。这又是一次人生的重大选择。放弃了国务院的工作职位、放弃了都市、院校和小家庭的舒适生活,放弃了唾手可得的正高职称和看得见的级别待遇、放弃了已有的学术成果和三尺讲台，一头扎进了一线作战部队，而且是远离大陆的海岛部队。可以说，这是一次对前途毫无把握，却注定要再次踏入荆棘与艰难的转折。然而，母亲十分理解我的军人情怀和基层情结。认为我是在做一件有意义的事情。几乎是第一时间，她成为亲朋好友中对我所作选择的最坚定拥护者。在去西沙上任的补给船缓缓驶离三亚军港时，我站在船头用手机与母亲通话告别。一声沉闷而悠长的汽笛鸣响传入母亲耳中，她立刻潸然泪下。从此，她把目光又投向了南海深处的那一片蔚蓝，时时把那一座小岛挂在心头。海岛十年，我与官兵一起过了十个春节，不能回家尽孝，母亲毫无怨言。她总是说“应该、应该，别人家的子女也不能回家过年”。她时常嘱咐我要多多关心海岛官兵的生活和身体。每天收看南海、西沙的天气预报成了她的必修课。每当有台风生成或寒潮南下，她都担心不已，都要电话问候，交待我要保证官兵们的安全。在这种亲情挂记和心灵思念中，在老年大学学习的母亲平生第一次为我写下了诗句：俨儿戎装赴海涯，狂风骇浪岛为家。远方老母莫牵挂，坚守边防实可夸。她在电话中一字字读给我听、一句句讲给我听，把一位母亲对儿子的所有思念和鼓励都倾注在这短短的诗行中，浸透在心血沤成的字里行间。

2010 年 3 月 4 日，我作为中国海军第五批护航编队政委，率队出征。母亲把这当作家族中至高的荣誉。当天，便让妹妹买来大幅面地图，把我每一步航迹细细地标在图上。南海、马六甲、孟加拉湾、印度洋、亚丁湾、地中海……她犹如一位运筹帷幄的指挥员，把远在千里的一切置于心中。我在亚丁湾的半年，也是母亲寝食不安的半年，每天要接听到我的电话才肯休息，电视永远锁在七频道，不肯漏掉半点护航的信息，甚至连那里的天气预报都了如指掌。每当有海盗袭击事件，她比我们在前线的人都急，直到我们安全返航，她才算放下了心里的记挂……

随着年龄增大，我的职务调整、个人发展成为挺紧迫、挺现实的问题。母亲当然也为我着急，更担心我在海岛把身体搞坏了。可她绝不拖我的后腿，更不让我把官位看得太重。她总说："当多大官是个头？千万不要为提升职务去自我烦恼。更不要去跑官要官。当官一阵子，做人一辈子。清清白白地做人，把部队带好，把工作做好就行了。我只要你有一个健康的身体。"2003 年，海军和总部准备把我作为全国、全军的重大典型进行宣传。就在一切工作就绪，准备启动大规模宣传之时，海军一艘潜艇发生重大事故，牺牲了几十位战友。母亲打电话问我："这个事故会影响你的宣传和使用吗？"我说会的。母亲对我说："陈俨你记住，那几十名牺牲战士的生命，比我们个人的荣辱进退重要得多。"义薄云天、掷地有声。字字句句熨平了我心里的焦虑，如清冽泉水般涤净我的灵魂。我记住了母亲的话。我对上级首长说，能提职我当然高兴，但如果没有位置安排，我请求组织上不要把我平调到别处，我最大愿望就是在西沙工作到退休。我与每一位西沙官兵交朋友，写下了十余万字的《兵事兵情兵心》，把小岛战士的喜怒哀乐

2012年12月我退休的当天，母亲说：“当年我送你去当兵，今天你退休了，我接你回家。”于是，我们留下了这张合影。（摄影　江晓卫）

和一点一滴都记录下来，并积极为他们排忧解难；我组织官兵办讲座、开笔会、搞摄影、拍 DV、演节目、写文章，努力让他们在孤悬海外的枯岛上成长进步，让他们与社会发展同步，与时代脉搏共振；我与他们一起在风浪中巡逻、烈日中训练，共同保卫着祖国的南大门……我离开西沙后，许多战士给我发来信息，他们说："政委，谢谢您，您改变了我们的一生。"这是官兵对我最高的评价和褒奖，是我一生中最大的精神财富。

亚丁湾护航后我回南京休假，母亲所在干休所请我为老干部们作了一次护航报告。两个多小时，平均八十多岁的老首长们感动异常，他们都说，有这样的军人守卫海防、护卫运输线我们放心了。报告后，许多老首长为我写诗作画。人人见着母亲就说："你培养了一个好儿子。"母亲就会忙不迭地说："哪里，哪里。"可我看得出母亲心中的得意和骄傲，看得出她内心的欣慰和满足。

2012 年 12 月，我退休了。当天，母亲说："我们去照个相吧。当年，我把你送到部队去，现在，我该领你回家了……"

母亲对我的爱，永远是我心中最嘹亮的歌！

陈　伾

（本文为 2013 年的旧作，特以附录补之，以感谢我的母亲）

写给西沙

这本《第一百个黎明》是西沙的赐予。

2003年底，我去西沙赴任。当军舰缓缓驶离三亚榆林军港时，我给远在南京的母亲拨通了电话。恰在此时，粗重沉闷的汽笛骤响，声传千里，一向坚强的母亲在电话那头潸然泪下。从此，她每天要看西沙的天气预报。她惦记我，也惦记我带的兵们。母亲知道，西沙很远，西沙很苦。

西沙距三亚三百多公里。那些分散在小岛上的官兵都是沧海孤礁上的“现代鲁滨逊”——休假一趟有的要辗转几个小岛走上两三个月才到家。读者可从这本集子中知晓他们的艰辛与不易。对于我所担负的职责而言，思考最多的当然是：在海岛上如何带兵？枯守如僧的熬日子是一种活法。但我可以想象得到，这样熬出来的兵带着一身黝黑的皮肤和满口袋人民币重回社会后，会有怎样的无助眼神和对未来生活的茫然无措。我希望我的战士能在守岛岁月中成长、进步，能为将来“回归”社会储备知识和积蓄力量，能在未来“单飞”后有一副坚强的翅膀。本着这样的想法，我设想和开展了一系列活动，文学写作是便是其中一项。

让官兵们写作并非易事。除少数爱好者外，大多数根本摸不着门道。于是，我试着写下了我人生中的第一个短篇小说《第一百个黎明》，在笔会上读给战士们听。我用我并不成熟的文字告诉他们，我们的海岛生活有许多人和事可以写，也有许多美丽的景色可以描绘。当然，我还多次请专业老师上岛讲课、辅导、修改作品。每月一次的笔会交流，也成了非常重要的学习园地。一段时间下来，官兵们的写作能力提高了，也积累了一大批可以拿得出手的文字。于是，我们出书了——每年一本《我是西沙人》成为年度政治工作亮点之一。这是官兵们的文字集萃，也是他们成长进步的印记和守岛岁月的勋章。当操枪弄炮的士兵们看到自己的文章变成了铅字，心中的快乐与成就感不言而喻。这之后，文学写作在西沙部队蔚然成风。

于我而言，一篇抛砖的小说也开启了自己文学写作之门。原先发表和出版过上百万字的军事经济学学术论文和著作的我，要“改换门庭”操弄小说，还真是全新的课题，其挑战难度自不待说。好在几十年未曾中断过文学阅读，好在具备一定的“形象思维”能力，更重要的是，西沙是一片文学创作的沃土，多年流传下来的故事，以及在我就任期间每天都经历着的生活本身，为写作提供了极其丰厚的素材。许多情节不必过多加工就是现成的材料，那些在大城市里根本想象不到的人物和细节，在西沙却可信手拈来。就这样，我带着战士们写，我自己写，离开西沙以后写，一直到退休后，我还在写……

是的，我要用这本集子感谢西沙！感谢所有陪伴我度过海岛生活的弟兄！也感谢依然在那里坚守的官兵们！

我以此书，纪念我在西沙的五年时光。

此刻，我正在海南三亚陪九十岁的老母亲过冬。住所不远就是大海，海的对面就是西沙。每天傍晚，我会用轮椅推着母亲到海边转转。海滩上人们尽情嬉戏着波涛，享受着海风拂面。而我，则常常会极目望去，朝着西沙的方向。

有一次，母亲指着远处的大海问我："那里是西沙吗？"

我说："妈，是的。"

陈　俨

2019年3月10日于三亚大东海